# 文笔散策
# 文思

曹聚仁 著

辽宁教育出版社
·沈阳·

### 图书在版编目（CIP）数据

文笔散策；文思 / 曹聚仁著 . -- 沈阳：辽宁教育出版社，2025.1. -- （大家学术文库）. -- ISBN 978-7-5549-4363-2

Ⅰ . I04

中国国家版本馆 CIP 数据核字第 2024HK9505 号

文笔散策　文思
WENBI SANCE WENSI

| 出 品 人 : | 张　领 |
|---|---|
| 出版发行 : | 辽宁教育出版社（地址：沈阳市和平区十一纬路 25 号　邮编：110003） |
| | 电话：024-23284410（总编室） |
| | http：// www.lep.com.cn |
| 印　　刷 : | 三河市三佳印刷装订有限公司 |
| 责任编辑 : | 范美娇　刘代华　吕　冰 |
| 封面设计 : | 格林文化 |
| 责任校对 : | 王　静　黄　鲲　李权洲 |
| 幅面尺寸 : | 150mm × 230mm |
| 印　　张 : | 17.75 |
| 字　　数 : | 236 千字 |
| 出版时间 : | 2025 年 1 月第 1 版 |
| 印刷时间 : | 2025 年 1 月第 1 次印刷 |
| 书　　号 : | ISBN 978-7-5549-4363-2 |
| 定　　价 : | 69.00 元 |

版权所有　　侵权必究

# "大家学术文库"编者按

中国学术，昉自伏羲画卦，至周公制礼作乐而规模始备。其后，王官失守，孔子删述六经，创为私学，是为诸子百家之始。《庄子》曰："道术将为天下裂。"孔子殁后，儒分为八；墨子殁后，墨分为三。诸子周游天下，游说诸侯，皆以起衰救弊、发明学术为务，各国亦以奖励学术、招徕人才为务，遂有田齐稷下学官之设。商鞅变法，诗书燔而法令明；始皇一统，儒士坑而黔首愚，当此之时，学在官府，以吏为师，先王之学，不绝如缕。至汉高以匹夫起自草泽，诛暴秦，解倒悬，中国学术始获一线生机。其后，汉惠废挟书之律，民间藏书重见天日。孝武之世，董子献"罢黜百家，表彰六经"之策，定六经于一尊。其后，虽有今古之分、儒释之争、汉宋之异、道学心学之别、义理考据之殊，而六经独尊之势，未曾移也。

及鸦片战起，国门洞开，欧风美雨，遍于中夏，诚"三千年未有之变局"。当此之时，国人震于列强之船坚炮利，思有以自强；又羡于西人之政教修明，思有以自效。于是有"变法守旧之争""革命改良之争""排满保皇之争"，而我国固有之学术传统，亦因之而起变化。清季罢科举而六经独尊之势蹙，蔡孑民废读经而六经独尊之势丧。当此之时，立论有信古、疑古、释古之别，学派有"古史辨"与"学衡"之争，学说有"文学革命""思想革命""文字革命""伦理革命"诸说，师法有"师俄""师日""师西"之分，众说纷纭，莫衷一是，百家争鸣，复见于近代。

民国诸家，为阐明道术、解救时弊，著书立说、授课讲学，其学术思想，历久弥新，至今熠熠生辉，予人启迪。然近人著作，汗牛充栋，多如恒河之沙，使人难免望书兴叹，不知从何下手，穷其一生，亦难以尽读。因此之故，我们特精选最具代表性之近人著作，依次出版，俾读者略窥学术门墙，得进学之阶。此次选辑出版，虽未能穷尽近人学术之精品，难免有遗珠之憾；然能示人以门径，使人借此以知近人学术规模之宏大、体系之完密，亦不失我们编辑出版"大家学术文库"之初衷。

此次出版，为适应今人阅读习惯，提升丛书品质，我们特对所选书籍做了必要之编辑加工，约有如下诸端：

一、改繁体竖排为简体横排；

二、修正淘汰字、异体字，规范标点符号用法，为一些书加新式标点；

三、校改原稿印刷产生之错字、别字、衍字、脱字；

四、凡遇同一书稿中同一人名有两种及以上不同写法者，一律统改为常用写法。

除以上所举四点之外，其余一仍其旧，力求完整保持各书原貌。

然限于编者之有限学力，书中疏漏之处，在所难免，尚祈广大方家、读者诸君不吝批评斧正。

编　者<br>二〇二四年三月

# 目 录

## 文笔散策

前记 ……………………………………………………… 003

第一分　历史小品 ……………………………………… 004

　　比特丽斯会见记 …………………………………… 004

　　焚草之变 …………………………………………… 007

　　叶名琛 ……………………………………………… 011

　　并州士人 …………………………………………… 014

　　刘桢平视 …………………………………………… 016

　　孔林鸣鼓记 ………………………………………… 018

　　历史小品胜谈 ……………………………………… 025

　　怎样写历史小品 …………………………………… 034

　　附　略谈历史小品 ………………………………… 036

第二分　呤痴散策 ……………………………………… 040

　　说因缘 ……………………………………………… 040

关于适然史观 …………………………………… 044

附　文学上偶然论的抬头 ……………………… 045

关于或然论和必然论在历史上的应用 ………… 048

所谓"适然史观" ……………………………… 051

机械论者的观点 ………………………………… 055

"偶然论"在上海 ……………………………… 057

说饿 ……………………………………………… 059

阿Q的父亲 ……………………………………… 062

论"文人相轻" ………………………………… 065

程克猷的天才 …………………………………… 071

谈魏晋间文人生活 ……………………………… 074

"百无一用是书生" …………………………… 076

"盛世危言" …………………………………… 079

和战得失篇 ……………………………………… 081

清末报章文学的起来和它的时代背景 ………… 089

# 第三分　国学扬弃 …………………………… 106

颜李学派之读书论 ……………………………… 106

要通古书再等一百年 …………………………… 111

无经可读 …………………………………………… 113

劝世人莫读古书文 …………………………………… 115

孔子诞辰杂感 ………………………………………… 118

我的读书经验 ………………………………………… 120

河南考古之最近发现 ………………………………… 123

## 第四分　瓢语 ……………………………………… 131

许由 …………………………………………………… 131

说轮回 ………………………………………………… 133

鬼的生活 ……………………………………………… 134

"元旦书红" …………………………………………… 137

自罪 …………………………………………………… 139

哲理诗 ………………………………………………… 141

运命 …………………………………………………… 143

# 文思

前记 …………………………………………………… 149

巧 ……………………………………………………… 151

## 语文三昧 ... 155

### 一、爱情的表现 ... 155
### 二、悲哀的表现 ... 158
### 三、艺术上的真 ... 159
### 四、故事与作品 ... 161
### 五、小说中之模特儿 ... 162
### 六、社会性与个人性 ... 164
### 七、衬托 ... 165
### 八、口吻 ... 167
### 九、冷嘲 ... 168
### 十、双关 ... 169
### 十一、一种意境几种写法 ... 171
### 十二、一个焦点 ... 172
### 十三、神韵 ... 173
### 十四、创作前期的情绪 ... 177
### 十五、"意不称物、文不逮意" ... 179
### 十六、阳刚与阴柔 ... 181
### 十七、题材 ... 182

十八、生活经验与创作 …… 183

## 文艺近思录 …… 186

  一、苦痛使我们深思 …… 186

  二、衣袋中的剧场 …… 187

  三、浓厚而永久的人生兴趣 …… 188

  四、小说决不是新闻 …… 190

  五、纯洁与不纯洁 …… 191

  六、醇化 …… 193

  七、人物的创造 …… 194

## 文艺枝谈 …… 197

  一、写文章 …… 197

  二、好文章 …… 199

  三、作者与社会 …… 200

  四、诗铭 …… 201

  五、文艺家的劳作 …… 203

  六、《语丝》的文体 …… 204

  七、不通 …… 205

  八、《雷雨》 …… 206

九、笔选 ………………………………………… 207

　　十、面对着现实 ………………………………… 208

　　十一、杂文 ……………………………………… 209

　　十二、南社 ……………………………………… 210

　　十三、明日之诗 ………………………………… 211

　　十四、文学遗产 ………………………………… 213

　　十五、文思过半 ………………………………… 214

　　十六、写实主义 ………………………………… 215

　　十七、曼伊帕（MEIPE）………………………… 216

　　十八、药 ………………………………………… 217

　　十九、杨贵妃 …………………………………… 219

## 文诒 ………………………………………………… 223

　　一、评赵望云《农村写生集》及其题诗 ……… 223

　　二、陶渊明的时代人格与诗 …………………… 225

　　三、诗人心眼里的农村生活 …………………… 226

　　四、新诗家向哪里走？ ………………………… 228

## 诗微 ………………………………………………… 231

　　一、赋与叙事诗 ………………………………… 231

二、熟读文选理 …………………………………… 232

三、严范孙诗 ……………………………………… 233

四、旧诗的情调 …………………………………… 234

中国小说中的诗话 …………………………………… 236

谈"幽默" ……………………………………………… 240

论著作 ………………………………………………… 247

辨字与辨词 …………………………………………… 251

附　说字辨 …………………………………………… 260

从读书说到作文 ……………………………………… 263

白话文言新论 ………………………………………… 267

# 文笔散策

# 前　记

　　《庄子·齐物论》，托之于子游、子綦的问答，用以说明"天籁"。子游曰："敢问天籁？"子綦曰："夫吹万不同，而使其自已也，咸其自取，怒者其谁邪？"道家把一切世间的"有为法"，归之于自然力的推动。我且引申其义，说社会上一切变动，都为经济力所推动；"我们的存在决定我们的意识"，这几乎可以说是颠扑不破的真理了。

　　我相信世间并无"无所为而为"的文章，白居易谓："文章合为时而作，歌诗合为事而作。"至少我的执笔为文，都是"有所为而为"，和白居易的话相一致的。三年以来，中国学术思想界感受这剧变社会的刺激，前波后浪，汹涌而至。在大潮流中，我也曾如泡沫一样在浪花上浮起；先先后后，写了近百万字的"杂文"。我决不自己菲薄自己，对于推动时代前进，决不躲一点懒；我的杂文，已经尽了"为时而作"的职责。

　　保存在这《文笔散策》中的约有十二万字，许多部分曾激起热烈的辩论；那些重要文献，我也搜辑了一部分附在这散策中。子綦曰："大知闲闲，小知间间；大言炎炎，小言詹詹。"我之为人，本来不是"冲淡"的一路；其在文章，也只是"间间"、"詹詹"，非常丑拙；北齐士子"自矜才华"，为妻子所笑，我也只得为妻子所笑的了！

　　是为记。

第一分

# 历史小品

## 比特丽斯会见记

> 爱情的大神在这时便突然下降,他来时气象的庄严,真使我现在还不敢回想。
>
> ——但丁《新生》

沿阿尔诺河边上,我和比特丽斯(Beatrice)缓缓地一步一步走去,一同下了小船。她穿着橄榄色的朴素的纱衣,和树林槿篱草原的彩色相调和;她的影子照在水波里,仿佛天上倒映下来的明霞。她默默不语,她凝视着我,那无比的秀媚的眼睛。委琪尔,他回到林拔住所去了;比特丽斯伴着我渡向阿尔诺河的对岸——地上的天堂。

在夹道的槐树下,我伴着她一同走。知了在槐树上嘶鸣着,显得这境地格外幽静,可以听到我们俩的呼吸。

"她是神,她是大自然的主宰,她是智慧和美丽的大融和。"我想。

我仿佛看见她的周围有无数无数的天使围绕着,唱着歌,散着花朵。假使我是尘土,我心甘意愿地让她践踏。

"刚才回去的那个是谁?他和你从哪儿来?他回到哪里去?"

她问。

"他,委琪尔,诗人,也是哲学家。他说依着你的意旨,看顾着我的运命。我们周历过地狱的阶层,我们在地狱之门上看见'进到这里来的,所有的希望都弃绝了'的文句。现在,委琪尔,他回到那阴郁的老地方去了。"

"D,我看见你总是一副忧郁的嘴脸,不也有值得浮上微笑的时候?"

"B,微笑?我现在是浮上微笑了,在你的跟前。从前我相信黎明期总该不远了,朝阳一出来,我们可以过愉乐的日子了。我现在知道目前正在漫漫的长夜,北极光偶或透了起来,面前仍是这么漆黑,没有一线光明。"

"在黑暗中走,也没几个同行的淘伴吗?"

"记得当初同行的也有一群人,大家都很年青,相信自己在黑暗里能够睁开眼看,相信摸索摸索,总可以走出这黑暗的圈子的。没有多久,淘伴们有的逃回去了,有的在陷阱里倒下去永远不看见了;还有的坐在那里等待天明。我是这样孤独,没有淘伴,永远在黑暗中摸索。"

我们两人走到柳荫下,我伴着她坐了下来。面前是小河,水面给微风吹拂着,皱起一层软弱的波纹。头上,这树的知了和那树的知了错综地奏出慢长的嘶声。后面,草地上那长颈的白鹅踱了过来,偶或拍着翼子大声叫起来。我这时觉得以前什么都是幻梦,唯有这大融和是真实;但又觉目前这大融和是幻梦,真实的必是那些可怕的恶梦。她仿佛也觉得似的,她问我:

"D,你在想些什么?"

"要说想什么呢。那该是真想什么了。从前我相信有黑和白,是和非这样分明白的两面的;我把环绕在我们圈子上的人,分做朋友和仇敌两个不同的群,把我所听到的所看见的话,分做应该赞成或反对的两种不同的判断。我现在知道没有那么简单,在利害的算盘上,朋友和仇敌,赞成或反对,瞬息万变,简直分不清的。没有一种现实值得我来留恋,我最后的留恋,是'爱'。"

比特丽斯微笑着听他说下去,她不说什么。

"从前我也曾热心于政治;我的父亲是哥尔夫派,我也就是哥尔夫派的人。后来我因为灭亡的恐惧,我觉得我应当爱国家,乃变成了吉贝林派。当我还在童年,每天去上学,沿途看见地上汪着鲜血的洼;这可怕的影子,永远扰乱着我。再后来,我逃出佛罗棱萨城,在雷文娜的废址上,漂泊得很久很久。当青年的狂热已经消逝,也便从政治的氛围中退了出来。我想我的心,我的灵魂该有一个安放的去处,像白云躲藏在岩谷里一样。"

我说了"白云躲藏在岩谷里",我的声音有点发战。这时,大风正在吹动,空中一团团的黑云飞也似地送过来,雨点从上头落下来了。雨脚是一阵接一阵地密集,隔河的树林为浓雾所罩没,模糊得不能辨认。我们俩凭着栏干看这空濛的雨景,溅飞的雨珠湿了她的头发;只见几只青蝇在桌的周围打旋,白鹅在草地上拍翼子。我觉得刚才那明朗的景色是一种调和,现在这迷濛的原野又是一种调和。就大自然看,仿佛没有不是一种调和。而她的明朗的笑容,即是大自然的启示。

"白云躲藏在岩谷里吗?你没见白云袅袅地飞出来?留恋着'爱',本有明朗的晴雪,也有阴暗的雾雨,也有暴风雨在昏夜狂吼。"

她缓缓地一字一字地吐了出来,一语一句,都有节奏。她的眼睛闪着光辉。

"雨后青山,会更明秀呢!"我说。

天已经晴了,远山、深林、原野、水波谱出一曲凝和的新调。她在河边走着,雍容地,庄严地。

"她是神,她是大自然的主宰,她是智慧和美丽的大调和!"

我这样想着,重复和她一同走下小船。小船在河波上漾荡,白云在岩谷里得到它的归宿了!

## 焚草之变

一

杨广擎着酒杯摇摇晃晃地在萧后面前踱来踱去，嘴里含含糊糊地咕噜着连他自己都听不清的混话。杨杲那孩子，依靠在萧后的右膝。赵元楷捧着酒壶在桌边，替杨广一杯一杯筛着滚热的酒。元楷看见杨广快要喝完了，正准备提起酒杯，杨杲那孩子走过来止住他：

"妈，你看父皇又喝醉了！等回喝醉了，说酒话；'侬，侬，侬，四不像的苏州腔！'——元楷，你再也不要斟了！"

"侬，侬，侬……"

"我说，四不像的苏州腔来哉！"

"小孩子！耐多嘴！耐喝一杯，侬也喝一杯！勿要紧格！外，外，外，外向有人调排侬，侬也勿怕；侬末长城公、耐末沈后，落得高兴高兴。来，来，来，耐喝那一杯，侬末还要喝一杯。元楷，耐那能勿把我格酒筛满嘘！"

"妈，不要让父皇再喝啦！父皇真是越喝越糊涂！妈妈，外边很多很多的闲话，父皇还是这么糊里糊涂，天天喝酒，妈！"

杨广全不理会孩子的唠叨，叫元楷筛了酒，整杯喝了下去，向萧后照了杯。萧后在听杨杲的诉说，也不大理会杨广的招呼，她低头吻着杨杲的前额，低声叹息道：

"孩子！我是一个女人，你又是年纪小，这有什么办法呢？"

他俩正在谈论，只听得酒杯摔在地下，珑瑯一声，把他俩都惊了起来。他俩抬头一看，只见杨广立在镜前，哈哈大笑：

"萧，萧，萧，……你来，来看我这头颈，谁的刀，这们一刀下去就完结了！哈！哈！哈！……一刀下去就完结了！"

"陛下发疯了吗？嗄！"

"萧后，你，你有所不知！酸甜苦辣的味儿，都要尝尝看，试试看！一刀下去的味儿也颇不错呀！是吗？"

"父皇，那末您怎样尽是喝酒，不尝尝别的味儿呢？"

"酒的味儿呀！酒的味儿呀！孩子，你来喝一杯，我给你喝一杯，你就知道了！来，来，来，喝一杯！"

这时，赵元楷退出宫外取酒去了。一个宫女走近萧后面前，在萧后耳边低声说了一些话。杨广坐在椅上尽抚摸自己的头颈。杨杲很留神宫女的私语，只听得她在说：

"骁果们也靠不住了，他们都说要回长安去。外边鹅一句鸭一句，话多得很，有些话，我也不敢说！我看我们的皇上……"

最后一句话，声音低得几乎听不到。杨广仿佛也听清这些话似的，忽然立起身来叫宫女走向前来，吩咐道：

"那回交给你的那一坛酒，你放好了没有？到了紧要关头，你不要忘记，你给我送上来！萧后，孩子，一人一杯，大事完结！"

"父皇，你又说酒话了吗？"

"孩子，一人一杯，一杯一人，大事完结！"

杨杲回头看看萧后，萧后把头沉沉地垂着，半句话也不响。宫女呆在那里，扶炀帝重复坐到椅上去。整个房间里，死一般地沉寂。

## 二

在另一个晚上，炀帝在院子里踱来踱去；裴虔通跟在他的后头。炀帝抬头看见东城火光冲天，人声喧杂，心里大为惊惶，问道：

"火！火！火！虔通，东边半天红，外头怎么啦？"

"皇上，外头草房子失火，老百姓在那儿救火，没有什么！"

虔通支支吾吾回答了炀帝，径自退出殿外去了。炀帝听到殿外叫喊的声音，愈喊愈近，回头看看左右，影子也不见一个。他知道情势危急，连忙脱下龙袍，穿了便服，向西阁躲起来。炀帝刚躲好，虔通和元礼已经带了兵士从左阁打进来了。只听得一阵咆哮的声音：

"那昏君在哪里！"

"那昏君在哪里！"

"那昏君在哪里！"

大家从一张横榻下面拖出一个宫女，把刀搁在她的颈上，迫她说出来；她把手指指西阁；那些兵士一窝蜂似的冲到西阁去，令狐行达拔刀在前面引路，炀帝从窗缝里看见令狐行达快要冲进去，便从西阁走出来：

"行达，你要杀我吗？"

"陛下，小臣不敢！不过，不过大家要请皇上回京城去，请陛下下来，大家商量商量！"

令狐行达扶炀帝走下西阁；炀帝回头见裴虔通也挤在那一群里，停住了脚，问他：

"虔通，你不是我的老朋友吗？你，你怎样也反啦？"

"皇上，小臣不敢反。大家要请陛下回京师去，我，我也没法！"

"我也正想回京师去；上江米船一到，我就和你们一同回去！"

炀帝没把话说完，只听得四围鼓噪的声音：

"不要听那昏君的胡话！"

"不要听那昏君的胡话！"

"我们要他的命！"

"我们要他的命！"

炀帝深深叹了一口气，只好半句话也不响；那时正在半夜，他自己的卫士都拔了刀变成监视他的人，用各种脸色在嘲笑他。

东方渐渐亮起来了，一处一处的鸡声从远处递过来。炀帝呆坐在那里，尽是摸摸自己的头颈；心头千种百种念头涌了上来，面前一片黑影，暗示这不可知的命运。

天明不久，外头人声又嘈杂得很。片刻间，虔通牵了一匹马进来，对炀帝说：

"陛下请上马，宇文丞相他们都在那儿，请陛下去商量商量。"

炀帝上了马，刚踏出宫门，四围鼓噪的声音又起来了。

"不要让昏君出去！"

"不要让昏君出去！"

"不要让昏君出去！"

宇文化及在高处指挥他们的部下，手指着炀帝说：

"那家伙！那家伙！还不了结他的狗命吗！把他拖回去！"

虞通、德戡又把炀帝押回后殿去，拔了雪白的刀在他的面前闪动着。炀帝长叹一声道：

"唉！我怎么会到这个地步！"

"父皇！我们早就怕要到这个地步呀！"

炀帝听到杨杲接应他的叹息，不觉大吃一惊！

"嗄！孩子！你……"

声音咽住他的喉咙，再也说不下去。

"父皇，孩子和父皇死也死在一块！"

炀帝刚想接说一句，只听得一个咆哮的声吼过来：

"那昏君！只管自己穷开心，哪管老百姓的性命！你倒高兴，老百姓苦死啦！我们替老百姓要你的狗命！"

"呸！我对不起老百姓。我真对不起老百姓！你们，哼！你们也够享福了！哼！替老百姓，替老百姓什么！哼！——今天的事，谁是首领！"

"那昏君！人人可杀！大家都是首领！"

"大家都是首领！"

"大家都是首领！"

"大家都是首领！"

四围又这样吼了起来。杨杲突然挣脱左右的监视，走到炀帝的身边，牵着炀帝的袖子，对炀帝哭道：

"父皇，你早有这么一点点勇气，就不会到……"

话未说完，虞通的刀已经劈了过来：杨杲的头滚在地上，尸身斜在脚边，左手还拉住炀帝的袖子；满炀帝的襟袖，都是鲜红的血迹。炀帝掩面流泪，顿足道：

"完了！完了！"

虞通又想挥刀劈下去，炀帝忽然十分镇静，道：

"天子自有死路，哪得动刀！——取我自己那一坛酒来！"

"不许他喝酒！行达！你解决他！"

令狐行达叫炀帝坐在椅子上，炀帝解下自己的白练巾，给令狐行达替他套在头上。

约莫一炷香时分，炀帝斜坐在椅子上，一块绸巾盖在他的头上，他的儿子杨杲陪伴着他。殿前什么声音也没有，阳光默默地从西边移到东边，仿佛什么都已完结了！

## 叶名琛

镇海楼头月色寒，将星翻作客星单；
纵云一范军中有，怎奈诸君壁上看！
向戍何心求免死，苏卿无恙劝加餐；
任他日把丹青绘，恨态愁容下笔难！

零丁洋泊叹无家，雁札犹传节度衙，
海外难寻高士粟，斗边远泛使臣槎；
心惊跃虎笳声急，望断慈乌日影斜，
惟有春光依旧返，隔墙红遍木棉花。

——叶名琛囚居印度孟加腊《杂感诗》

"胡福，不要尽自叹气了。老大人这几天神气很不对，我们要当心一点。蓝老哥临死的时候，不是告诉我们过吗？吃一家的饭，要忠心报主；我们老大人总算是好人啦！"

"许庆，这当然该忠心报主的——我告诉你：米没有了，这怎么办？老大人，看来是不吃洋鬼子的东西的，你不听见他老是说：'伯夷、叔齐义不食周粟，饿死于首阳山之上'吗？没米吃，真要饿死呢！"

"轻一点儿，给老大人听见，那真不得了呢！这儿孟加腊，统统是黑炭阿三，说话跟鬼叫一样，半句也不懂，不知什么地方有米买？从前我们在广州，时常吃的籼米，听说是安南、印度来的，等回阿查利那洋鬼子来了，我问他一声。"许庆这样轻轻地和胡福在商量，忽听见里面一声咳嗽，叶大人在那里喊胡福了。

"胡福，米没有了吗？"

"是，大人！还有一点儿，不过不多。"胡福垂着手这样回着。

"你跟许庆商量些什么？"

"回大人，小的们没有商量什么。"

叶名琛叶大人把《吕祖经》恭恭敬敬地折了起来，回头又唤许庆进来，和声下气地吩咐道：

"胡福、许庆，你们商量添米吗？你们要这样想。皇上，我对不起皇上，士可杀不可辱，我们还好吃洋鬼子的东西？先儒说，饿死事小，失节事大，米完了，我也就快死了！"

"是，大人！大人忠君报国，小的们忠心报主，小的们不敢；不过……"

"不过什么？那天我上了舢板，蓝滨用手指点河水，他的心思很好，叫我为国尽忠，投河自尽。啊！我为什么偷生苟活下来？我听说洋人要把我送到英国去，我想，他们也有国王，做国王的总该明白事理。我要问他：为什么两国条约和好，何以无故开战，背弃信义！我要他良心上忏悔，我要他认错，那才对得起我们的皇上！哪料洋人一直把我拘留在这里，不能到他们的国境，见他们的国王，那我为什么还要活着呢！许庆，我告诉你：从前有一个苏武，他给匈奴人拘留了十多年；现在天南地北，我和他一样拘留在海外！我，我，所以我总签'海上苏武'的名！"

"是，大人！小的们想洋鬼子总有一天送大人到英国去的，苏武不是给匈奴拘留了十多年吗？"许庆想趁机把添米的意思说一说。

"不，我生不有命在天！我生不有命在天！昨晚，吕祖师立在我的面上，说成仙成佛关头，不要自己错过！"叶大人若有其事地把梦境告诉许庆。

"大人，吕祖师的话也，也有点靠不住呢；他在乩盘上说，过了十五，就没事了，洋鬼子不是十四晚上就进城了吗？"

"所以，能过得'十五'，就好了。"

"但是，过不得'十五'呀！"

这时，胡福插嘴道：

"他们都说洋鬼子买通了乩仙，故意写那几句鬼话的。"

"胡说！"

"是，大人。"

叶大人吩咐胡福、许庆退了出去，眼望着窗外零丁洋上的波涛，和着心头汹涌的热潮，一上一下相呼应，《吕祖经》上的黑字，仿佛会跳跃似的，一个个跳过他的眼前。热带天气，虽是初春，那蒸郁的水蒸气围绕在茂密的森林上，一匝一匝如披纱似的。楼边木棉花，红得格外热闹，高高矮矮地张着喇叭。叶大人不觉低声呼息着：

"惟有春光依旧返，隔墙红遍木棉花！"

咸丰八年三月二十四日早晨，一只从孟加腊开出的轮船，载着一具松樟铁棺向香港驶去。四月十三日上午，一辆灵车在广州河边等待香港开来的洋船，洋船一靠岸把那具松樟铁棺载向大东门外斗姥宫去。后面胡福、许庆低着头默默地跟着，一泓眼泪饱潴在眼眶里。

就在那一天，广州总督署接到一角英国领事巴夏礼的照会，内开：

"本年三月初八日，贵国前任两广总督叶名琛在印度城内病故，当经装殓妥协，派向来陪侍之英官阿查利一路护送，于四月十二日到粤，已将棺木及遗下银物交南海县收领矣。"

那几天，广州每个人脑里，都想起上一年年底那一幕活剧！

## 并州士人
### ——拟狂言

脚色

  士人

  其妻

  其邻人甲、乙、丙

士人 我乃文士是也。并州一州之内,唯我能诗能文,无比天才;昨夜一夜之间,吟成八首《咏怀诗》,好不高兴煞也!待我吟与那些诗翁听听,让他们也高兴高兴。

甲 诗翁来了!

乙 诗翁来了!

丙 诗翁来了!诗翁定有高诗,可让大家吟赏!

士人 见笑!见笑!只有几首《咏怀诗》,倒是一夜吟成的,不知比阮嗣宗的何如?

甲、乙、丙 让我们来细细吟诵:

    "骑马上南门,城门高于天!……"

乙 开头就好,人在城门下,上望城门,自然城门高于天了!非真才士不能想,非真才士不能写!

丙 下文还有好句:

    "天高犹可上,城高不可前!……"

甲 妙哉!

乙 还有妙的:

    "城内荷花池,城外荷花田!"

丙 阮嗣宗也只好甘拜下风了!如此妙诗,如何不传?

甲 我们并州定无敌手!

乙 难道齐国还有第二人吗?邢才子、魏收空有虚名,大大不如!

士人 过奖!过奖!列位若蒙不弃,山妻前天酿了好酒,今早宰了肥鸡,请过寒舍,便酌一杯!

甲、乙、丙　又要奉扰，多多不安！只是大诗伯吟下诗篇，为并州人士争光，咱们邻居不可不贺；今儿借花献佛，先叨扰了。

士人　贤妻，快备四副杯箸，烫五斤好酒，装出那盘肥鸡，让我与列位诗翁畅饮一番。

妻　呸！诗翁！撒泡尿自己照照，可像诗翁不？

士人　贤妻，你有所不知，者番吟得《咏怀诗》，得是空前绝后，千古留名，贤妻你与我烫出酒来，不要违拗！

妻　"空前绝后，千古留名"，怕不笑脱别人下巴！张三、李四，谁是好人？骗你好酒好肉，抹了嘴巴，暗地笑你傻瓜！

乙　看来又要吃不成了！

甲　他家鸡腿真肥呐！

丙　酒味也还不错！

乙　但是那女人太古怪一点！

甲、乙、丙　诗翁，我们先走一步了！可是《咏怀诗》真不错！

士人　怎，怎，怎么办？贤妻，你你，你还是烫酒去罢！

妻　呸！

甲、乙、丙　再见，再见了！邢子才、魏收真算不得什么！诗翁才是我们并州的大才士！

士人　怎，怎，怎么办？

士人　倒霉！倒霉！天大的诗才，女人不明白，自己女人都不明白，难怪别人了！

妻　醒醒罢！诗翁！

士人　你只晓得烧饭补衣裳，诗，你不懂！下回你还是烫你的酒，不要管我的"雅事"好了。

妻　我才不那么傻，我替你烫好酒给那些不相干的人吃？

士人　总算我倒霉，碰到你这样一个不懂风雅的女人！依我想来，阮嗣宗、谢灵运的女人定是好的！啊！

## 刘桢平视

某晚，曹府大厅上满是客人。

太子曹丕退入内室，大厅上谈话的声音渐渐嘈杂起来。刘桢拿酒杯喝了一口酒，就抓着隔座应场的袖子道：

"德琏，太子要让那披发蒙面的狐狸精来和我们见一见呢！今天，大概他够高兴了，把这活宝贝拿出来给我们看。"

"公干，你醉了吗？"

"不，胡说，谁醉呐？"

"狐狸精、活宝贝，这些话你说得？"

"吓！什么了不得的东西！我还不明白，那不是袁家拣来的旧货吗？——孔璋，还是你来告诉我；袁家故事，您挺熟，那姓甄的狐狸精，你是见过的，究竟怎么一个样儿？"

刘桢嫌应场太方正古板，回转身来和陈琳攀谈去了。陈琳皱了眉头，半声不响，眼望着刘桢：

"公干，低声，这不成个规矩！"

"规矩？什么规矩？要有规矩，就不要袁家媳妇了！"

"你这贫嘴的！"

"我贫嘴？孔北海还写信给曹主公，说：武王伐纣，把妲己留给周公呢！"

"曹主公不是一肚子不高兴吗？"

这时，阮瑀从大厅东角上踱了过来，说：

"你们说赏赐给周公的妲己吗？让我来听一点儿！"陈琳笑着站起来握着阮瑀的手，说：

"低声，低声，袁家的媳妇儿，一向有美貌的声名。我们太子入邺那一天，首先到袁家去搜寻。那媳妇儿，甄氏，伏在婆婆的膝上，乌黑的头发散在地下。太子叫她抬起头来，那双泪汪汪媚人的眼儿，就把我们太子的魂灵儿摄去了！她那婆婆就知道太子中意了她，对她说：'你是出头了！'就这样，变成我太子爱宠的人儿了！"

陈琳话还没说完，刘桢跳了起来，说：

"我要看那双泪汪汪媚人的眼儿呀！我要……"

应场刚要阻止刘桢的胡说，远处已见一行人从那门帘外缓缓走来；满堂响了一句"来了"的招呼语，肃静无声，一齐恭敬地站着。太子和甄氏步入中堂，大家匍匐在地，表示十二分的尊敬。甄氏也弯了腰在答礼。

太子抬头一看，忽见西角上有人木然站在那里，注目凝视甄氏的体态，正想发言斥骂，那边已送来一句轻松的话：

"喔！那泪汪汪的媚人的眼儿呀！"

太子勃然大怒，狂喝道：

"刘桢，你，你……左右的，拖他下去！"

三五个武士把刘桢捆缚起来，一推一拥，拥出厅外。厅上人士伏在地下，半点也不敢作声。

一个冷静的秋天傍晚，应场远远看见那山脚边有人在垦地；从背影看去，那一定是刘桢，他特地走了过去。

"公干，你……"

话咽在喉里，半晌说不出来。刘桢停住了锄头，笑着说：

"德琏，你还是这么老古板呢！老朋友，你以为我的生活很苦吗？你可怜我吗？我自从和这锄头相亲近；……"

他把龟裂的手背拿给应场看，说：

"德琏！我还是要正眼对着她看！泥块、石头、锄头她们，我都觉得很可亲近！"

说时，紫暗色的脸上浮起健康的笑容。应场忽然觉得面前的影子愈远愈大，而背后的影子，愈缩愈小，黄昏的纱幕把他们遮隐下去了！

## 孔林鸣鼓记

登场人物：
（1）孔丘　其子孔鲤　其孙孔伋
（2）颜渊　卜商　仲由　曾参　子张
（3）孟轲　荀卿
（4）董仲舒　刘向　刘歆
（5）范升　马融　何休
（6）王充
（7）郑玄　王肃
（8）周敦颐　邵雍　张载　程颢　程颐
（9）朱熹　陆九渊
（10）王阳明
（11）颜元　李塨　顾亭林　黄宗羲
（12）戴震　惠栋
（13）庄存与　刘逢禄　康有为
地点　山东曲阜孔林大成殿

（孔丘在大成殿上走来走去，皱起眉头大生气）

孔　丘　越来越不像样了！越来越不像样了！我，我怎么在这儿还住得下去？怎么在这儿还住得下去！
（孔鲤从殿后走过来）

孔　鲤　爸爸！你为什么又生起气来啦？

孔　丘　你没看见那些叫化子吗？他们见了冷猪肉，你拉一块，他咬一块，抢得那么样子！什么孔门弟子！（颜渊也从殿后出来）颜回！你们同学里面，有这些叫化子吗？三千学生，我本来也记不清楚，不过这些小瘪三样儿，我从来没有看见过！什么孔门弟子，真丢了我的脸！

颜　渊　我，我没见过。从前我住在那小衖同里头，青菜烧泡饭，吃起来也满有味儿。自从把我拉到这个花花绿绿的大殿里来，从没一天清净过，那真够头痛！——老夫子，你也有点不好；你就爱接近那些阔老，阔老就利用你，把你拿去做挡箭牌，还是你自己惹出来的祸水，怪不得别人！

孔　丘　我自己惹出来的祸水？

颜　渊　不是他们都称你做素王吗？一年到头吃牛吃羊，还说是"素王"！那才是倒霉的素王！

孔　丘　什么"素王"？

颜　渊　你不必问我，你问那博学的卜商，他总知道的。（用嘴努指子夏）

卜　商　这事也不必问别人；老夫子自己的孙子，他收得一位好门生，姓孟名轲，咱们山东人，都是他玩的花样儿！

孔　鲤　伋！伋！

（孔伋自外入）

孔　伋　爸爸叫我，有何吩咐？

孔　鲤　哼！你教得好学生！（孔伋瞠目不懂。）

卜　商　说你的学生孟轲，告诉别人，说老夫子作《春秋》，什么乱臣贼子惧，外头人说："老夫子作《春秋》，笔则笔，削则削，由夏不能赞一词。"我是老跟着老夫子在一块的，从没见老夫子作什么《春秋》；哈哈，根本没有这个东西，叫我们赞什么屁词？（用手招招子路）仲由，你见过老夫子作什么《春秋》吗？

孔　丘　什么"《春秋》"？

仲　由　就是说那些鲁国的破破烂烂的账本呀！

孔　丘　见鬼！谁作什么《春秋》？谁见我作过？谁说我作的？伋！你说！

孔　伋　我，我，我也没说过。我从来不敢多说一句话。

卜　商　外头的话多着呢！什么《周易》啦，《尚书》啦，《诗经》啦，《仪礼》啦，都有老夫子的份儿。我也弄不清楚，什么五经、九经、十三经，总而言之，统而言之，一股脑儿写在老夫子的账上。——老夫子现在可阔啦，摇身一变，变成"大成至圣先师"，天天有冷猪肉吃，比从前在陈饿肚子的时候总舒服得多啦！我看老夫子，马马虎虎，一只眼睛闭，一只眼睛开，由他们弄去算了！

孔　丘　哼！由他们去！我要做"君子"，偏不要做"圣人"，我偏要算算清楚，卜商，你来记录口供，你文笔好一点。颜渊，你提着我，防备那些坏蛋的刁嘴！仲由，你去把那大成殿外的坏蛋一批一批押进来。子张，你监督他们，不要让他们作怪，鲤、伋，你去吩咐曾点，叫他不要丁东丁东再弹琴了，叫他也来陪审，帮着我。

（子路押庄存与、刘逢禄、康有为进大成殿）

孔　丘　仲由！你拖下那坏蛋——康长素，打他三十下手板，看他还是"长素"，还是"短素"！

康有为　（伏地乞罪）素王！小生不敢！

孔　丘　什么素王！我这荤王今天偏要打折你这狗腿，看你还敢造谣生事不？你以为我不知道，什么《大同书》，什么"张三世"，都说是我的主意，我几时出过那些狗屁主意？

康有为　我本来只说是老夫子"托古改制"，我，我以为老夫子总不会知道的，也想托一回古改一回制看。……其中有许多道理，都是庄存与、刘逢禄他们两位老前辈说的，我也不大清楚。

庄存与、刘逢禄　我们，我们也是从前几位汉朝的老前辈，何休他们说的。我们想汉朝人离开老夫子时候近一点，他们总不会说错的。

孔　丘　那末，你们的脑子呢？

庄存与、刘逢禄　老夫子的话，我们怎敢怀疑呢？

孔　丘　我说的什么话？

庄存与、刘逢禄　就是《公羊传》里的话。

孔　丘　什么《公羊传》？卜商，《公羊传》是什么东西？

卜　商　喔！那又是那本破破烂烂的鲁国账簿的话了。外头有一个冒称我的弟子公羊什么，汉朝人替他取个名字，叫做"高"。大概是三家村老学究，把那本破破烂烂的鲁国账簿读了又读，他自己胡诌一些鬼话添在上头，后来汉朝人把他那些狗屁当作宝贝，还说是老夫子传给我，我又传给他的；我是连"公牛"都没见过，管什么"公羊"不"公羊"！——不过呢，庄存与、刘逢禄、康有为那些没脑子的，也难怪他们；要算清这笔账，要把董仲舒、刘向、范升、何休那些坏蛋打顿屁股再说。

孔　丘　仲由，你把那些没脑子的押出去，叫他们每人写一张悔过书，永远不许再进来！

（子路押庄存与、刘逢禄、康有为出去，又押董仲舒、刘向、范升、何休上）

颜　渊　老夫子，这四个人里面，董仲舒那家伙顶坏，不要放松他！其他都是老学究，没有什么。

董仲舒　颜夫子，你是"非礼勿言"的，怎么也说起这样的话来！

颜　渊　大家且听，这一副油滑的政客腔！谁是你的夫子？连皇帝的屁都是香的，皇帝的尿都是甜的，我们孔门从没有这一类政客式的学生！

董仲舒　我末，什么都不管，只要得君行道。老夫子答应也好，不答应也好，我要戴老夫子的牌头去升官发财，看你们怎么办？

孔　丘　（发怒）仲由！先割下他的头来！（董仲舒看见子路拔剑，大惊。）

董仲舒　夫子饶命，小生不敢了。

卜　商　老夫子，这类人最下贱，戴了读书人的面具，什么狗洞都会钻。他见了皇帝，你知道他怎么说？他说，夫子作《春秋》是为汉制作。

孔　丘　为汉制作？

卜　商　他说：老夫子作的《春秋》，都是为的下沛的流氓刘邦作的。

孔　丘　啊唷唷！那真倒霉了我一世，刘邦什么东西，我来替他制作？他配？

子　张　老夫子，依我所知道，比这还多呢；他们把一件道士的衣服穿在老夫子的身上，说是老夫子作了《春秋》，伏在地下祷告上天，上天赐下什么宝贝！他们把老夫子打扮成为张天师。……哈，哈，哈，董仲舒那家伙还会呼风唤雨呢，不过皇帝还不十分相信他就是了！

孔　丘　仲由！我也不要多问了，把这坏蛋驱逐出境，不许他再来！

（董仲舒抱头鼠窜出殿）

（刘向、范升、何休面无人色，索索发抖）

卜　商　刘向、范升、何休，你们照直供来好了，不要等老夫子发气。

刘　向　老夫子，我们其实是可怜的，我们并不懂多少，又不许我们懂得多少。汉朝读书人的规矩，既要守家法，又要守师法；就拿《诗经》来讲，齐鲁韩分了三家，谁敢在"齐诗"的门下，说"鲁诗"的意见？通一经，并不许通各经，我们从何知道五经的内容和老夫子的意见呢？（范升点头附和他的意见。）

范　升　而且博士的官职是很威风的，为着面子关系，我们怎能不强词夺理去和别人争执呢？

何　休　而且到了我出世以后，我们今文家实在一天倒霉一天，不说点儿话，谁还相信我们呢？

孔　丘　你们争博士，你们闹意气，为何争到闹到我的头上来呢？

何　休　不瞒老夫子说，大家都是这样的；他们古文家，也一样地影戤老夫子的牌头呀！

孔　丘　仲由，也押他们出去，不许再闹到这儿来——我和那些古文家也算一算账。

颜　渊　先要和那些宋解理学家算算账才是。

（子路押刘向、范升、何休出）

（子张唤周敦颐、邵雍、张载、程颢、程颐、朱熹、陆九渊、王阳明入）

孔　丘　这一群怪里怪气是什么样人？（指周敦颐）你是个和尚吧？（指邵雍）你的确是个道士，陈抟是你的老师，是不？（指张载）你是鲁智深一流人，（指程颢、程颐）你们兄弟也是野和尚。（指朱熹）你是什么？一半和尚，一半道士，还有一半，三教合一罢！哈！哈！哈，哈！（指陆九渊、王阳明）你们也一股和尚气，野和尚，野和尚，你们都说是"孔门弟子"，孔门里面就有这许多野和尚野道士吗？

（周、邵、张、程、朱、陆、王都面红耳赤，不知所云）

卜　商　什么四书，四书，就是他们这班家伙玩的！

曾　点　程颢、程颐，你们说《大学》是老夫子的主张，而我传述出来的，我自己还不知道，你们怎么知道的呢？

程　颢　那，那是我们想象出来的。

孔　丘　你们想象出来的？难道我的话，只要你们想象想象就成功的吗？我看你们想象想象的话是靠不住的，你们把我的话乱说，你们所说释迦的话，也未必靠得住，你们都是胡说！

颜　渊　老夫子，你问他们：四书里面，还有一种叫什么？

程　颐　还有一种是《孟子》。

孔　丘　《孟子》？子夏，《孟子》是什么东西？

卜　商　就是令孙那位高足弟子呀！

孔　丘　怎样把他的书和《论语》放在一起？

朱　熹　因为孟夫子说人性皆善，和老夫子的主张相同的缘故。

孔　丘　孟夫子？人性皆善？我和他不相同。我只说："性相近也，习相远也，惟上知与下愚不移。"没说过："人性皆善。"我和他不相同。——喂，朱熹，我又问你：《河图洛书》是怎么一回事？

朱　熹　那是邵康节先生的话。

邵　雍　那是陈抟老祖的话。

孔　丘　你们听，那是陈抟的话，——喂，陆九渊、王阳明，明心见性是怎么说的？

王阳明　那是禅宗的话。

孔　丘　你们听，那是禅宗的话！——喂，周敦颐，无极而太极，那是怎样说的？

周敦颐　回老夫子的话，那是阴阳家的话。

孔　丘　你们听，那是阴阳家的话；——仲由，来，一起赶出去。我这里，不许有这些野和尚野道士的足迹！

（子路押周、邵、张、程、朱、陆、王同出）

颜　渊　子张，你去喊范升、马融、郑玄、王肃一起进来。

孔　丘　子张，你叫仲由把王肃立刻赶出去，那个专门做假的贼，我看都不要看他！

（范升、马融、郑玄同入）

颜　渊　郑玄，你一生做的事，并不和那些今文家、古文家同流合污，你头脑比较清楚一点，我们是知道的。不过孔门的学问，并不在一章一句、一枝一节，你这样鸡零狗碎的笺注，也是白费力气的，你自己要明白！

卜　商　范升、马融，你们搬《左传》，搬《周礼》，把周公当作最伟大的圣人，把老先生当作"述而不作"的历史家，也是大笑话，老夫子自有老夫子的学问，用不着你们瞎说！你们也还安分，我替你们向老夫子求饶，下回可不许这样了！

（郑玄、范升、马融退出）

孔　丘　殿外还有哪些人？

子　张　还有七八个人。有两个是北方口音的颜元和李塨，两个是南方口音的顾炎武和黄宗羲，还有一个徽州口音的戴震，一个常州口音的惠栋，此外还有那两位老土地——孟轲和荀卿。

孔　丘　你去吩咐孟轲和荀卿，说我顾全他们的面子，不难为他们，可是他们要自己安分，不要造事生非。颜元、李塨那几个人，也让他们住在这儿，说我爱惜他们，不必走开。（正说到这里，殿外一阵大笑声。哈……）

孔　丘　谁呀？

子　张　就是那个时常提出问题，著一部《论衡》的王充呀。

孔　丘　唤他进来！（王充进殿）

孔　丘　你笑什么？

王　充　我又不混在大成殿上，我又不吃冷猪肉，你有什么权力不许我笑呀！

颜　渊　你的嘴倒很厉害！

王　充　你的嘴倒也不错。不过我看你从前住在小衕同里比现在舒服一点，冷猪肉的味儿够好罢！（对孔丘）老夫子，我赞成你一个字——"命"字，唉！我生不有命在天！

孔　丘　默默不答。

王　充　默默不语。

（殿后曾点的琴声又响起来了）


## 历史小品胜谈

　　文学和史学在中国是孪生的姊妹。欧西学术，古来都包含在哲学里面，在中国，一切学术则源出于史学。古今文人，很多从《史记》、《汉书》偷点诀窍，桐城派老祖师归有光就是一位用五色笔读《史记》的古文家；章实斋也曾写过《文史通义》这样贯串性的书。不独古文家如此，纯文艺作家也是如此：司马迁写《项羽本纪》，把垓下之围写得有声有色，唐宋诗人收这题材咏成史诗，戏曲家写这题材成为戏曲，现在还有梅兰芳扮演的"霸王别姬"，颇为时行。诸如朱买臣、王昭君、杨贵妃……之类的历史人物，也这样写那样写，以各个意识形态跟着时代变换出来。往年有人讨论文学遗产问题；要说中国有什么珍贵的文学遗产，我想那决不是古文，骈文：历史方是可珍贵的遗产之一。

　　"五四"以来，传记文学衰歇下去，以历史故事为题材的章回小说也衰歇下去了。受欧美文艺影响的新小说，在技巧上意识上都和章回小说截然不相同；也曾有人取历史的人物穿上新的外套，如郭沫若的《三个叛逆的女性》，王独清的《杨贵妃之死》，只能说是文艺狂潮中的小波澜，不为一般人所注意。茅盾于民国十六年以后，也曾写过《大泽乡》、《石碣》那几个短篇历史小说，影响并不大；直到现在，只有刘圣旦的《发掘》是纯粹的历史小说集。近来，跟着小品文的发达，颇有人注意历史小品的发展，上月一个文艺团体派人来看我，曾说起新兴三种小品文体，幽默小品、科学小品、历史小品，以历史小品为他们所最注意。这或者是传记文学、历史小说重行抬头的征兆。

我开始写历史小品，乃受日本芥川龙之介的启示。谢六逸翻译的《日本小品文选》所选的芥川龙之介小品，三篇都是用中国的史事：一、用《项羽本纪》吕马童故事写《英雄之器》，二、用《史记》尾生的故事写《尾生的信》，三、用唐人传奇中卢生故事写《黄粱梦》。古老的故事，一经点缀，便以极新的姿态出现于当前的时代，我感到极浓厚的兴趣。如《黄粱梦》的结尾上说："卢生凝然地听着吕翁的话，当对手，确切地询问时，便抬起青年似的颜面，闪着眼光，这样说：'因为这是做梦，我还想生，如那梦的觉醒似的，这梦觉醒之时，就要来吧！到其时之到来，我还想真挚地生活了似的生存；你不作如此想吗？'这现代的精神，如太阳光那么明朗，使我愉快得很。依着他这一枝烛光，照读我以往所读的史书，处处闪出新的意义来。"三年前，我就着手写这一类的小品了。

第一次写的是范增，以范增被项羽所疏远，返归彭城道中疽发背死的故事为题材，中心是一个知识分子被"剑把"遗弃后的暗影，题名《亚父》，在《文艺月刊》刊出。现在追想起来，当时太爱拉长篇幅，已不成其为历史小品了。后来改变我自己的手法，以注入新感想为主，以史事为解释某种意识的例证，乃开始写《耶稣与基督》和《苏小小与白娘娘》那两个短篇，那时胸中先对于现实某事件要有所批评，借史事来发挥发挥，偶或能把胸中的沉哀表白出来，但未免有时要歪曲那史事的本相，不能算是正格的历史小品。有时我自己有深深的感触，在读者的眼里，却当作古老的故事轻松地看过了，因此我不想再写这类托古寄怀的小玩意，立下决心试作正格的历史小品，《祢正平之死》便是我的试作。先后写成的还有《叶名琛》《刘桢平视》和《焚草之变》，那几个短篇。

刚着笔时，常有一种错觉，以为非有完整的故事不能写，后来渐渐明白故事完整不完整尚在其次，如何把这故事组织过是第一件事。祢衡在《后汉书》有传，他恃才傲上，一不容于曹操，二不容于刘表，三不容于黄祖；历来咏鹦鹉洲的诗，很多责怪曹操和黄祖，说他们不能容纳天才。我细看全传，觉得祢正平之死，并非曹黄忌才，乃死于曹操、黄祖的左右之手，应得以这点意思为中心来描写的。在传文末段，"祖主簿素疾衡，即时杀焉"那两句话是明白点破这个因由，而上文"操怒，……送与刘表，……临发，众人为之祖道，……咸以不起折之也……""表尝与诸文人共草章奏，并极其才思，时衡出，还见之，开省未周，因毁以抵地，表怃然为骇；衡乃从求笔札，须臾立成，辞义可观，表大悦，益重之"。字里行间，却隐隐有左右怀恨嫉才，帮主子逐客的情势存在着。我颠倒顺序，把这故事重新组织过；以黄射（黄祖之子）来陪衬祢衡，以《鹦鹉赋》来作祢衡的精神告白，以黄祖急性，执法主簿借机报私怨来作这事件的团圆线索；以史事为主，不加丝毫歪曲解释；居然能把新的涵义明显地传达出来，我自以为合乎历史小品的基本原则了。

　　历史小品，在技巧方面，和幽默小品、科学小品本没有什么大不同。历史小品取材于史事，也和幽默小品取材于谐趣故事，科学小品取材于自然小品，一样地专注于某一种对象。史事那么繁富，题材可说是容易找得很；但史籍中的史事，常为传统思想的蔓草所淹没；要从蔓草底下抉取史的本相，从庸俗的历史观底下逃出来，养成找题材的"史眼"，却是一件极不容易的事。我们着手写历史小品，虽不能和一般治史的人一样，把全部精力时间花在整理史料上头，但基本工作是必不可少的。就史论史，所谓史事的本身是一件事，作史者笔底的史事又是一件事；史事的本身不可复演、不可重现，我们只能依凭史家笔底的史文来推想史事的本身。于此先要考察三件事：先考察史家在怎样情形之下观察这件史事的？次考察史家在怎样情形之下写这史文的？又次考察，这史篇写成以后，在怎样情形之下留传下来的？要有十二分耐性追溯上去，使所把握的史事与史事的本相不相差十分远。历史上的人物事件，别人用他自己的道德观念、权利关系批判过了；红脸的是忠臣，花脸的是奸贼，凝固为定型舆论。我们要有社会科学、历史哲学的新知，重新建立知人论世的尺度，方能脱去前人的思想羁绊，方能于社会公认关云长为不爱色不爱名利的圣人的定型之下，描写他的爱女色，粗鲁偾事的性格。从前做史论的，又有爱做翻案文章的习气，其观察不正确，亦与随声附和的矮子看戏论相仿佛；我们要有史家的宽大风度，让史料引导我们到那最后的结论，才能免于"爱新立异"、"亟亟下结论"的弊病。

大凡历史上的巨灵，他的地位愈高，愈成为一般人的箭垛，愈为附加上去的道德外套所遮蔽；文艺家不敢公然向社会挑战，他的笔就为传统的说法所慑住，不敢有自己的创见了。诸如《世说新语·容止篇》记温忠武与庾文康投陶侃事，可以写成一幕文人怕武人的趣剧，但大家脑中先有陶侃运甓一类故事的影子存在着，决不敢把这个荆州系的军阀（陶侃）写成武人气度，又决不敢把荆州系军阀和扬州系军阀（苏峻）争权的故事穿插起来。又如明末清初，说书名手柳敬亭善于敷陈史事，以"能直谏会旁嘲"为当时名公大人所敬重。但据《桃花扇》所引，他说《论语》"大师挚适齐"那一段，仍不脱腐儒说"高头讲章"的酸道理，并不见得怎样高明，可见撇开传统思想之难。偶于滩头看到小唱本，其中演讲孔子去齐章，生动有致，倒比柳敬亭高出一等。我现在敢说一句：作历史小品的，亦当先有此疑古非孔的精神。

苏东坡说："遍地皆文章，妙手拾之耳。"初读史书，那些大事件、大人物颇引动我们的注意，照这条路走，便得写成呆板的教科书式的史文。读之既久，东一处西一处闪出可爱的事件、可爱的人物来，我们眼里的大人物、英雄、圣人还是和我们一样皮包骨、肉血做成的活人，一样有感情，有理智，有光明面，有黑暗面，我们撇开正面，从旁面入，撇开大处，从小处入，笔下就很活跃了。现代美大史家房龙（Van Loon）所写的《人类的故事》，我一见就呆着看下去。当他写到法国大革命那一段，我掩卷预想他怎样来写拿破仑，因为别人用十万百万字来写拿破仑还嫌不足，看他笔下千百字怎么能笼罩得住？翻开一看，他写道：

我现在坐在一张很舒服的桌子面前,桌上满堆着书籍,我的一只眼睛看着我的打字机,一只眼睛看着我的猫,嘴里告诉你们,拿破仑皇帝的为人怎样的不足取。但是我略抬头一望,假使看见窗外大街之上,无数的车马忽然停住,耳边一片鼓声,那个短小精悍的拿破仑穿着破旧的蓝色军衣,骑着白马而来,那时我便不能自主了。恐怕我也要抛了我的书籍,撇下我的猫,离开我的家,遗弃一切的东西,跟着他就跑,随便他领我到什么地方都可以。我的祖父是这样跟着他跑了的,上帝知道他并不是生下来便是一个好汉。还有千千万万别人的祖宗也是这样跟着他跑了的。他们并未得着什么报酬,也不希望得到什么报酬。甘心情愿牺牲肢体,牺牲生命去供他的驱策,别井离乡,跋涉数千里外,跑到俄、英、西、意或奥国的炮垒面前,声色不动,看着那连天的炮火和死神决战。……(《人类的故事》下册一百七十二页)

照他这么写,虽是一枝一节,而足以烘托那事件的重心那人物的灵魂的,都抓来用作题材,那么,一部"二十四史",我们还怕写得完吗?常读《史记》《汉书》,看司马迁、班固记汉高祖事,很多铺张扬厉之处。但从字里行间看去,如:

(一)母媪,当息大泽之陂,梦与神遇;是时雷电晦冥,父太公往视,则见交龙于上,已而有娠,遂产高祖。

(二)高祖为人……好酒及色。常从王媪、武负贳酒,时饮醉卧,武负、王媪见其上常有怪。高祖每酤留饮,酒雠数倍。及见怪,岁竟,此两家常折券弃责。

(三)吕公者,好相人,见高祖状貌,因重敬之,引入坐上坐……酒阑……吕公曰:"臣少好相人,相人多矣,无如季相,愿季自重!"

(四)吕后与两子居田中,有一老父过……相后曰:"夫人,天下贵人也。"……乃追及,问老父,老父曰:"……君相贵不可言。"……及高祖贵,遂不知老父处。

(五)高祖被酒,夜径泽中,令一人行前;行前者投还曰:"前有大蛇当径,愿还。"高祖醉曰:"壮士行,何畏!"乃前,拔剑斩蛇。……后人来走蛇所,有一老妪夜哭。……"吾子,白帝子也……

今被赤帝子斩之。"……妪因忽不见。……高祖乃心独喜,自负。

（六）高祖隐于芒、砀山泽间,吕后与人俱求,常得之。高祖怪问之,吕后曰:"季所居,上常有云气。"……高祖又喜。

那几段,都有刘、吕二家串通造谣生事的痕迹,只要穿插起来,就可写成一篇颇有趣的小品。又如《西京杂记》,记:

太上皇徙长安,居深宫,凄怆不乐。高祖窃因左右问其故,以平生所好皆屠贩少年,酤酒、卖饼、斗鸡、蹴鞠、以此为欢;今皆无此,故以不乐。高祖乃作新丰,转诸故人实之;太上皇乃悦。故新丰多无赖,无衣冠子弟故也。高祖少时,常祭扮榆之社;及移新丰,亦还立焉。高祖既作新丰,并移旧社,衢巷栋宇,物色惟旧;士女老幼,相携路首,各知其室,放犬羊鸡鸭于通涂,亦竟识其家。匠人吴宽所营也。

也是一般绝妙的题材。

又常读《资治通鉴》至隋炀帝南游扬州那一段,记:

（一）隋炀帝至江都,荒淫益甚。宫中为百余房,各盛供张,实以美人;日令一房为主人……帝与萧后及幸姬历就宴饮,酒卮不离口。

（二）帝自晓占候卜相,好为吴语:常夜置酒,仰视天文,谓萧后曰:"外间大有人图侬;然侬不失为长城公,卿不失为沈后,且共乐饮耳。"因引卮沉醉。

（三）又尝引镜自照,顾谓萧后曰:"好头颈,谁当斫之!"后惊问故,帝笑曰:"贵贱苦乐,更迭为之,亦复何伤?"

（四）帝闻乱,易服逃于西阁……有美人出,指之。校尉令狐行达拔刀直进……扶帝下阁,引帝还至寝殿。虞通、德戡等拔白刃侍立。……帝爱子赵王杲,年十二,在帝侧号恸不已;虞通斩之,血溅御服。贼欲弑帝,帝曰:"天子死自有法,何得加以锋刃?取鸩酒来!"文举等不许,使令狐行达顿帝令坐;帝自解练巾授行达缢杀之!

这一幕悲壮剧，也可以如火如荼写得很热闹的。我们平日读史，随手翻史，随手把闪入眼帘的有光芒的史事摘取下来，久而久之，自然触目都是题材，不愁枯窘了。

题材找到以后，我们可用许多方法来写它，第一种该说到檃栝去，在苏东坡的词里，有一首《哨遍》，"取陶渊明《归去来辞》，稍加檃栝，使就声律以遗董毅夫，使家僮歌之"。其词曰：

为米折腰，因酒弃家，口体交相累。归去来！谁不遣君归？觉从前皆非，今是露未晞，征夫指予归路。门前笑语喧童稚；嗟旧菊都荒，新松暗老，吾年今已如此！但小窗容膝，闭柴扉，策杖看孤云暮鸿飞；云出无心，鸟倦知还，本非有意。

噫，归去来兮；我今忘我兼忘世。亲戚无浪语，琴书中有贞味。步翠麓崎岖，泛溪窈窕，涓涓暗谷流春水。观草木欣荣，幽人自感，吾生行且休矣。念寓形宇内复几时？不自觉，皇皇欲何之。委吾心，去留谁计？神仙知在何处？富贵非吾志。但知临水登山啸咏，自引壶觞自醉。此生天命更何疑？且乘流，遇坎还止。

这样檃栝前人的文章，乃是历史小品的一种写法；司马迁《屈贾列传》写屈原《离骚》，就用这种方法。史籍上有些大人物大事件，其事实几乎妇孺皆知，如要写成小品，可以用这种檃栝法的。

其次要说到敷衍法，《论语》孔子去齐章，写孔子狼狈情形，的确是小品题材。我前面提到过的那个唱本，他敷衍全文，道：

他师徒……一路上观不尽的潇湘景，猝然间遇着个疯子到车前。他那里一边走着一边唱，唱的是双凤齐鸣天下传。他说道："虞舜已没文王死，汉阳郡哪有韶乐共岐山！你从前栖遑道路且莫论，至而今羽翼困倦也该知还。你看这郢中哪有梧桐树，何不去寻个高冈把身安？你只想高叫一声天下晓，全不念那屈死的龙逢和比干！"他那里口里唱伴长去，倒把个孔子听的心痛酸。……老夫子走向前来待开口，他赶着提起腿来一溜烟。弄的没滋搭味把车上，猛抬头波浪滚滚在面前。师徒们勒马停骑过不去，看了看两个农夫在乡里耕田。吩咐声："仲由，你去问一问，你问哪里水浅好渡船？"仲夫子闻声此言不急慢,迈开大步到近前。他说道:"我问老哥一条路,告诉俺哪是道口哪是湾?"长沮说:"车上坐的是哪一位?"子路说:"孔老夫子天下传。"长沮说:"莫不是家住兖州府?"子路回答"然然然!"长沮说:"他走遍天下十三省,教的那些门徒都是圣贤。"说罢竟将黄牛赶,你看他达达躂躂紧加鞭,闪的个好勇子路瞪着眼,无奈何又向桀溺问一番。桀溺说:"看你不像本地客,你把那家乡姓氏对我言?"子路说:"家住泗水本姓仲。"桀溺说:"你是圣人门徒好打拳。"子路说:"你既知名可为知己,你何不快把道口指点咱?"桀溺说:"夜短天长你发什么躁!慢慢的听我从头向你言:你不见沧海变田田变海,你不见碧天连水水连天!你纵有摘星换月好手段,也不能翻过天来倒个乾!与其你跟着游学到处创,你何不弃文去武学种田?白日里家中吃碗现成饭,强于你在陈饿的眼珠蓝。夜晚关门睡些安稳觉,强于你在匡吓的心胆寒。这都是金石良言将你劝,从不从由你自便与我何干!"说着回头把田种,二农夫一个后来一个先。仲夫子从来未占过没体面,被两个耕地农夫气炸了肝。"若照我昔年那个猛浪性,定要踢顿脚来打顿拳。恼一恼提起他腿往河里撩,定教那鱼鳖虾蟹得顿饱餐!"

这一段弹唱文,依照《论语》原意,把南方几个隐者(接舆、长沮、桀溺)和孔门师弟应答的话,加油加醋敷衍开去;不独是神情逼肖,成为现代化;即全文意义,也成为现代化了。宋元以后的说书人说古事,小说家写章回小说,大都以敷衍法见长。茶坊中有连说小姐吩咐梅香事,历一月之久者,可谓极敷衍之能事。最近,在《国闻周报》十二卷第一、二、三期连载绝圣先生的《论语》译文,亦用敷衍法,如译"古者言之不出,耻躬之不逮也"为"古代的人不乱喊口号,骇怕他自己做不到";译"君子周急不继富"为"我宁自雪里送炭,不肯肥肉上抹油!"都敷衍得很好。("敷衍"本义作"推广其义"讲,今人误用,乃作"马虎应付"解。)

"檃栝"、"敷衍"可说是粗枝大叶的功夫,再进一步,我来谈一谈另一种细腻功夫,即所谓"渲染法"。前人作抒情文字,描别离者甚多。江文通《别赋》,首段云:

……是以行子肠断，百感凄恻，风萧萧而异响，云漫漫而奇色，舟凝滞于水滨，车逶迟于山侧；棹容与而讵前，马寒鸣而不息！……居人愁卧，恍若有亡，日下壁而沉彩，月上轩而飞光……

以下接写富贵别，任侠别，从军别，绝国别，伉俪别，方外别，狭邪别，乃分段描述。这个题材，一到北宋词人柳永手里，又别开新面了。他用各种手法写离别之情，而各各不相同，如《雨霖铃》：

寒蝉凄切；对长亭晚，骤雨初歇。都门帐饮无绪，留恋处，兰舟催发。执手相看泪眼，竟无语凝咽。……多情自古伤离别，更那堪冷落清秋节！今宵酒醒何处？杨柳岸，晓风残月！……

绝不用故事来堆砌，渲染出一个外景来构成一幅心理的图画，决非江文通那样粗疏手法所能写的。后来到了北曲作家手里，那更不相同了。如董解元《西厢记》"长亭送别"一折：

……雨儿乍歇，向晚风如凛冽，那闻得衰柳蝉鸣凄切！未知今日别后，何时重见也？衫袖上，盈盈揾泪不绝，幽恨眉峰暗结，好难割舍，纵有千种风情何处说；莫道男儿心如铁石，君不见满川红叶，尽是离人眼中血！……衰草凄凄一径通，丹枫索索满林红。平生踪迹无定着，如断蓬，听寒鸿哑哑的飞过暮云重。忆得枕鸳衾凤，今宵管半壁儿没用。触目凄凉千万种：见滴流流的红叶，淅零零的微雨，率剌剌的西风！驴鞭半袅，吟肩双耸，休问离愁轻重，向个马儿上，驮也驮不动！

这完全是心理的描写，比柳永更细腻得多了。这个例子，我用来作渲染法的说明：我们从历史上找到一个题材，要设身处地替古人着想，要和他一起周历那悲欢离合的场合；于是从某个焦点出发，把整个故事调整过，渲染成一篇新的创作。从前法国写实主义大匠佛罗倍尔（Flaubert）以十年长期写那本著名的《萨朗坡》（*Salammbo*），是这样从瓦窑中烧出来的；我想：一篇成功的历史小品，亦必得如此烧炼出来的罢。

鲁迅先生于民国十五年间，在厦门写过几个故事新编；在自选集中选存了《奔月》《铸剑》两篇。我现在拿《奔月》来结束这个噜苏的谈话。《奔月》是以"嫦娥奔月"那个传说做底子的，鲁迅先生将这传说现实化了。嫦娥是不满足于现实生活圈子向美丽的幻想境中飞去了的；而碰在现实碑上的勇士——后羿，他只能吃吃"乌鸦的炸酱面"，喝喝"碎烂了的麻雀汤"，对着结婚以前射得的文豹皮叹气；而那射封豕的强弓只能用以射只老母鸡，让老妇人去嘲笑；这是面着现实世界在扮鬼脸。其末段，写：

> 羿懒懒地将射日弓靠在堂门上，走进房里去。使女们也一齐跟着他。
> "唉，"羿坐下，叹一口气，"那么，你们的太太就永远一个人快乐了。她竟忍心撇了我独自飞升？莫非看得我老起来了？但她上月还说：并不算老，若以老人自居，是思想的堕落。"
> "这一定不是的。"女乙说，"有人说老爷还是一个战士。"
> "有时看去简直好像艺术家。"女辛说。
> "放屁——不过乌老鸦的炸酱面确也不好吃，难怪她忍不住。……"
> "那豹皮褥子脱毛的地方，我去剪一点靠墙的脚上的皮来补一补罢，怪不好看的。"女辛就往房里走。
> "且慢，"羿说着，想了一想，"那倒不忙。我实在饿极了，还是赶快去做一盘辣子鸡，烙五斤饼来，给我吃了好睡觉。明天再去找那道士要一服仙药，吃了追上去罢……"

我读了，如北风里淋了一头冷水，浑身都在打战呢！假使有人爱读历史小品的话，我先推荐这一篇。

## 怎样写历史小品

接连收到几封询问关于历史小品的信，我不禁想起佛罗倍尔

（Flaubert）的《萨朗坡》（Salammbo）来。当佛罗倍尔完成他的名著《波华荔夫人》以后，大家对于他这冷酷的描写有点缺然，大家在想：为什么不给恩玛和波华荔一点传奇式的幸运呢？为什么她们所剩下的唯一女孩，也给她送到纺织工场里去呢？过了七年，佛罗倍尔给大家一个切实的答复，便是以第一毕尼克战役后的加尔赛齐反乱为背景的历史小说《萨朗坡》的写成，他的对于现实的冷酷的描写，和他对于千百年前历史人物的冷酷描写完全一致的。他写信给桑·乔治说：

> 我不和你一样，我感觉不到这种生命肇始的情绪，生存放蕾的惊疑。正相反，我觉得我永久生存着！我的回忆一直溯到埃及的帝王。我清清楚楚地看见自己，在历史的不同的时代经营不同的职业，遭遇繁复的命运。我的现存的个体是我的过去的个性的终结。我做过尼罗河的船户；当布尼之战，我在罗马正好做人贩子；在徐布尔，我做过希腊辩师，饱经臭虫的蹂躏，当十字军之役，我在叙里亚的海滨吃多了葡萄，腹胀而死。我做过海盗、和尚、车夫、魔术士。或者东方的皇帝，也许？

许多人误解以为写历史小品就不妨向壁虚构，称自己心愿把历史中的人物雕塑起来，涂染任何色彩，穿戴任何衣帽，用任何姿势在街头上摇摆。他们心目中，只看见以往的读书人，如董仲舒给孔丘穿道士八卦衣，朱熹、王阳明给孔丘穿和尚衣，康有为给孔丘穿西装，蚩蚩者氓一样地当做大成至圣来礼拜，便以为古人已死，不妨自我作古，他们又听见街头说书人，有权把淡泊明志的孔明变成呼风唤雨的张天师，把爱女色的关羽变成秉烛达旦的武圣，把阴险的刘玄德变成仁至义尽的忠厚长者，便以为口头褒贬，亦可旋转舆论。实则无论虚构至如何程度，也还不是虚构，不过是自己灵魂的告白，董仲舒、朱熹、王阳明、康有为依然一个个摆在那里，一眼便知其非孔丘的；无论把孔明、关羽、刘玄德说得怎样天花乱坠，也还是一串愚蠢人的自塑像，和孔明、关羽、刘玄德全无干系的。

人总是人，决不是神；人的意识形态总为他的生活环境所决定。

我们写历史小品,和那些托古改制的人正取相反的方式:我们采取历史上的人物,把他放在原来的圈子里去,看他怎样过活?怎样组织他自己的思想?和哪些人往来?在哪些事件上处怎样的地位?一一钩沉稽玄,还他本来的真实,客观地描写起来,绝不加以否定的解释,也不涂上现代的色泽,这是我们写作的基点。

在手边,我正在搜集隋炀帝江都被难的史料。

首先引起我们注意的是这位末路君王的浪漫气氛,他爱说苏州话,他深知贵贱苦乐之无常,他准备最后的下场办法,以罂贮毒药自随,这都是他的有人味之处,我们觉得他是一个可以相亲近可以相了解的人,正如陈叔宝、李后主、宋徽宗是我们这一群里的人,只可惜他们"不作词人作帝皇"罢了。隋炀帝之下场太悲惨了,当赵王杲的血溅在他的御服上,我想他的心是碎了的。我现在和佛罗倍尔一样,周旋那个末路皇帝遭遇,体味他心头上的痛楚,这样来写成《焚草之变》那个历史小品。

我的写历史小品的方式,大致是如此的。


## 附　略谈历史小品

天　帝

近来历史小品这新的文体,被许多人在提倡着,而且也正有人在试行创作了。中国自五四运动以后,新文学的收获,比较美满的是在短篇小说方面。此外,则由周作人等所提倡之幽默小品,从其清新纤丽而言,也还有着可取的地方。至于历史传记的文学,不但产量很少,就是从事努力于这种形式的人,也不多。前几年,郭沫若曾做过《湘累》《王昭君》等剧,茅盾亦有《大泽乡》《石碣》等篇小说之作,施蛰存则用精神分析学的方法,写成了《将军的头》《石秀》等几个短篇,然而这些东西,去年已有人说过:那是出于向壁虚造的结果,不能算作历史小品的正格。现在被提倡而且通行的,应该是别一种形式与内容的历史小品,究竟怎样?我们就来谈谈这个吧!

历史小品有没有正格?怎样才是历史小品的正格?又历史小品与小说,二者的区别在哪里?在提倡者的方面,这几个问题,总该先弄个清楚。现在就看曹聚仁的答案。

> 我们写历史小品,和那些托古改制的人正取相反的方式:我们采取历史上的人物,把他放在原来的圈子里去,看他怎样过活:怎样组织他自己的思想?和哪些人往来?在哪些事件上处怎样的地位?——钩沉稽玄,还他本来的真实,客观地描写起来,绝不加以否定的解释,也不涂上现代的色泽,这是我们写作的基点。

这几句话,在某种限度以内,当然不失其相当的正确,我们对于历史上的人物,不必佛头着粪,不应向壁虚造,更不可涂上现代的色泽;但我们在没有制作这新的历史小品以前,首先要估定的,是这种新的文体之现代社会之需要性。如果历史小品应该被提倡起来,则怎样性质的东西,是为我们所需要的?历史上的事件人物,多到如恒河沙数,而每个社会事象,其发生与其没落,每个历史人物的心理行动之开展,又都不是独立的,与其他的社会事象、周围环境,都有分不开的联系;我们要想阐明的,或者想切取其中真实之一断片,把他用小品形式表达出来,要能那么样的明白、正确,而不流于幻想和歪曲,真不是容易的事;其次,比这个还重要的,是我们在处理历史小品中的人物和事件的时候,不但要还复其本来面目,忠实而又客观地把它描写出来。重要的,是在于这事件和人物的开展在历史的动向里,占着若何等量的位置?这人物事件之开展,又给与当时的社会以如何严重而又深刻的影响;我们不但要剥开事物的假面,假面之没有被揭发,只不过蒙蔽事实的真相,但历史事象之繁复,要一一不择其性质之重要高下,例如一个昏君之想自杀,一个人臣之嫉视女色,像这些不足轻重的材料,即使如实地把它阐明出来,也不过表明这昏君之行为,虽然荒淫暴虐,但尚没有失却人性；这人臣是怎样一个正派君子，富于正义思想。此外还能有什么用处？

所以我的意思：历史小品，如果有可以被提倡起来的理由，则向壁虚造，涂上现代的色泽，固然不可以；而仅于使它忠实地描写出来，给阿猫阿狗还复一个原来的本相，这样也没有什么意思！关云长固然非不爱女色者，但即使给他一个翻案，从历史的事实里，抽出他若干爱好女色的例证，也不过究明人总是人，决不是神，食色究竟为普遍的人性而已。

我们虽然知道科学小品的目的，是在于将社会自然各种科学的常识，通俗地而又用文学的形式把它表达出来，不夸张不涂饰，只是客观地给它描写出就完了。但历史上之人物和事象，究不能与自然界之物质等量齐观，而况如若在科学小品里，要把社会学、科学的常识，通俗地表达出来，这就也不能不于材料的提供上，有着若干的选择作用；至少要寻出其中之比较重要的社会事象，才予以阐明和表述吧？

因而目前这当儿，提倡历史小品的人，其急要的任务，倒不在于说明这新的文体的技巧方面，什么檃栝法，什么敷衍法，更有什么心理描写法等等。而在于规定历史小品的构成内容；何者为应该写和值得写，而不是如何写和怎样写的问题。后者比之前者，是站在次要地位的。

其次，主张写历史小品的人，"应一一钩沉稽玄，还他本来的真实，客观地描写起来，绝不加以否定的解释，也不涂上现代的色泽"，但这样性质的小品，要能做得好，却真是不容易。就如主张者的自己，他在其几篇小品的制作上，也不能不包含和其本来的说素若干冲突之点，例如刘桢这个人，他的嫉视女色，是否出于正义的发抒？或者是出于矫情的造作？像所谓立异以鸣高这类的人，也未可知。作者设想刘桢当时的愤怒心理，和几介同僚的畏怯状态，也不能不加以若干的想象作用。这大概由于文艺这东西的特殊性质，一把历史上的人物事件，写成了像小品那样形式的东西，那就不能不用某种具体的形象把它表现出来，这里：就存在着文艺之想象作用之必要理由，例如把历史上之某次农民暴动，由事件之本身发展，把它和历史之未来动向联系起来，从这中间，看取其虽然原始的、却含有历史转变关捩的伟大性质，这也是可以有的。

此外，历史小品的提倡，在现在虽已喧闹一时，事实上也有若干成品提供出来。但究竟历史小品与小说，其二者区别之点在哪里？似乎直到现在，还没有人给以明白的划分。有人说：他们的差异点，在于历史小说的篇章要比小品形式上长一点；但也有人反对这样的说法，以为历史小品，不妨长到几千字的。在五月号的文学上，编者在文学论坛里，就说过：

> 至于历史小品，就现有的试作而观，似乎很难与历史小说分家的。同是依据史实，同是加上了作者的想象，把短短的史实敷衍成较长的故事；而且同是中间渗浸着作者对于该一史事的批评——"历史小品"，跟历史小说似乎没有什么本质上的不同。

可见对于这二者之应该有着明确的划分，和我同感的人也还有着。究竟它们有着如何的界限也似宜早日确定，俾从事历史小品的人，知所适从，不致有茫漠索途之憾。

# 第二分

# 谂痴散策

## 说因缘

> 极微于五识，设缘非所缘；彼相识无故，犹如眼根等。
> 和合于五识，设所缘非缘；彼体实无故，犹如第二月。
> ——陈那：《观所缘缘论》

前日，虹影先生在《自由谈》介绍日本文坛关于"偶然论"论争的消息。这问题，在科学上早已引起论争；维也纳派的数理逻辑研究，是属于这一部门的。而莱痕巴赫（Dr.Hans Reichenbach）的"概然论"，可说是这一部门的专门名著。去年莱痕巴赫代表土耳其出席第八届国际哲学大会，宣读《概然概念对于知识的意义》那篇重要论文，可说是概然论的提要。这个论争，应该说是关于"必然论"、"偶然论"的重行估定价值，应该提出"概然论"、"或然论"或"适然论"这样的新术语来，笼统称为"偶然论"是错误的。（研究 Probability，并不是专着眼偶然。）"欧洲的'概然论'起源于赌博，而与之有密切关系的归纳问题的解决，又归结于赌博的下注。"张申府先生说是一桩煞有兴味的事。"概然论"的波浪，由科学界震荡到哲学界，由哲学界震荡到文学界，也是一桩煞有兴味的事。

我的研究概然问题，早在十年以外；我的结论叫做"适然史观";而所用以做客观的论证的,就是林语堂先生所不断嘲笑的"明明赌博而托之于研究数理"的回力球研究。好在欧洲的"概然论"也起源于赌博,而别国的文坛又在那儿广泛地讨论概然论问题;虽有林先生的嘲笑在先,也不妨提出来讨论讨论了。

"概然论"(A Treatise on Probability)在文艺复兴时代,意大利的算学家卡但(Cardano)和伽离略(Galileo)因赌博上的需要,将它研究成为算学。后来十七世纪,法国的巴斯噶斯(Pascal)和勿马(Fermat)定下概率算法的基础。十八世纪,有瑞士雅各·北奴里(Jacob Bernouli)的猜测术,至十九世纪,由法国的数学天文家拉不拉斯(Laplace)集其大成。在现代,则英国的小铿士(J.M.Keynes)、罗素(Russell),德国的莱痕巴赫和米塞斯(R.V.Mises)都有特殊的研究。要讲"概然论",从数理逻辑入手,比较便当一点。我并不研究数理哲学,关于这方面的知识,根据张申府先生所说的多。为便利一般讨论起见,我先把"概然论"和"必然论"的普通公式列一列。"必然论"的因果公式如下:

A 含蕴 B——(在语言里平常由"如——则"两字来表示)

"概然论"的公式如下:

$A_1A_2A_3A_4$ 含蕴 $B_1B_2B_3B_4$(在语言里,则若甲为 $A_1$,则乙或为 $B_1$,但亦可为 $B_2$,$B_3$,$B_4$。)

莱痕巴赫说:"一个未来命题可称为一个下注;即,在一个未来命题,在一桩事实上下注;意见就写在赛马上,在一匹马上下注相似。逻辑的问题于此,只能在于,在许多可能的下注当中,造出一个等第,把一种下注特显出为最运气的。……人能把归纳推断证明为预言的一种必须条件,虽是当然从不能得出一个证明,说它也是一种充足条件。……科学的预言,意思就是下注;这种下注,固然无妥当的保障,但却是照着那最可能的原理而作。"(概然概念对于知识的意义。)这是概然论的绝好注解。

为一般并非专门研究数理哲学的人着想,我觉得佛学上"因缘"二字倒可以拿出来用一下。凡 A 含蕴 B 这个必然式,可以用"因"字来代表,至于 $A_1A_2A_3A_4$ 含蕴 $B_1B_2B_3B_4$ 这个或然式,可以用"缘"字来代表。(这比普通所说的"因缘",又较有限制一点。)就拿男女两性的结合来看,在最大限度,可以说凡男与女都有结合成为伴侣的可能性;把限度缩小一点,如年龄的限制,如种族、国家、姓氏的同异,我们可以说同国同种而姓氏不相同,在某年龄之下的男女,可以成为伴侣。这是属于"因"部分的事,我们可以承认是必然的。但现在的事实,是某甲与某乙结为伴侣;单用男与女可以结合这样大限度的解释是不能使人满意的,这就要注意构成这事实的一串小缘。某甲与某乙的结合,最基础的条件是要他们两人彼此先认识,我们就要追溯造成他们相认识的一串小缘。有了这个小缘,他们两人未必成为伴侣;但缺少了一个小缘,他们相认识的机会失去了,就没有结合起来的可能。单独提出一个小缘来,仿佛无关紧要,但在一串小缘的连续线上,绝对不可缺这一个小缘,一切的记载,都只是既成事实的登录,把那些构成这事实的小缘疏忽掉。一面单看既成事实,便觉得一切现象都是必然的;又一面只看见零零星星的小缘,不能把小缘的连续线拉起来,又好像一切现象都是奇迹,都是偶然的。——其实两方面都是错觉,我们正确地说,应该说大因是必然的,小缘是或然的。

不说那些抽象的理论,我来举几个真实的史例罢。满清末年,资本主义的大潮向中国土地上冲过去,中国社会绝对不能保守老样子,非变动不可;而且变动的速度和振幅,和资本主义在中国的势力一同增高起来,这是必然的。但变动的过程中,有许多小缘,得留意一下。在戊戌变法之际,光绪帝如能先发制人,把慈禧太后囚禁起来;在庚子拳乱之际,列强实行把中国分割掉了;辛亥革命的成功,如不在武昌而在广州暴动,或者武昌革命也还是失败;或者清帝不用袁世凯,或决计不让位;这许多小缘的可能性,和另一串小缘——光绪被囚禁,列强不瓜分中国,辛亥革命成功在武昌,清廷用袁世凯,决计让位——的可能性,是占同等的百分比的。小缘的连续系统一有变动,中国的历史就要换一种写法了。所以研究历史的和研究社会学的有点不同,社会学告诉我们一般的社会变动过程,历史告诉我们某时某地某社群的变动过程,"必然论"在这儿失

去了效用了。近人梁启超力主"偶然论",他在南京讲演研究文化史的几个重要问题,全盘否定因果律在历史上的应用,说:

> 归纳法最大的工作是求共相,把相异的属性剔去,相同的属性抽出,各归各类,以规定该事物之内容及行历何如。这种方法应用到史学,却是绝对不可能。为什么呢?因为历史现象只是"一趟过",自古及今,从没有同铸一型的史迹,这又为什么呢?因为史迹是人类自由意志的反影;而各人自由意志之内容,绝对不会从同;所以史家的工作,和自然科学家正相反,专务求"不共相"。倘若把许多史迹相异的属性剔去,专抽出那相同的属性,结果使将史的精魂剥夺净尽了。因此,我想:归纳研究法之在史学界,其效率只到整理史料而止,不能更进一步。

随后他又发表两个大胆的结论:

（一）"历史现象,最多只能说是'互缘',不能说是因果。"
（二）只有"人类平等及人类一体的观念,世界各部分人类心能所开拓出来的文化共业"。这两点可说历史是进化,其余只好编在"一治一乱"的循环圈内了。

他的话固不无偏颇之处,但他批评必然论在历史上的应用,颇值得注意。

我们从另外一个史例上又可以看见梁启超一类主张偶然论者的缺点来。民国十五年间,北京有人提出"曹锟卖布出身,现在做了大总统"的口号,当做招募新兵的诱惑辞令。想出这口号的人,一定以为"卖布出身"会做大总统是一个不可思议的奇迹,仿佛买航空奖券一样,碰巧中了头彩。其实他们忽略了一串小缘的连续线,我们把"北洋派"、"国民党"、"研究系"这些政治活动的集团,和民国实际政治的联系合拢来看,把曹锟放在北洋派里,把曹锟在小站时入行伍的事实不要忽过,那就可以解释卖布出身而做了大总统的因缘,也可以了解这事实并非奇迹了。现在许多史实,因为史迹已往,那一串小缘的连续线不能重行凑合起来,只能让必然论和偶然论者纷争不已。概然论者就想在并非调停两可纳办法之外，开辟一条解释事实的大路来。

我们不能叫过去的史事，仅复演出一回；我们无法叫大家相信某一小缘若有变动历史也换一种颜色的说法。我们只能找一种类似的事实来说明；讲数理逻辑的，求之于赌博的下注；而我也把回力球的结局来说明"机遇"在历史上的地位。要说这个，又得有篇很长的篇幅，我现在只把我的结论说一说：

"机遇"（chance）和社群的组织成反比；组织愈致密，"机遇"愈减低它的重要性；组织愈松懈，"机遇"愈增加它的重要性。就历史讲，时代愈古，"机遇"在历史上愈占重要；时代越近，"机遇"越减低它的重要性。但世界上无论何国的历史，决不能和回力球的成绩相比；回力球可说有百分之九十五的必然性，而历史上的或然性，还占百分之五十以上。

所以我们看社会各事件的构成，固然要注意必然的"因"，同时还得注意"概然"的缘。

## 关于适然史观

关于"适然史观"，我愿意领候朋友们的批评指教；不过在我未把"机遇在历史上之地位"那论文发表以前，我想暂时不来辩论。我今天看了舞勺先生的批评，只有几句话，要先申明一下。

我很久以前，就着手"中国文化史"的研究；所常常梗在心头的，就是"机遇"这东西，究竟应该如旧时史家那样看得很重呢？还是应该把它看得不足轻重呢？在我面前，摆着梁启超"偶然论"的讲演和布哈林"必然论"的断案，我将采取哪一种呢？但是我并不预定要采取调和论。文化史的整理过程中，觉得有采取另一种态度的必要。这态度，现在是很显明的就是数理逻辑上的"概然论"。在民国十六年，我曾经把我自己的史观叫做"适然史观"。我现在所郑重告白中国学术界的，我对于"'机遇'（chance）在历史上的地位"有相当的解释，是否应该采取"适然史观"这样一个新术语，等将来再决定。

许多人误会，以为我研究了回力球，才决定了"适然史观"的主张的，事实上并不如此。我因为历史上的事实，都已成了陈迹；许多小缘，已经无从认识，辩论起来就非常困难。我研究回力球，就是找个类似的对象来研究，来决定放弃或采取我自己的史观。在研究进程中，我们做了四十多种统计，十多种记录。虽说像林语堂先生那样高明的学者断定决不会有什么成绩可得，我毕竟也得到一些成绩，得到和莱痕巴赫（Dr. Hans Reichenbach）相同的结论。（我素来不知道有莱痕巴赫其人。）我所以迟迟发表我的论文，就为我的境况不好，回力球以外没有钱没有工夫去研究其他对象；只怕孤证不足以立说，等到将来研究成熟了，再发表我的论文。假使有人以为回力球也可以有学问研究，拼命到那儿去送钱，而说是曹聚仁作俑，那我决不负责。我敢明白说一句：到回力球场去赌钱，决没有冷静的头脑去下研究工夫。再郑重申明一句：到回力球去赌钱的，必然要输钱，即算研究也没有用。

我自己已开始研究数理逻辑，回力球研究已告一结束，为着真理，我决不躐等求速效，也决不以高明学者的嘲笑而中止。别的不敢自信，我自信可以整理一部比较有意义的《中国文化史》出来。


## 附　文学上偶然论的抬头

虹　影

最近的日本文坛上，广泛地进行着"偶然论"的论争。引起这论争的原因，是两个主要的事实：第一，是所谓文学的"纯粹性"或"通俗性"的问题。即要使文学不失其为文学的"纯粹性"，不流于无聊的"通俗文学"之途，而又得富有大众的兴味；第二，是浪漫主义的问题，即鉴于机械的呆板的写实主义之枯燥，要求活跃的表现。（这已由一些人拥片冈铁兵为首，结成"社会浪漫派"了。）这两个问题，有一个共通点，即同是要"趣味化"。在讨论这"趣味化"的时候，问题的焦点，便移到"偶然性"上来了。

差不多每个活动的评论家、作家，都被卷入了这"偶然论"之论争的漩涡里。问题的对象虽则是在文学上，然而涉及的范围，则有哲学、物理学、统计学等等。在论争中各人的意见虽均有出入，但从本质上区别起来，可以归纳成两大类，在这两大类中再分成各小类。

第一类代表者有横光利一、中河与一、石原纯，片冈铁兵的见解也可以归入于此流；第二类的代表者是继承以前藏原惟人、川口浩的理论系统的森山启、萩原中以及户坂润的一部分见解。

横光利一以为现在的日本通俗文学，有两个要素：一个是诉诸感伤性，一个是利用偶然性。他主张今后纯粹的通俗文学，应该弃去前一要素——感伤性，而采用后者——偶然性。他说："纯粹小说中的偶然（一时性或特种性），或是由构成那小说的大部分的日常性（必然性或普遍性）之集中。所当然发生的特种运动的畸形部：或是把以前的日常更弄得强度，使那偶然有发生之可能，使那偶然发生了。如果偶然脱去了这两者中之一而出现在作品上，则所表现的偶然，一定变为伤感。"横光利一是所谓自由主义的文人，所以他的见解相当的敏锐，他在这里把偶然性与必然性之本质的关系的一部分，透彻地说明了。然而他只以为偶然是必然的集中，而不知道必然是偶然的集中。他认必然性为一种日常性，否认必然性可以成为别的高度的表现之可能。

中河与一的"偶然论"，具体的主张包括在六月号《新潮》上他的《偶然文学论》里。这篇东西篇幅虽是短短的几页，却从物理学、哲学、文学上引来了十四五位名家，而自己陷入于形式理论的泥沼中。石原纯的偶然论比较有系统的意见。他是从"新量子力学的认识论"及其统计的方法，一直说到"统计学的思维"（即物理学社会科学上的统计现象），由此建立他的"偶然论"的。

"新量子力学"以为电子或光,是粒子同时是波动,要同时正确地求出其位置与速度,是不可能的。电子搅乱了测定的系中的从来力学的因果性,要测定该纯粹的系中的位置与速度,也是不可能的;因此不能以因果律推测未来。在这里,"新量子力学"就产生了因果律的否定。石原纯把因果律当做必然性,因而以为凡不能由这因果律去推知的,就是偶然性。这是"新量子学的不可知论"。他又说统计学的思考者,认为在这偶然的堆积上有"盖然"存在,而要从学问的世界赶出因果律和必然的概念。学问是跟踪着"盖然的世界"的,"凡此所不能盖尽的偶然的世界,早已属于科学范围之外","我们应以此为文学的主题"。石原纯在这里设下了学问与艺术之间的不可跳越的认识论的境界线,提倡以因果律所不能追及的心理为主题的文学。然而,这种文学只是"疯癫院的文学,是纷然杂沓的未来派文学,是感伤的狂想曲之混唱"罢了。石原纯的这种主张,正是代表近代害怕历史的必然性的少数人的社会意识。

片冈铁兵的偶然论是一种常识的偶然论,他的偶然的意义,是表示"不意","不能豫期的"意思。他举例道,某天在车里碰到一个旧友——漂亮的女人,"小说就从此开始了,如果没有这个偶然,则一切其他的任何日常性,都不能有意义"。这种常识上的偶然,完全是主观的观念的存在,而不是客观的实在。

其次说到第二类的见解了。在一九三一年,国际的对于偶然性的问题,还没有清楚的眉目的时候,藏原惟人便正确地说过:"对于一个体系(或过程)不是本质的东西,便是那过程的偶然。"譬如欧洲大战,是由于塞尔维亚的一个青年枪杀奥国的太子所引起的,这件事对于帝国主义的战争,是一个偶然。即使没有这个偶然,那战争也要通过别的偶然而爆发的。

川口浩更接受这成果,说:"必然的东西与偶然的东西结合,表现为现象的表面。"必然通过偶然而发现,偶然转化为必然。

森山启更把这理论发展了。把偶然的意义、职务及作用指示出来。他指出偶然的客观性.及其使历史速进或迟延的作用。户坂润、荻原中等以为这次所谓偶然论也者,乃是"可能性及现实之问题",

"现实主义乃至浪漫主义的必要的范畴，不是什么偶然性，而是现实性的可能性及现实的自由"，这话是颇扼要的。

## 关于或然论和必然论在历史上的应用

川　麟

曹聚仁先生在《自由谈》上提出了或然论的研究，是件极有兴味的事情。对于他的论证，我想在这里提出一些意见。

曹先生以为社会学是告诉我们一般社会的变动的过程，而历史则告诉我们某地某时某社会群的变动，所以前者是必然性的，而后者是或然性。但是历史的事实是随着社会结构的变动而变动的。何以后者是或然性呢？曹先生的解答是：一个必然的"因"可以含蕴许多的或然式——曹先生称作"缘"。就是说，一件事情可有几种可能性，或者如此，或者如彼，是没有必然的。所谓"若甲为 $A_1$，则乙为 $B_1$ 但亦可为 $B_2$、$B_3$、$B_4$"，这要看随缘而定了。

我以为曹先生所谓"小缘"，实际上是历史的辩证法发展中间许多小的矛盾的综合。历史是动态的，它不断地向前，矛盾地在发展的。从一个"大因"产生一个"大果"的过程中间，不断地进行着许多正反合公式的运动，而这些运动的进行，并不是独立的，而是彼此互相错综，互相推移，正如海里的波浪互相激荡而进一般。这里当然没有一定的规律，这正解释了梁启超所谓"为什么从古至今没有同铸一型的史迹"。然而无论如何，这一切事实的产生都有它一定的原因和必然性存在。它是受社会结构变动的条件所支配，而不是偶然凑巧或幸运的。正如一个波浪被冲向左或向右，决不是由它随便，而有它背后的力量在把它推动向某方面去；而背后的动力，又受着某种势力的支配。曹先生所谓小缘事实上受着"A 蕴蓄 B"这一过程中的社会条件来决定的。

当然，我也承认每一件事情前面有种种不同的可能性。但是历史是不断向前发展的。各种可能性的百分比并不是不变的。当社会结构逐渐向前发展的时候，某种可能性被限制或减少了，而某种可能性则因而增加。于是这种可能性，就变为必然性了。譬如说关于第二次世界大战的爆发，在因的方面它爆发有必然性了。但是现在有两种或然性的，就是或在欧洲爆发，或在东方爆发。现在我们当然不能说。然而历史的矛盾再向前发展时候，它会告诉我们，必然爆发在哪一处，那时或然性就不存在了。

我们就拿曹先生的例子来说吧：

> 在戊戌变法之际，光绪帝如能先发制人，把慈禧囚禁起来，在庚子拳乱之际，列强实行分割中国，辛亥革命的成功，如不在武昌而在广东，或者武昌革命也还是失败，或者清帝不用袁世凯，或决计不让位，这许多小缘的可能性，和另一串小缘——光绪被囚禁，列强不瓜分中国，辛亥革命成功于武昌，清廷用袁世凯，决计让位——的可能性是占同等百分比的。小缘的连续线一齐变动，中国的历史就要换一种写法了。

曹先生以为这两种可能性是同等百分比的，所以历史竟照后者进行，乃是或然的事情。然而这一命例证很明显是错误的。光绪之不能囚太后，而太后能囚光绪，决非光绪之暗弱，太后之强悍。乃是当时中国初萌芽的资产阶级势力的薄弱，与封建势力的优越的反映。这很明显是受当时经济结构所限制。纵然那时光绪囚了太后，我可以说变法还是不能成功的。袁世凯很清楚瞧见这一点，所以他才去告密。至于列强不瓜分中国，是因为帝国主义者相互矛盾的存在。革命不成功于广州而成功于武昌，则前者条件未成熟，后来已成熟的缘故。清廷之逊位，更是历史的进展不容许这种昏庸朝廷的存在下去。一切都是社会结构的变动而使它如此。上述两串小缘，其百分比决非同等，也决不能因几个人一念之微而能把历史变成这样那样。上述的一串事实里面包含了必然性，可以从这样一个必然的公式里看出来：资本主义向着封建的老大帝国冲来，依然占优势的封建势力，必然的要向新兴的资产阶级思想作猛烈的压迫，然而历史的发展，革命势力终于能推翻昏庸的帝制政权而成立民国。所以变法失败，光绪被囚，武昌起义，清帝逊位，只是这一必然趋势的具体表现。我们决不能"或然"出一个相反的历史写法，如说：清廷变法图强，中国政治昌明，列强侧目，革命消灭等。

历史上这样例子很多，我们限于篇幅，不能多举出来。

我觉得，必然论在历史上的应用，主要点是站在历史的动态上，即矛盾的发展的观点去应用。否则如像用旧的逻辑方法只从静的观点去应用，的确很容易陷入机械的甚至宿命论的错误中去。譬如一九三三年已经有人引着"海军会议"、"委任殖民地"、"萨尔区"等问题，预言大战必在一九三六爆发一般。因为他们忽视了历史的矛盾是在继续发展的。至于"或然论"或者"适然史观"者也同样忽视这一点，并且更令倾向于幸运论去。像莱痕巴赫所说："一个未来的命题，可称一个下注。……逻辑问题于此只能在于，在许多可能的下注当中，造出一个等第，把一种下注显出为最运气的。"他这里是忽视了这一个等第并不是一定不变的。历史的变动是很奇妙的。有时一个革命可以因为某一条件的不具备而迟延若干年。然而却没有损失这一个革命的必然性；而这某一条件的不具备，也不是或然的，因为他背后有一定原因存在。

至于曹先生所引梁启超那两个结论，更无意义。曹先生尚且承认因的必然性，而梁启超则根本否认因果律，至于说：历史除了人类平等，人类一体观念，和文化共业以外，其余只好编在"一治一乱的循环圈内"，则更是远离进化论之谈。即在前一段内所说，也显然是否认社会底层结构的意义，这不在讨论之列了。

我以为所谓"必然的因"和所谓"概然的缘"，实际上是一个体系里的。找出了必然的因，就可以去探求何以这一串"小缘"应得这样连串起来。一个回力球员用某种角度，某种力量，打出去的球，如果用精确的数学计算起来，必然打出某一种的球。历史也是如此看法的。

## 所谓"适然史观"

舞勺

好久以前，就听见曹聚仁先生有"适然史观"的发明，而其定理的根据，却是从回力球场得来的。这并没有什么奇怪。牛顿因苹果下坠而发现了地心吸力，瓦特因壶水翻沸，而有蒸汽的发明，古来许多重要的定理，语其原始，莫不于偶然的场合得之，其动机皆甚微末。如化学之原始为炼金术，几何学之起源，由于测量，这些学科之成为专门，乃是后来的事，说到它的最初，皆与实用有关；适然史观，如果成为不易的定理，则它的从赌场得来，倒并不是值得嘲笑的事情。

闲话休提，言归正传。记得当年某著名哲学家，在和经验批判论者论争的时候，他曾有个重要的指示，那就是哲学上的派别不论怎样的多，各派采用的言语上底技巧，不论是怎样的新颖诡辩，然而归结起来，却总不得不依据于两大阵营的下面，——即唯物论与唯心论。他指出阿芬那留斯的所谓"原理的同格"，马赫的"要素"，波格达诺夫的"思维的经济"，都不过是二百多年以前英国大僧正勃克来的古旧哲学的新妆，同义复述而已。于是他用了有趣的辞句抨击道："绅士诸君！你们的哲学，只是想用比较客观的术语所做成的衣服去隐蔽裸体的观念论，因而只是用空洞无聊的东西，妄自夸大罢了。"

时代到了二十世纪的末期，正是所谓资本主义的烂熟期，一切的矛盾，都趋于激烈化，即使在理论上，亦不得不动员起来，作为对于旧制度拥护的斗争。有人谓现代哲学的危机，是在于更其避开理性而与宗教相交通，或者想用理性证明信仰，最常用的把戏，是用学者式的语句所凑合的最新发现，来掩饰其对于客观真理的修正。这不难在并世的许多最新哲学流派中，找得其适当的根据，但在这里所要说的"适然史观"，却不能拿来与上面所称引的相比，因为曹先生的意思，却是为着真理而来研究的。

所谓"适然史观",到底是什么东西呢?与概然论有区别吗?或者就是概然论吗?观它们二者的起源,都由赌博得来,而在一般的论点上,又是大同小异。则可以说它们在原理上,是相类似的。至于其详细的说法,则曹先生已说过:要说这个,又得有很长的篇幅,现在就把《说因缘》一文,来暂做我所要讨论的对象吧!

曹先生的"适然史观",承认偶然,但又不反对必然,所以要说他为观念论者,或者是机械论者,都不对。因为观念论者只承认意志的自由,而机械论者,则又只承认绝对的必然,或绝对的偶然,至曹先生的说法,却两者都不用。他说:

"应该说大因是必然的,小缘是或然的。"

这样,所谓"适然史观",与动的逻辑,似无什么扞格之处,因为黑格尔就说过如下的话:"偶然的东西有根据,因为它是偶然的,但它又没有什么根据,因为它是偶然的。偶然的东西,是必然的,必然性本身,把自己当作偶然的东西规定,其他方面,这样偶然性毋宁是抽象的必然性。"上面他的话"必然性本身,把自己当作偶然的东西规定",与曹先生所说的"大因是必然的,小缘是或然的",两者的原理是相同的。即都承认必然是基底,在偶然性的形态上表现,它通过一切偶然而展开着自己的道路。换言之:就是必然性的每个发展形态,依存于互相作用的无数的原因与条件,因而是偶然的。

但曹先生在其自己的举例中,却和上面的说素,竟完全背谬起来了。他说:

> 满清末年,资本主义的大潮向中国土地上冲过去,中国社会绝对不能保守老样子,非变动不可;而且变动的速度和振幅,和资本主义在中国的势力一同增高起来,这是必然的。

中国社会因了外国资本主义的冲击,不得不变动起来,这是事实。但中国社会的所以不能保守老样子,受资本主义的冲击,固然为其主要的原因,但如果要说这纯粹由于外因,而在中国社会的本身，却没有其容易受摇撼之处，不是自发的运动，换言之：就是其自身所包含的矛盾，如果没有极端地显现出来，则其变动的程度，是不会那么深和快的。在这里，曹先生似乎把外因错认做必然了，殊不知现实之必然的发展，是为其自身包含着的矛盾所规定。中国社会的本身，已达到了腐烂溃败的极度，所以一遇着外国资本主义的冲击，马上才会起着绝大的变动的。他接着又说：

> 但变动的过程中，有许多小缘，得留意一下，在戊戌变法之际，光绪帝如能先发制人，把慈禧太后囚禁起来；在庚子拳乱之际，列强实行把中国分割掉了；辛亥革命的成功，如不在武昌而在广州暴动，或者武昌革命也还是失败；或者清帝不用袁世凯，或决计不让位；这许多小缘的可能性，和另一串小缘——光绪被囚禁，列强不瓜分中国，辛亥革命成功在武昌，清廷用袁世凯，决计让位——的可能性，是占同等的百分比的。

他用了许多臆想，作为历史变动的假设，以为如果真的像他那样设想时，"小缘的连续系统一有变动，中国的历史，就要换一种写法了"。殊不知历史的所以这样而不会那样者，这里正存在着必然性的基础。光绪帝之不能把慈禧太后囚禁，列强之不能在那时实行把中国分割掉，如此等等，实由于当时客观社会条件的限制，不能如他们意欲那样的自由的。试退一步说：即使如曹先生所设想样，或者其中之一的豫想实现了，那边不过使历史运动的进行，给与了缓慢的作用，至于整个历史进行的路线，却不会差异的。怎能说：即许多小缘的可能性，和另一串小缘的可能性，是占同等的百分比呢？

他后来就得着这样的结论："所以研究历史的和研究社会学的有点不同，社会学告诉我们一般的社会变动过程，历史告诉我们某时某地某社群的变动过程，必然论在这儿失去了效用了。"

必然论果真的在这儿失去了效用吗？怕不见得吧？社会学告诉我们以一般社会的变动过程，而某时、某地、某社群的历史，则是社会学的原理，在具体的历史上的应用，虽说一般与特殊有别，但在其综合的总体上、原则上，却大体不会错的。

我们能指出某时、某地、某社群的历史底变动过程，没有必然的原因吗？为什么它只是这样而不会那样呢？为什么罗马的历史，不同于希腊，而希腊的历史，又不同于东方的中国呢？这里，具有其特定的社会具体条件，换言之：就是历史运动的必然性。某著名哲学家就说过："人类创造他自身的历史，然他也不是任意创造历史的，也不是在他自己选择了的事情之下去造的，乃是在直接被发现、被限制，并被交付的事情之下去创造的。"这里他所指示给我们的，是什么呢？即人类创造历史，也不是可以意志自由的，而相反地却只能在直接被发现、被限制，并被交付的事情之下去创造的。

有人拿历史上的伟大人物的出现来做例，以为法国革命，如没有拿破仑，则其历史的册页，又不知变动到什么样子。但说这样话的人，却不知道拿破仑在那时候的法国出现，虽是偶然的，不过如果不是拿破仑，别的同样的伟人，仍然是可以找得的。而况拿破仑即使是雄才大略，也只有凭借他那时候的社会既成条件，才能发挥其威力。

普列哈诺夫在他的《个人在历史上作用问题》一文中，很巧妙地解析了偶然性在历史上的客观意义。他说：

> 溜道维克第十五的好色，是他的官体状态必然的结果，但对法国发展的一般行程而言，此种状态是偶然的。但为我们所已经指出的一样，他对法国以后的命运，不能不留下影响，而他自己加入制约此种命运的原因系列中去。

这里就把他的话，作为我对这问题的见解的终结吧。

## 机械论者的观点

舞 勺

最近曹聚仁先生，先后在《自由谈》上，发表了两篇文章，前者是《说因缘》，后者是《五四的霉菌》，都引起了不少的论争，一般人对他的责难，差不多皆集中于其论理的错误上，然而我却以为流露于曹先生这两篇文章中的，有其一贯的危险，那就是倾向于机械论的思想。

本来据某著名哲学家的说法：谓较好的唯心论者，比之最坏的唯物论者，为更能较接近于真理，他以为机械论即是其中之一个。《物观社会学》的著者布哈林，曾指出其均衡论之失当，这因为机械论虽貌似唯物论的说素，其实在论旨的核心上，却转入于唯心论的道路上去。但因为其貌似真理，又不容易叫人窥见其实在，而有以伪乱真之嫌，所以其危险是很大的。

曹先生的治学问的精神，与为真理而研究的态度，我从来是很佩服的，但也正因为对曹先生爱敬之深，这才对于他近来发表的两篇文章，其思想有接近机械论的危险，不得不特别的指出来，作为给曹先生他日持论的参考。

现在就想大略地把我读曹先生上开两文后，关于机械论的观点的部分，稍微地说一下。

在《说因缘》一文里，曹先生举的史例，有如下的话：那是"满清末年，资本主义的大潮向中国土地上冲过去，中国社会绝对不能保守老样子，非变动不可；而且变动的速度和振幅，和资本主义在中国的势力一同增高起来，这是必然的"。

这无论如何不能不是均衡论者的说法，本来把中国社会最近数十年的变化，看做纯粹是由于资本主义对中国的外铄，而以为完全是受动的，中国社会的本身，却并不含有什么矛盾和发展的因素，这论调并不始自曹先生，参加中国社会史论战的任曙先生们，老早就是这样的。

均衡论者对于社会变化的说法，是这样："内的均衡，依存于外的均衡"，"一切构造的均衡，即种种社会的、人类的团体及社会体系之人的要素间的均衡之安定，基于社会和外的环境间的一定的均衡"。换句话：就是他们以为运动的方向，是由各种反拨的力之量的优越而定，运动的原因，却不存在于自身矛盾的发展，相反地乃完全由于外力的推动，他不承认过程是自始至终依着矛盾、依着统一物之分裂而发展；忽视暴露过程之具体的内容及"自己运动的源泉"之必要。

然而事实是不是这样呢？某著名哲学家曾说过：

> 必须在过程自己运动中去认识世界的过程，特别指出自己运动的要素。在过程的自己运动中，在它们自己发展的过程中，在它们的活跃的生命中去认识世界一切过程的条件，就是当作对立的统一去认识它们。

中国社会最近数十年来的变化，外来的资本主义的冲击，固然是其原因之一，但也由于中国社会的本身，已包含着非常深刻的矛盾，所以才会起着绝大的变化，因而这运动，是外因，又是自发的，如果没有外来的资本主义的冲击，中国社会迟早也要向前发展，不会永远停滞下去的。

动的逻辑的支持者，他并不否定外的矛盾的作用，即某种过程对于其他过程的作用，但外的矛盾，只有通过过程之发展的内的规律性，才影响于过程的发展。外的矛盾，究竟不是主要的东西。

然而曹先生在其上列的说素中，却只承认外力的存在，以为中国社会"变动的速度和振幅，和资本主义在中国的势力，一同增高起来，这是必然的"，好像外力给与中国社会的冲击一停止，发展马上就会停滞的。这和均衡论者的论调，正没有什么不同的地方。

但曹先生这样机械论的观点，也一贯地流露于其他的文章中，在《五四的霉菌》里，他指斥当时从事学生社会运动者的腐败情形，于篇末，他又说：

大家不要因为我揭穿了学生代表的黑暗面，就蔑视五四运动的时代意义，五四运动显示时代青年的光明追求，显示小市民的反抗意识，掀起中国民族求解放的巨浪。所以我们应向这一面去注意，而千万不要看重那几个满身霉菌，时势所造成的英雄。

　　他把五四运动的本身，与从事运动着的人，机械地分为两橛，五四运动的本身，可以是前进的，但从事运动的人，却非常的要不得。我不知一个前进的社会运动，如果抽去了其中的活动分子，还能剩着些什么东西？曹先生他忽视了五四运动的活动分子，有腐败，也有新生的细胞，还正是所谓对立物的相互渗透，矛盾的自己发展；也正因为这样，那运动才是前进的。曹先生以偏概全，见树木而不见森林，看到其黑暗面，就丢失其光明的一面，这样，才会陷于那样机械论者见地的错误。

　　当年某著名哲学家，批评费尔巴哈，就以为他的主要缺点，是"单把人类当作感觉的对象解释，却不把人类当作感觉的活动来解释"。而事实，"人类的存在，即是他们现实的生活过程"。今曹先生将"五四运动的本身"与"运动着的人"分为两类，正是陷于费氏同一的错误。


## "偶然论"在上海

胡　绳

　　近来，在日本的文坛上，"偶然论"的主张大为盛行。文学家如横光利一、中河与一等人以及科学家的石原纯均力为此种退步的理论辩护。而如川口浩、森山启等则是站在反对这种理论的立场上的。作为这一个论争的反映，在上海的文坛上也稍稍引起了一点风波。

　　八月底即有人介绍在日本的《文学上偶然论的抬头》，这引起了本来在主张着"适然史观"的曹聚仁先生的注意，他在《自由谈》

九月三日至四日发表《说因缘》一文。在文中他说明历史与社会学不同，因为"历史告诉我们某时某地某社群的变动过程"，所以"必然论在这儿失去了效用了"。他认为历史的事实并不全由必然的因果性所规定，还有一串的或然——曹先生称之"缘"的——也在这里起着决定的作用。所以他说："大因是必然的，小缘是或然的。"结论更说道："所以我们看社会各事件的构成，固然要注意，必然的'因'，同时还得注意'概然'的缘。"

这篇文章一出来，各方面都给与了甚大的注意，因为很显然的，这不但只是关系于社会学与历史学，而且对于作者们的选取题材和把握主题以及在创作方法的各方面上都有密切关联的。

反对曹先生的这种主张，大概都集中在说明如下的两点：

（一）必然论本不应该机械地去理解的。"必然论在历史上的应用，主要点是站在历史的动态上，即矛盾的发展的观点去应用，否则如像用旧的选展的观点去应用，否则如像用旧的逻辑方法只从静的观点去应用，的确很容易陷入机械的甚至宿命论的错误中去。"（见《自由谈》九月十六日川麟先生作《关于或然论和必然论在历史上的运用》。）

（二）偶然本来就是不可否认其存在的，不过并不能把它看做历史中的决定的原动力。"必然是基底，在偶然性的形态上表现，它通过一切偶然而展开自己的道路。换言之，即是必然性的每个发展形态，依存于互相作用的无数的原因与条件，因而也是偶然的。"（见九月八日至九日《青光》舞勺先生作《所谓适然史观》。）所以偶然性与必然性原是联合了起来之后，才能表现到现象上成为历史的事实。若把"大因"和"小缘"完全分裂开来了看，那当然是不妥当的了。

对于这些反驳，曹先生并未提出更有力的辩护来，只在九月十一日的《青光》上略微说明了一下他的"适然史观"。据他说他之所以主张此说，是因为他在"很久以前，就着手《中国文化史》的研究，所以常常梗在心里的，就是'机遇'这东西，究竟应该如旧时史家那样看得重呢？还是应该把它看得不足轻重呢"？可是他又声明:"在我未把'机遇在历史上之地位'那论文发表以前,我想暂时不来辩护。"

所以,在他底论文及文化史尚未写成发表以前,这个讨论是并不会有如何广大的开展的。然而作为一种基本的方法论的研究看,这个讨论自然仍是有很多的意义的,正如在九号的《读书与出版》中说:"这样的一种'适然史观',我以为是很能混乱大众的耳目的","混乱了这个时代的历史节奏"的(见翰齐,《不自觉的文字游戏》)。

在九月十二日《自由谈》上又有曹先生的一篇文章。这文章虽和决定论与偶然论没有直接的关系,但是一般人都认为这先后的两篇文章中,其错误的来源是基于同一的立脚点的,那便是《五四的霉菌》,一篇痛骂了五四时代的英雄的文章。他把五四运动中的人物一笔抹煞,而对于知识分子在文化运动中的力量也做了不正确的估计,这当然是会引起异议的。到十月二日,更有人在《青光》上把这先后两篇文章,做了综合的批判,以为"流露于曹先生这两篇文章中的有其一贯的危机,那就是倾向于机械论的思想"(舞勺:《机械论者的观点》)。

到这里,这一个小小的论争可算是告一段落了,虽然以后也许还可能有新的发展。昨天(十三日)《青光》上又有淑明作《文学上偶然论的抬头》一文。把日本的文学家们之"渐渐的对于自己从前所抱的信仰,起了怀疑和动摇,从有定论而退到神秘主义,到不可知论,到偶然论的见解上去"这一个现象分析了其根本的社会的原因,是一篇很好的文章,就把它看做是这一回"偶然论"的讨论的最终的结论吧。


## 说　饿

前几天,《大公报》旅行通信记者长江写一段《成兰纪行》;其

中有一节记一饿殍的事,说:

> 在红桥关南,有一垂死之男子,屈股卧道旁,口唇时动;记者乃以馒头一枚予之,其手已失知觉,眼亦不能张合自如,屡触其手,并以馒头置其唇鼻间,久之,彼始移手接馒头,又久之,始以馒头纳口中。经其咬一口后,但见其全身突然颤动,口眼大开,直视记者等,呜呜作声。饥之于食,非身历其境者,不知此中滋味也。

这样轻描淡写写来,如一股冷流似地直冲到我们的心眼。从前晋惠帝说饥民为什么不吃肉,闹过流传千古的笑话。光绪帝于庚子年逃难到西安去,途中久不进食,他不知怎样的,只觉得肚子痛,也是一样的笑话。饥饿的况味,本非身自经历过,不会知道的。挪威文学家哈姆生(Hamsun Knut, 1360 —)曾经用肚子饿的题材写了一本小说——《饥饿》(*Hunger*,1890年作)其中有几段可与那段通信对看:

> ……每当我挨过任何长时间的饥饿时,我的脑筋就好像悄悄地逃出我的头盖,只留给我一个空壳,我的头渐渐飘浮起来,我不能感到它在我的肩膀上的重量,而且当我观看任何事物时,我竟故意将我的眼睛睁得过分的大。(p.25)

> ……我懒洋洋地走下街道,在海吉哈津街的一处,在一家吃食店的门前站住,有许多食物陈列在那店铺的窗子里。一只猫在躺着,酣睡在一个圆形的法国面包旁边。后面还放着一盘猪油和几盘肉。我站了一回,注视着这些食品,但想起我没有钱可以购买,我骤然掉转头去,继续我的躞蹀。……我的脑里忽然起了一阵大混乱。我仍旧向前踉跄决意不去理会脑里的混乱;但我越走越坏了,终于不得不在一个步阶上坐下。我的全部生命起了变化,仿佛有些东西在我的内部滑倒,又仿佛我的脑网或脑脸已经撕作两片了。(p.64)

和这饥饿的情形相衬的还有一段写他饥饿后大吃的情形,说:

我开始大吃，越吃越饕餮，不加咀嚼地吞下成块的肉，每口每口像一只野兽似的吃着，并且像一个吃人的精怪似的撕肉。……完事之后，我立刻走到门边；我已经觉得恶心了。食物开始作怪，我非常难受，片刻都忍不住了。我不得不在我所走过的，每个暗角上作呕。我挣扎着想制住这种势将我再成空肚的恶心；紧握着我的手，想把它征服；在街沿上顿脚，并且咽下一切翻起来的东西。一切都无效，我终于跳进一个门廊，折着身体，头向前，从我的眼睛里迸出来的泪水使我眼睛都迷糊了，并且大呕了一次。我痛苦得要命，一面咽泣，一面沿着街道走去。（p.166）

饥饿的身体变化，哈姆生写得非常真切。最初期的"饿"，先从肚子闹起，好像肠胃部分有什么东西在刺似的，这便是光绪帝所谓肚子痛。再进一步，脑子胀和作呕的症候一同发作，头一摇动，眼前满是一颗颗星光。大约饿了三五天，到了饿的第三期，头重脚轻，四肢无力，和病人一样，口中不断喘息。照一般情形说，饥饿总是非常痛苦的；明末被清兵所俘虏的大臣洪承畴，准备饿死殉国；饿了几天，实在支持不住了，一杯米汁灌下去，使他诱起生的意欲，依旧活下去，做了满清的降臣。（弘一法师入山修行以前，曾经静坐饿了二星期；据他说，心君泰然，非常舒服，那只能算是例外。）

饥饿在心理上变化，比身体上的变化还要复杂得多。哈姆生说一个人饿得久了，看见路人个个是仇人，即是穿一件单裤子的，在他眼里也见得那是骄傲。这是说由饥饿激起憎恨的情绪。光绪年间，山西大饥荒；有一段新闻，说一个外省人到了那里，就被那些灾民宰掉吃了，由憎恨而吃人，也是情理之中应有的事。儒家初期的圣贤，也承认一般人到了饥饿地步就不免胡为妄动，也承认会有人相食的悲剧局面。

但他们以为一个修养有素的君子，就得在饥饿上显出不同的操守来。《礼记·檀弓》记一个饿昏了的齐人，黔敖用悯怜的口吻招呼他，他因倔强地不吃那"嗟来之食"，终于饿死。曾子虽不赞成齐人的终于饿死，但他非常赞成齐人倔强拒绝那悯怜口吻的态度的。

儒家的君子，我们没有看见过，伯夷、叔齐饿死首阳山的传说也不十分可信。三代以后,只看见一个挨饿的诗人陶渊明,有点近于儒家的理想。陶渊明归田以后,境况大致不十分好。有一回,江州刺史檀道济去拜访他;他饿瘪了肚子睡在床上好几天了。檀道济亲自慰问他,馈送肉和粟米给他;他挥手拒绝,简直不领情,他是这样充分实践了儒家的主张的。他又有一首乞食诗,写他没有饭吃时候,向乡邻这家那家乞食的情形。乡邻知道他穷苦,时常留他吃饭;诗末以"感子漂母惠,愧我非韩才。衔戢知何谢,冥报以相贻"四语结尾,他对于邻里留饭的盛情是如何的刻骨铭心!人到贫穷时,容易变成非常敏感,无端的忿怒和过分的感激,两种情绪时常错杂伴起。我们相信韩信的"一饭之恩,终身不忘"和哈姆生所说的"看见路人个个是仇人"两种心理可以并行不悖。

文艺是现实生活的感受;鲁迅先生说:"对于人生的经验,别的且不说;肚子饿这件事,要是欢喜,便可以试试看,只要两天不吃饭,饭的香味便会起一个特别的诱惑。"对于"肚子饿"这最低限度的生活经验都没有的人,似乎染笔文艺,还嫌太早一点;虽说"肚子饿"并不"风雅"、"闲适"。

## 阿 Q 的父亲

一年以前,蚂蚁社曾经找我演讲过一次,那天集会的地点在漕河泾黄家花园,结果没有讲,因为赵太爷只许游览,不许集会。今天算是来践那一回的旧约,来谈谈"阿 Q 的父亲"。

关于阿 Q 的家世,《阿 Q 正传》的作者鲁迅先生语焉不详。他只在序文上说:"有历史癖与考据癖的胡适之先生的门人们,将来或者能够寻出许多新端绪来。"我今天并不是有什么新的端绪寻出来;我生来并没有那两种癖,又不是胡适之先生的门人,冒充博雅似乎可以不必的。然而要用这题目来讲演者,还是从黄家花园那天的感想而来。阿 Q 兄之为人,我们的确很熟悉:看见了赵太爷的客厅,更可以了解阿Q兄的生活。考古家看见原人的一颗牙齿，可以想象原人的生活状况；我们熟知阿Q兄的性格，再推测他的老太爷是怎样怎样的一种人，也不算是空中楼阁罢。

鲁迅先生说他的作品中的人物，"往往嘴在浙江，脸在北京，衣服在山西，是一个拼凑起来的角色"，阿Q兄的嘴脸，苏雪林先生曾经从《阿Q正传》替他勾取出来：

> 第一是卑怯。阿Q最喜与人吵嘴打架，但必估量对手，口讷的他便骂，气力小的他便打。"遇见强者不敢反抗，便以中庸这些话来以自慰；倘他有了权力，别人奈何他不得时，则凶残横恣，宛然如一暴君，做事并不中庸。"
>
> 第二是精神胜利法。阿Q与人家打架吃亏时，心里就想道："我总算被儿子打了；现在世界真不像样，儿子居然打起老子来了。"于是他也心满意足俨如得胜地回去了。
>
> 第三是善于投机。阿Q本来痛恨革命。等到辛亥革命大潮流震荡到未庄，阿Q看得眼热，也做起革命党来了。但假洋鬼子不许他革命时，他就想到衙门里去告假洋鬼子谋反，好使假洋鬼子满门抄斩。
>
> 第四是夸大狂与自尊癖。阿Q所见极卑微的人物，而未庄人全不在他眼里，甚至赵太爷的儿子进了学，阿Q在精神上也不表示尊崇，以为我的儿子将比他阔得多。
>
> ——《〈阿Q正传〉及鲁迅创作的艺术》

所以阿Q兄的别号，当他在野时叫做"顺民"，得意了就雅称"奴才"，到洋场里来就叫做"仆欧"，有时也尊称为"买办"。这样一位精神胜利的大人物，的确是出于名门华族。他是北宋以来中华民族的儿子。我今天就讲讲这个。

清朝臣子对皇帝跪拜扶服，自称奴才。（其实汉人做臣子的，不仅是奴才，还是奴才的奴才。）有一位据说是富有蛮子气的学者——辜鸿铭，他曾用学理证明天生膝踝是为着跪称奴才的；但历史告诉我们，古代的臣子并不跪对，也不自称奴才的。贾谊和汉文帝坐而论道，说到称心惬意的地方，汉文帝还前席以听。自从赵匡胤做了皇帝以后，把坐而论道的老法子改变了；皇帝坐而听政，臣子只能立而对答。直到朱元璋做了皇帝，又重新改定规章，臣子朝见，要跪在金銮殿上对答。唐宋以前，昏暴的皇帝严刑峻法，杀戮忠良的事，历史上本来很多。但为人君的总以士大夫的廉耻为重，决不肯侮辱人臣的人格的（士可杀不可辱）；明主礼贤下士，更不必说。从明朝起，开廷杖之风；一言不合，皇帝就叫左右的把朝臣拖下去打屁股，士大夫的颜面剥夺无余了。明正德以后，廷杖至死，竟是家常便饭；因此读书人不敢留一点刚正的骨气，大家都到严嵩、刘瑾、魏忠贤门下去做干儿义子。一个读书人，如阮大铖那样的大作家，都肯拜权势的太监做干老子，那对皇上自称奴才，当然很是心安理得的了。清初有一七十多岁的耄年大臣，跪了半天，神志便昏了；太监就大声叱骂他，还准备用杖打他，一品当朝的大臣，也只好忍耐下去。由"坐论"进而"立对"，由"立对"进而"跪陈"，又由"跪陈"、"受廷杖"进而"自称奴才"，这可惊的进步，乃是奴才学上一件大事。

以上所说的是奴才教程中的特殊训练；还有奴才的一般训练，比特殊训练更重要更普遍。科举制度始自唐代，唐太宗看见新科秀才的得意忘形，他已觉得"天下英雄尽入吾彀中"的痛快。北宋以后，科举制度渐渐完密起来，程伊川就知道这制度的可怕；他说："科举之学，不患妨功，惟患夺志耳。"果然，自从明代以四书文取士以后，士大夫的志气一天一天被聪明的皇帝所侵蚀，大家都变成不讲气节不知廉耻的奴才。大家请看一看艾南英的《应试文自序》，他说：他既不甘以白衣穷书生终老，只好到科场里去受磨折；应考的时候，受搜检，受申斥，囚首垢面，夜露昼曝，暑暍风沙，简直连囚犯都不如。这种不可告自己妻孥的丑勾当，为了要升官，大家都忍着气来钻。读书人前半生在这个圈子里打旋，弄得昏天黑地，早不知自己还要有什么人格。后半生患得患失，在利禄场中往来，更不讲什么道义了！明清二代的读书人，无论是讲理学的，科举出身的，或是诗酒风流的，都是训练有素的奴才坯；让康熙帝落一句"蛮子哪有一个好人"的丑评！

对外族自称顺民，自南宋起。宋高宗对内算是皇帝，其实只能算是金国的臣子。他对金国称臣表云"臣构既蒙恩造，许备藩方，世世子孙，谨守臣节……有渝此盟，明神是殛，坠命亡氏，踣其国家"。皇帝对外族称臣，老百姓对外族称顺民，那还待说吗？不过顺民也有等第，在元代，凡辽金时的老牌顺民叫做汉人，后来蒙古大兵略定江南时，归顺的叫做南人。政治上重要职位以及重要权利，蒙古人、色目人可以自己享受；汉人就低一级，经过蒙古人恩许的可以享受，南人就绝对没有享受的机会。要说南人在元代百年中有过什么好处；只有元兵征日本被俘时，蒙古人、汉人都要被杀，南人可保存性命，但又不免为海外的终身奴隶。元代那一百年的训练，很有效果的。明代倭寇横行沿海时，倭寇上岸，沿街挨户都挂顺民旗子；妻女玉帛，都让倭人自由掠取。都是顺民训练的成绩。顺民旗在清代的效用更大。英兵攻破宁波时，英法联军入北京时，甲午战败，东三省被占时，到处都可以看见顺民旗的飞扬。庚子拳乱那一回，津平一带，各式各样的顺民旗都有；有自称大英国顺民的，有自称大美国顺民的，有自称大俄国顺民的，更可见六百年的顺民训练，成绩着实不错了。李鸿章和伊藤博文在马关磋商条约，伊藤博文说："我军到了奉天，觉得汉人容易治得很！"你看伊藤博文都赞美我们中国的顺民了呢！

在上有奴才训练，在下有顺民训练；"奴才"加"顺民"，这就是我们阿Q兄的灵魂！朋友，我告诉你：阿Q兄的老太爷，他的大名，叫做"东方的传统精神"。

## 论"文人相轻"

"吾家"子桓，在一千八百年前说了一句"文人相轻，自古而然"的话，便给一些人拿来做"人身攻击"的辩护和解释。有时看见所谓文人在那里"相骂"，就说是"文人相轻"，而一切严正的批评,也混作"相轻"一例看,以为批评就是相骂,似乎"吾家"子桓并不这样说的罢。

《典论·论文》于"文人相轻,自古而然"之下,紧接着班固批评傅毅的话,说:"武仲(傅毅字)以能属文,为兰台令史,下笔不能自休。"班固说傅毅"下笔不能自休",那是技巧上的批评,所谓"相轻",只是这样地"相轻":所以子桓解释"相轻"的原由,说:"夫人善于自见,而文非一体,鲜能备善,是以各以所长,相轻所短。"其后他说了建安七子,也便说:"斯七子者,于学无所遗,于辞无所假,咸以自骋骥骤于千里,仰齐足而并驰,以此相服,亦良难矣!"严格说来,"文人相轻"只是一种"批评",决不含"相骂"的意味在。

我现在谬托知己,把"吾家"子桓所谓"文人相轻"的意义来仔细发挥一下。

刘勰谓"人之禀才,迟速异分。……骏发之士,心总要术,敏在虑前,应机立断;覃思之人,情饶歧路,鉴在疑后,研虑方定;机敏故造次而成功,虑疑故愈久而致绩。"(《文心雕龙·神思》)如司马相如作《上林》《子虚》,专心致意,差不多写了百天才成功。黄祖长子射大会宾客,人有献鹦鹉者;射请祢衡作赋,祢衡揽笔而作,"文无加点,辞采甚丽"。这两位赋家,迟速之间,相差到这样程度,究竟谁高谁下呢?《汉武故事》载:"上(汉武)好词赋,每行幸及奇兽异物,辄命相如等赋之,上亦自作诗赋数百篇,下笔而成,初不留思。相如造文弥时而后成,上每叹其工妙。谓相如曰:'以吾之速,易子之迟,可乎?'相如曰:'于臣则可,未知陛下何如耳?'上大笑而不责。"他们君臣之间,一迟一速,都有点自负,各不相让的。《西京杂记》谓:"枚皋文章敏疾,长卿制作淹迟,皆尽一时之誉;而长卿首尾温丽,枚皋时有累句,故知疾行无善迹矣。"言下颇有推重相如之意。而《三国志》的作者陈寿称王粲:"举笔便成,无所改定,时人常以为宿构;然正复精意覃思,亦不能加也。"称曹植作《铜雀台赋》:"援笔立成,可观。"亦深致倾倒之意。作家之间,既显然有这两类不同的手法,便容易"各以所长，相轻所短"了。

　　文人的重形式和重内容，差不多在每个时代都有非常纷歧的议论。齐梁间大史家裴子野作《雕虫论》，反对以修饰为能事的尚文倾向，谓："闾阎少年，贵游总角，罔不摈落六艺，吟咏情性；学者以博依为急务，谓章句为颛鲁，淫文破典，斐尔为功，无被于管弦，非止乎礼义。……其兴浮，其志弱，巧而不要，隐而不深……荀卿有言：'乱代之征，文章匿而采。'岂近之乎？"梁简文帝看了，大不高兴：《答湘东王书》云："又时有效谢康乐、裴鸿胪（子野）文者，亦颇有惑焉。何者？谢客吐言天拔，出于自然，时有不拘，是其糟粕。裴氏乃是良史之才，了无篇什之美。是以学谢则不届其精华，但得其冗长；师裴则蔑绝其所长，惟得其所短。谢故巧不可阶，裴亦质不宜慕。……故玉徽金铣，反为拙目所嗤，巴人下里，更合郢中之听。阳春高而不和，妙声绝而不寻，竟不精讨锱铢，核量文质，有异巧心，终愧妍手。是以握瑜怀玉之士，瞻郑邦而知退；章甫翠履之人，望闽乡而叹息。诗既若此，笔又如之，徒以烟墨不言，受其驱染，纸札无情，任其摇襞；甚矣哉，文之横流，一至于此！"这样针锋相对的你一刀我一枪，煞是好看。再加以二者之间，又杀出第三位好汉来，颜之推《文章篇》云："今世相承，趋末弃本，率为浮艳。辞与理竞，辞胜而理伏；事与才争，事繁而才损；放逸者流宕而忘归，穿凿者补缀而不足，时俗如此，安能独违，但务去泰去甚尔；必有盛才重誉，改革体裁者，实吾所希。"李延寿《北史·文苑传序》云："暨永明天监之际，太和天保之间，洛阳江左，文雅尤盛。彼此好尚，雅有异同。江左宫商发越，贵于清绮；河朔词义贞刚，重乎气质。气质则理胜其词，清绮则文过其意；理胜者便于时用，文华者宜于咏歌；此其南北词人得失之大较也。若能掇彼清音，简兹累句，各去所短，合其两长，则文质彬彬，尽美尽善矣。"这形式内容并重的主张也隐然自树一帜，可以和上两派相对抗的。这样也可说是文人相轻的一种。

　　约当纪元五世纪前后，南方文人对于音调在文学上的应用特加注意。《南史·陆厥传》云："永明时，盛为文章，吴兴沈约，陈郡谢朓，琅玡王融以气类相推毂。汝南周颙，善识声韵。约等文皆用宫商；将平上去入四声，以此制韵，有平头、上尾、蜂腰、鹤膝。五字之中，音韵悉异；两句之内，角徵不同；不可增减，世呼为永明体。"在沈约这方面以为"自灵均以来，多历年代，虽文体稍精，而此秘未睹。至于高言妙句，音韵天成，皆暗与理合，匪由思至"（《宋书·谢灵运传论》）。以为"自古词人，岂不知宫羽之殊，商徵之别；虽知五音之异，而其中参差变动，所昧实多，故鄙意所谓此秘未睹者也。以此而推，则知前世文士，便未悟此处。若以文章之音韵，同弦管之声曲，则美恶妍媸，不得顿相乖反；譬犹子野操曲，安得忽有阐缓失调之声？以洛神比陈思他赋，有似异手之作。故知天机启则律吕自调，六情滞则音律顿舛也"（《答陆厥书》）。而和他相反的钟嵘，便提出别一种主张："昔曹刘殆文章之圣，陆谢为体二之才，锐精妍思，千百年中而不闻宫商之辨，四声之论，或谓前达偶然不见，岂其然乎？尝试言之：古曰诗颂，皆被之金竹，故非调五音无以谐会。……今既不被管弦，亦何取于声律邪？……王元长创其首，谢朓、沈约扬其波，三贤或贵公子孙，幼有文辩，于是士流景慕，务为精密，襞积细微，专相陵架，故使文为拘忌，伤其真美，余谓文制本须讽读，不可蹇碍，但令清浊通流，口吻调利，则为足矣。至平上去入，则余病未能；蜂腰鹤膝，闾里已具。"（《诗品序》）他们之间只因文词技巧上的局部执著，彼此意见也有这样的歧异，以致攻驳无休，也是文人相轻的一相。

　　托尔斯泰说："各派的艺术家互相诋諆，互相污蔑，正好比各派的宗教家一般。试看现在各派艺术家都是这一派的人批斥那一派的人；譬如在诗里老浪漫主义派排斥白纳司派和颓废派；白纳司派排斥浪漫派和颓废派；颓废派又排斥前面几派和象征派；象征派又排斥前面几派和玛格派，玛格派又排斥以上各派……在小说、戏剧、图画、音乐里也都是如此。"（《艺术论》）因此，在托尔斯泰的艺术观里，莎士比亚的戏曲并不能占什么地位。即以明清间诗家论诗的意见来看，也有一样纷歧的倾向。李梦阳倡言"文必秦汉，诗必盛唐，非是者不道"（《明史·李传》）。他攻击宋诗，说是"诗至唐而古调亡矣。然自唐，调可歌咏，高者犹足被管弦。宋人主理不主调，于是唐调亦亡。黄（庭坚）陈（师道）师法杜甫号大家；今其词艰涩，如入神庙坐土木骸，即冠服与人等，谓之人可乎？"（梦阳《缶音序》）而性灵派攻击何李的格调论，辞锋也一样的犀利。袁中郎云："诗何必唐，又何必初与盛？要以出自性灵者为真诗耳。夫性灵，窍于心，寓于境。境所偶触，心能摄之；心所欲吐，腕能运之。……以心摄境，以腕运心，则性灵无不毕达；是之谓真诗，而何必唐，又何必初与盛之为沾沾？"袁子才云："杨诚斋曰：'从来天分低拙之人，好谈格调，而不解风趣，何也？格调是空架子，有腔口易描，风趣专写性灵，非天才不办。'……须知有性情则有格律，格律不在性情之外。'三百篇'半是劳人思妇，率意言情，谁为之格？谁为之律？而今谈格调者能出其范围否耶？"（《随园诗话·卷一》）格调说和性灵说既是诗论的两大派，再参加以王渔洋的神韵说，又是鼎足三分了。

　　清末，上海有人定近世文人笔语为五十家，将章太炎和谭复生、黄公度一同选在其中。章太炎与邓实书云："谭黄二子，志行顾亦有可观者。然学术既疏，其文辞又少检核，仆虽朴陋，未敢与二子比肩也。近世文士王壬秋，可谓游于其藩，犹多掩袭声华，未能独往；康长素时有善言而稍谲奇自恣；仆亦不欲与二贤并列，谓宜刊削鄙文，无令猥厕！"其时，梁启超的政论文，风靡全国，谁都受他的影响，而章太炎讥之云："如向者一二耆秀，皆浮华交会之材，哗世取宠之士，嘘枯吹生之文，非所谓文质彬彬者也。"故曰："亡而为有，虚而为盈，约而为泰，难乎有恒矣！"章太炎又十二分看不起林纾、严复的翻译文字，谓："下流所仰，乃在严复、林纾之徒！复辞虽饬，气体比于制举，若将所谓曳行作姿者也！纾视复又弥下，辞无涓选，精采杂汙，而更浸润唐人小说之风！夫欲物其体势，视若蔽尘，笑若龋齿，行若曲肩，自以为妍，而只益其丑也！"这样一方面要适合时代的需要，（启超自谓："至是自解放，务为平易畅达，时杂以俚语、韵语及外国语法，纵笔所致不检束。学者竞效之，号新文体，老辈则痛恨，诋为野狐；然其文条理明晰，笔锋常带情感，对于读者，别有一种魔力焉。"）一方面要切切实实的学问，（太炎自谓："效唐宋之持论者，利其齿牙；效汉之持论者，多其记诵，斯已给矣；效魏晋之持论者，上不徒守文，下不可御人以口，必先豫之以学。"）也会绝不留情，形之词色的。

　　照这样看来，真的，文坛有如战场，自古以来，从不曾有过"平静无事"的气象。但以种种不同的立场，摆开阵势，厮杀了三百回合才鸣钲收兵，却并不是文坛的恶现象，古今中外的文学是这样才进步了的。当雨果的《爱尔那尼》，于一八三〇年二月十五日夜间，在法兰西剧场上演；那些古典派作家，坐在楼上及其他各处，打算妨害演技；一方面浪漫派作家及同情于他们的青年，多聚集在楼下正厅，防备古典派的捣乱，一时剧场好像变成战场；然而经过这番猛烈斗争以后，浪漫主义便迈步走入法兰西文坛了。把眼前的事来看，《新民丛报》和《民报》的热烈争辩，展开了辛亥以来的大局面；《新青年》的冲锋，发动了五四运动的大潮；在文化猛进的期间，文坛上大动干戈，大概是必不可避免的罢。假若"文人相轻"果如"吾家"子桓所说的"各以所长，相轻所短"，只是一种"批评"，并不是"人身攻击"，我觉得应该有而且必然会有的。苏子瞻《上神宗书》云："君子和而不同，小人同而不和；和如和羹，同如济水。故孙宝有言：'周公大圣，召公大贤，犹不相悦，著于经典，两不相损。'晋之王导，可谓元臣，每与客言，举坐称善，而王述不悦，以为'人非尧舜，安得每事尽善'，导亦敛衽谢之。"我们难道希望今日之文坛，变成一鼻孔出气，谁都唯唯诺诺过日子吗？

　　所以，我是不反对"文人相轻"的；我希望中国文坛能养成健全有力的批评空气！

## 程克猷的天才
### ——在开明中学讲演

诸位同学:

我记得十五年前,第一次下杭州读书,就听到康有为在第一师范的讲演,听的人很多。他所讲的全都关于他自己小时候如何聪明、如何一目十行的故事,他那样起劲地讲,我们也就莫知其妙地听。那时真还是小孩子。以后年纪渐渐大起来,知道那是一种夸大狂——吹牛。那样在讲台上公开吹牛,并不是顶好的手法,在上海有所谓艺术家的,留了长头发,乱披在肩上,当作懂艺术的标记;于是有人也留了长头发,让人把他当作艺术家。又有甲乙丙结成一群,让甲向人去说乙丙是怎样了不得的文学家,乙丙也照样说"甲丙"、"甲乙"是怎样了不得的文学家,这样转个弯让信风把甲乙丙一齐吹到成名的湾港,手法就比较高明一点了。我今天的讲演题,并没经过你们校长的同意。如黑板上所写的:《程克猷先生的天才》。可是我并没半点想拍马的意味,可也不是玩转弯吹牛的手法,并不希望程先生到别处去讲演"曹聚仁的天才"。

在社交场中,大概爱把一顶什么"家"的帽子戴在别人头上,自然也希望别人回敬一顶,程克猷先生一向教国文,不妨称之为文学家;他现在做你们的校长,又不妨说是"教育家",可是他是十足市秤的雕刻家,并没人知道他;你们也不见他留长了头发,乱披在肩上,看起来不像一个艺术家。前几年,犹太富商哈同死了,要找人雕塑一具铜像。哈同有的是钱,只要雕塑得好,钱是不在乎的。这一注好买卖,上海那些大艺术家都打过主意,有的开价二十万元,有的开价十六万元,结果程克猷先生和他的哥哥程铿以二万元的代价成交这注买卖。这并不是程先生兄弟定价低廉才会成交,是程先生兄弟所雕塑的样品,把其余的样品压倒了;要知哈同夫人的眼里,二万和十六万、二十万并不等于铜板和角子的距离。现在那铜像塑在哈同花园里。只要在哈同花园服务过的,无不为之神往,有些佣人，简直慑于神情，不知不觉地跪了下去，由此可以想见那铜像是如何的神似了。所以我说程克猷先生是雕刻家，比说他是文学家、教育家货真价实得多了，但若没有这机会让他表现他的天才，谁知道他是个雕刻家呢？

不过，我今天也无意于替程先生兜生意，虽说在座诸君也许将来有塑铜像的资格或本钱，这样早发预约券也是徒然的。我所感叹的：社会为什么不独不容许天才有发展的机会，反而在各种情形之下，把天才埋没掉呢？程克猷先生就是被社会埋没掉的一个。俄国文学家中，大家无不知有契诃夫（Tchekhov）其人的，他自幼爱音乐和图画，一心想做一个艺术家，他的家庭不允许他。他只得去学医科做医生来糊口，直到后来，才以小说、戏曲显露他的天才。在影戏明星中，卓别林以杰出的天才惊动了全世界，但他在英国时是非常潦倒的：那么一个穷小子，谁曾把他放在眼里呢？据我推想：世界上像契诃夫、卓别林那样有天才的，不知有多少，能够有机会让他们表现出来的，只有那么少数的人，其余全部被埋没掉了。程克猷先生，假使有一副本钱，让他到欧洲大陆去吃几年面包，呼吸一点法、意的艺术空气，那些艺术大师，真算得什么！然而他只能做你们的校长，吃吃粉笔条，做做猢猴王，让人家去吹什么文艺复兴了。我说到这里，不禁要问一句：这究竟是我们的过错？还是社会的过错？

说到"天才"，从前有一种说法，古来史家对于"圣人"、"英雄"，常有近于神话的记载，譬如《史记》载汉高祖是龙种，说刘邦的母亲息于大泽之坡，梦与神遇。其父太公往视，见交龙于其上，我相信那完全是史家的造谣。"二十四史"中，这类谣言很多。现今各种报纸，记载伟人的轶事，说他们幼年怎样了不得，几乎吃饭撒屎，也与众不同，正是史家造谣的老把戏。我现在所说的"天才"，并不指这类"天纵之子"而言。又有人以记忆力强弱来分判天才、庸才的，塾师所说的天才，大概是指记忆力很强的孩子，可是记忆力强的人并不一定是有见解的人。有时记忆力过强，判断力反而非常薄弱。有时不识一字的人，记忆力反而有惊人的强度。我的戚族中，有一位老妪，能顺序按日记牢百项以上大小账目，记忆力可说强极，可是她在别的方面，全无什么成就。记忆力只能算做天才的一部分，以记忆力来判别天才、庸才，也是错误的。

　　我所谓"天才"，是指组织自己思想的能力而言，这里面包括"记忆"、"理解"、"悟解"三种。有天才的人，就是能把自己的思想组织成为井然的系统，用各种方式表现出来。照理说，自己组织自己的思想系统，自己表现自己的天才很可以自由自在的，可是事实上并不这样。平日我们读书受教育，都是复习别人的思想过程，我们父师给我们种种道德训条或刻板知识，他们都希望我们承认社会的既成道德，模仿别人的思想过程；可是我们自己的环境和古人的环境不相同，我们呼吸的空气和父师呼吸的空气不相同，我们要组织自己的思想系统，就不能满意那些社会上的既成道德，也不愿意模仿别人的思想过程，我们就不免要考虑，要怀疑。"天才"刚抬起头来，就在父师的石壁上碰了钉子。唐朝有一大史家——刘知几，他幼年时读《汉书》，觉得班孟坚立《古今人表》，于例不合。他的父兄怪他："孺子何知，轻议前哲？"后来，他看了张衡的集子，才知道古人早已那么批评过。假使刘知几信了父兄的话，从此不再"轻议前哲"，他就不能成为大史家了。所谓社会上的舆论，更是天才的大敌，舆论好同而恶异，只要对于传统思想表示小小的异议，严苛的刑罚就到身上来了。哥白尼的地动说，达尔文的进化论，我们现在都承认为学术思想上无比的大贡献，在当前不知道经历了多少苦难，才在唾沫、嘲笑、排击之下伸出头来；只要稍微缺少一点勇气，"天才"的苗便萎折掉了。更可怪的，我们自己有时也成为自己天才的伤害人，即如当代这些"诗歌"、"小说"作家，刚着笔写作那几年，做得非常努力，成绩十分的好，一下子他们成名了，便永远没有进步。做了十年文学家，依旧和刚写作时一样幼稚粗拙。他们并不是没有天才，天才给"名"和"利"压死了。所以天才的发展，如唐僧往西天取经，中间要周历九九八十一重磨难，方能脱骨换胎，成仙成佛，我时带听到一些人叹息中国目今天才的缺乏，我却不禁叹息中国社会摧残天才手段的狠毒。诸位同学，我们应该有一种觉悟：一方面要改造社会，养成宽容风气，使天才在适当环境中发展起来。一方面要认识自己的天才，养成百折不挠的精神，从家庭社会的压迫中表现出成绩来！

最后一句话：让程克猷先生做你们的校长，不让他做一个中国雕刻家，这是中国美术界的大损失！

## 谈魏晋间文人生活

从汉灵帝中平元年（"黄巾"乱起）到东晋恭帝元熙元年（晋亡），这二百年间，死个把人，本来算不得什么一回事的。汉桓帝时，已经"京师瘗合死者相枕，郡县阡陌，处处有之"。到了东晋初年，"中原萧条，千里无烟；饥寒流陨，相继沟壑"，"鄢陵旧五六万户，今裁有数百"。这是怎样一个大修罗场！但史家好像不十分关心这些人的死活，只有几个文人的死，倒大书特书，给后人以很深刻的印象。文人给当局开刀，自黄祖杀祢正平始，曹操跟着也把那个多嘴的孔融杀掉了，曹丕又杀了许多文人，要不是看同胞手足之情，连曹植也几乎不能免。（其实同胞手足，在曹丕也不十分管：任城王就是给曹丕弄死的。）三国末年，那几个大名士，司马懿杀了两个——夏侯玄和何晏，司马昭也杀了一个——嵇康，他们的罪状大致是相同的，不孝。可是臧荣绪在《晋书·阮籍传》上说："属魏晋之际，天下多故，名士少有全者。籍由是不与世事，遂酣饮为常。……钟会数以时事问之，欲因其可否而致之罪，皆以酣醉获免。"这倒是真话，我们都知道曹操、曹丕、司马懿、司马昭他们自己也并不是忠臣孝子；以"不孝"杀那些名士，不过是个托词。

有人问：曹操、司马懿，为什么一定要拿文人来开刀呢？我们先找几件外国的故事来谈谈：希腊那么一个标榜自由的民族，为什么容不得苏格拉底那个大哲人多活几年呢？苏格拉底死的时候，已经七十一岁，迟早就要死的了；希腊人就有那么急性非赶紧解决这个人不可。苏格拉底原没有什么大罪过，只是逢人诘问，引起青年们对于现状的怀疑，使希腊人不再醉生梦死下去；所以控诉他的那三个人，梅利多斯（Meletus）等，说他"否认国家所承认的神们，另外唱道新神，使雅典青年腐败"。这是一件事。还有一件事，法国大革命时候的人物，我们中国人最熟知的有一位罗兰夫人；她临死时候，对着自由神的石像说："自由呀！自由呀！世人不知借你的美名，犯了多少罪恶！"她的丈夫听到她被杀的消息，也当天自杀了；身边留一小纸条，说："但愿通国厌弃这种残杀无辜的罪恶，回过头来，发现真正人道罢！"她们夫妇俩都有欢喜教训别人的脾气，至死不悟！魏晋间文人，大概也害了这种多嘴的毛病的，什么事都要说出一番长长短短的道理，甚至有对黄巾去诵《孝经》的；秀才遇着兵，有理说不清，谁耐烦听你的噜苏呢？我们读嵇康写给山巨源的信，就觉得可笑：什么"七不堪"，什么"二不可"，无非惹人头痛，因而送上断头台。这种毛病，连所谓田园诗人陶渊明，都不能免（诸如《杂诗》《拟古》《读山海经》诸篇，字里行间，都有愤激不平之气存在着），更无论其他文人了。文人不得善终，在某种情形下，也可说是命定的！

他们躲避这现实的方法，我们看来颇有点幽默。在他们之间，时兴三部古书，《老子》《庄子》和《周易》。《老子》《庄子》都是教人回到浑噩无是非无差别的境界去的，"未尝先人，而尝随人；人皆取实，己独取虚；人皆求福，己独曲全"。如不知人心如镜，一到虚静境界，什么隐秘，更看得清清楚楚；反不如在势利场中鬼混，真能昏天黑地，不见天日。这样，他们想在"老庄"哲学中找到安身立命的隐蔽处，结果，更把是非看得分明，更不能安身立命。他们第二种躲避现实的方法是"饮酒"，司马昭要替司马师求婚于阮籍，阮籍一醉六十日，使来使无从开口，以酒醉来躲避，只有这一次是有实效的。后来司马炎让九锡，公卿大夫要一力劝进；那篇劝进文，奉命非要阮籍动笔不可。阮籍也想借酒醉来躲避，毕竟不可能；只得就案写成，让来使抄了去。大概嵇康也不大赞成阮籍的办法，所以说："阮嗣宗……唯饮酒过差耳；至为礼法之士所绳，疾之如仇……"因为如嵇康那样性格的人，喝醉了酒，方会静默下去；阮嗣宗本是"与物无伤"的，酒后反常，会惹些是非也未可知呢！第三种躲避现实的方法，是入山修道，学做神仙。可是修道愈有工夫，说起话来愈是刻毒。那位隐在苏门山的孙登，老实不客气，就说嵇康"才多识寡，不得善终"；好在嵇康并不是得君行道的人，否则孙登自己也就要不得善终的了。魏晋文人种种自己麻醉自己躲避的方法，都不见实效，只能如鸵鸟一样，把头钻在树林里，当作自己已经躲起来了，让猎人捉了去拿去宰割。

东晋以后，佛家的思想传播过来了，释迦的教义代替了老庄的教义。第一等聪明人，大都出家做和尚去；在另外一个世界里有大法事可做，不必和现实混在一起，才是真正的躲避起来。并且在另外一个世界，对于人间世的种切，都有从头未过的公平正直的总算账，那一切愤愤不平之气，自然而然地沉寂下去。所以要躲避现实，单靠自己麻醉是难得见效的，最要紧的要如佛家一样能有另一乾坤可去，不过天堂、灵魂、来世等等，在现在，已经给科学打得粉碎了；我们要构成另一世界，却不十分容易呢！

### "百无一用是书生"

常州诗人黄仲则有两句发牢骚的诗："十有九人堪白眼，百无一用是书生。"后一句也许于牢骚中带点谦虚的味儿，不过书生无用是真的。汉宣帝用文法吏，太子（元帝）说：持刑太重，应该用儒生。宣帝不悦，说："汉家自有制度，本以霸王道杂之，奈何纯任德教，用周政乎？且俗儒不达时宜，好是古非今，使人眩于名实，不知所守，何足委任？"据说汉代帝王是尊儒术的，你看，他们眼里的书生是怎样一种不中用的东西！

同时在别一种社群里，也是看不起书生的。《水浒》七十一回，于梁山泊重新置立旌旗，分派职务以后，有一段话说梁山泊好处：

八方共域，异姓一家。天地显罡煞之精，人境合杰灵之美。千里面朝夕相见，一寸心死生可同。相貌语言，南北东西虽各别；心情肝胆，忠诚信义并无差。其人则有帝子神孙，富豪将吏，并三教九流，乃至猎户渔人，屠儿刽子，都一般儿哥弟称呼，不分贵贱；且又有同胞手足，捉对夫妻，与叔侄郎舅，以及跟随主仆，争斗冤仇，皆一样的酒筵欢乐，无问亲疏。或精灵，或粗卤，或村朴，或风流，何尝相碍，果然识性同居；或笔舌，或刀枪，或奔驰，或偷骗，各有偏长，真是随才器使。可恨的是假文墨，没奈何着一个"圣手书生"，聊存风雅；最恼的是大头巾，幸喜得先杀却"白衣秀士"，洗尽酸悭。地方四五百里，英雄百零八人；昔时常说江湖上闻名，似古楼钟声声转播；今日始知星辰中列姓，如念珠子个个连牵。在晁盖恐托胆称王，归天及早；惟宋江肯呼群保义，把寨为头。休言啸聚山林，早愿瞻依廊庙。

——百二十回本《水浒》，七十一回，页五十七

《水浒传》作者这样和书生过意不去，竟说："可恨的是假文墨，没奈何着一个'圣手书生'，聊存风雅，最恼的是大头巾，幸喜得先杀却'白衣秀士'，洗尽酸悭。"初看也颇忿然于怀；但转念一想，也是真话；江湖上好汉，绿林里豪侠，有谁把书生放在眼里呢！

因此又把吴敬梓的《儒林外史》捧起来，细看一遍；那是一部写书生没落最真切的书，我们把《儒林外史》和《水浒》串着看，这两个世界竟有这样不可逾越的墙壁！诸如《儒林外史》里的潘三爷，本不是什么可爱可敬的人物；但以之与匡超人相比，便觉得十分伟大了。当匡超人流落他乡穷无所归的时候，潘三替他在包揽词讼，拐卖妇女，顶替考试那些花样里着实捞得一点油水，还替他完了婚事。等到匡超人考取了教习，在李给谏府里做了甥婿；潘三在监里希望他帮一帮忙；匡超人却板着脸说："……本该竟到监里去看他一看，只是小弟而今比不得做诸生的时候；既替朝廷办事，就要依着朝廷的赏罚；若到这样地方去看人，便是赏罚不明了。……潘三哥所做的这些事，便是我做地方官，我也是要访拿他的；如今倒

反走进监去看他,难道说朝廷处分他的不是?这就不是做臣子的道理了。"我们看了匡超人的腐话,真使人头痛。《儒林外史》最凄婉的莫如修补乐器的倪老爷,养了六个儿子,死了一个,卖了四个,连最小的一个都准备出卖。他对着戏子鲍文卿诉苦道:"……长兄,告诉不得你!我从二十岁上进学,到而今做了三十七年的秀才。就坏在读了这几句死书,拿不得轻,负不得重;一日穷似一日,儿女又多,只得借这手艺糊口,原是没奈何的事。——不瞒你说,我是六个儿子,死了一个,而今只得第六个小儿子在家里;那四个儿子,都因没的吃用,把他们卖在他卅外府去了!……这一个小的,将来也留不住,也要卖与人去!"这样瘦弱的人生,唯有这种不中用的东西才做得出来。俄国有一个青年女子,读了柴霍甫的小说,不禁痛哭起来。她说:难道在俄国竟都是这类灰暗的人生、瘦弱的灵魂吗?《儒林外史》里的角色,也使我们作此感想。吴敬梓在《儒林外史》收尾上提了四个理想人物:一个会写字的,一个卖火纸筒子的,一个开茶馆的,一个做裁缝的;尤以做裁缝的为最完美。他借荆元的口,说出他的理想主张:

> 我也不是要做雅人,也只为性情相近,故此时常学学。至于我们这个贱行,是祖父遗留下来的,难道读书识字,做了裁缝就玷污了不成?况且那些学校中的朋友,他们另有一番见识,怎肯和我们相与?而今每日寻得六七分银子,吃饱了饭,要弹琴,要写字,诸事都由得我;又不贪图人的富贵,又不伺候人的颜色,天不收,地不管,倒不快活?

可是这样理想人物,仍是遁世的脆弱的,只配抹了花脸演喜剧的。在梁山泊上,至多不过"没奈何"、"聊存风雅"而已。

屠格涅夫名著《罗亭》里,罗亭撇了娜泰芽,留下了一封自责的书信,说:"我的天分似乎并不过薄,不过我的能力不足,所以不论什么都不能成就。即有天赋,毫无用处,即使下了种子,不是一定都有结果。在我,没有能力使人们感动,尤其是没有能力使女人注意。只靠一点智慧,是毫无益处的。很想热心地挺身做事,但是事实上丝毫不能实现：我的运命，真是可怜可笑！"呜呼！"百无一用是书生"！

## "盛世危言"

清朝末年，浙江山阴人汤寿潜曾经刊过《盛世危言》这样一部书。我读那书时，年纪还很轻，现在想来，印象很模糊。前年，看见一本由广州寄来的《盛世危言》一类的东西；其中担心亡国灭种的大祸就要到来，叫国人早日警惕，早日奋发，一番有心人的话头。国人里面，这般担惊害怕的人未始没有，如黄遵宪（公度）就在甲午战役以后写过这样的诗：

> 一自珠崖弃，纷纷各效尤。瓜分惟客听，薪尽向予求。
> 秦楚纵横日，幽燕十六州。未闻南北海，处处扼咽喉！
> 弱肉供强食，人人虎口危；无边画瓯脱，有地尽华离。
> 争闻三分鼎，横张十字旗。波兰与天竺，后患更谁知？

时间过了几十年，灭种的大痛固不曾尝到过；亡国在预料中，也不一定有什么大苦难，一般人还是可以熙熙攘攘过快乐的日子的。"盛世危言"一种的说法，有人也就以为如"彗星尾巴扫到地球，地球将要毁灭"那样预言，当做海外奇谈那样"姑妄听之"就够了。

西汉文帝时，有一位得文帝宠爱的书生——贾谊，他有所陈对，文帝还前席以听，但是贾生陈情对策，总是痛哭流涕长太息；以文帝那样圣明之君，而贾生痛哭流涕长太息以言，才是道地的盛世危言。贾生自己仿佛十分不得志似的，过汨罗为文吊屈原，后来哀伤短命以终，若以比之另一位痛哭流涕长太息的书生——晁错，因为帮皇帝去翦除宗室，惹起七国连兵的大祸，自己做了清君侧那口号的牺牲品，贾生的危言，可说幸运多了。唯盛世方可以危言，有文帝那样圣明之君，贾生的痛哭流涕长太息才不至触忌讳；明哲所以保身，圣人给我们说了一个聪明的办法。东汉末年，党锢之禁，先后二十余年，士大夫被杀戮囚禁的以千百计。后来中常侍吕彊告诉汉灵帝，说："党锢久积，人情多怨，若久不赦宥，轻与张角合谋，为变滋大，悔之无及。"灵帝怕了起来，才解除党禁。不久黄巾乱起，东汉也就终结了。那时候有一位书生——仲长统，每回谈论时俗，必发愤叹息。他所著的那部《昌言》，斥责"君臣宣淫，上下同恶"的政局，攻击"连栋数百，膏田满野"的豪族，言下已断定汉运之将终。这也是贾生痛哭流涕长太息式的危言，其遭时忌，自在意中；可是他自己的态度却非常消极，只要过"居有良田广宅，背山临流，沟池环匝，竹木周布，场圃筑前，果园树后，舟车足以代步涉之难，使命足以息四体之役，养亲有兼珍之膳，妻孥无苦身之劳；良朋萃止，则陈酒肴以娱之，嘉时吉日，则烹羔豚以奉之"的退隐生活，就够满意，所以虽"昌言"一番，还没有什么大罣碍的。

写到这里，我又想起另一种盛世危言来。明清之交，东南大儒黄宗羲写过一本《明夷待访录》，现存的只有薄薄的一本。依我们推测，原书至少要比现存的多四五倍；这些不见了的，都是经过清初那些圣明之主，康熙、雍正、乾隆删削掉的；稽古右文的十全皇帝，给《明夷待访录》来一套凌迟大刑。黄宗羲的意下，以为箕子陈《洪范》，武王洗耳恭听；他的《待访录》总有一天可见天日，哪料后世的武王，却要叫孔子删诗书，把《洪范》篇割裂得不成样儿的。所以危言只能说得空泛一点，要说得切实如《明夷待访录》那样，只好照太史公所说藏之名山传之其人的办法了。

有人说：韩非子的《亡征》，不是更切实的盛世危言吗？韩非子列举四十七种可亡的征象，（亡征者，非曰必亡，言其可亡也。）其中有最切要的几种说："群臣为学，门子好辩，商贾外积，小民内困者可亡也……用时日，事鬼神，信卜筮而好祭祀者可亡也……喜淫刑而不周于法，好辩说而不求其用，滥于文丽而不顾其功者可亡也……恃交援而简近邻，怙强大之救而侮所迫之国者可亡也……好以智矫法，时以私杂公，法禁变易，号令数下者可亡也……出军命将太重,边地任守太尊,专制擅命,径为而无所请者可亡也。见大利而不趋,闻祸端而不备,浅薄于争守之事,而务以仁义自饰者可亡也。"后来韩国果以此亡了国,其他楚、齐、燕、赵也以此亡了国,韩非子的话,皆不幸而言中。屈原自沉汨罗以前,还可写一篇长的九篇短的痛快发牢骚的文章,而韩非子所列举四十七种亡征,可以全部保存到如今。假若生当稽古右文的十全皇帝时代,韩非子能免于《明夷待访录》的遭遇吗?

以上说的都是古老的故实。

## 和战得失篇
### ——《通鉴》新读之一

宋明以来,有许多史论家,或拿历史上一个人物来褒贬,或拿件史事来批评,有时做做翻案文章,以动人听闻为主。他们的论断近于纵横家,贾谊《过秦论》开其先河,苏洵《权书》,苏轼《志林》,吕祖谦《东莱博议》,李焘《六朝通鉴博议》,都是这一类的议论。比较高明者有王夫之《读通鉴论》,也总不离主观的褒贬。清代史学家,不赞成这种不切实际的空论,说:"大抵史家所记典制,有得有失,读史者不必横生意见,驰骋议论以明法戒也;但当考其典制之实,俾数千百年建置沿革了如指掌,而或宜法,或宜戒,待人之自择焉可耳。其事迹则有美有恶,读史者亦不必强立文法,擅加与夺以为褒贬也;但当考其迹之实……一一条析无疑,而若者可褒,若者可贬,听诸天下为公论焉可矣。"(《〈十七史商榷〉序》)因此清人所致力的,以校勘文字,解释训诂名物为多。如钱大昕的《廿二史考异》,王鸣盛的《十七史商榷》,赵翼的《廿二史札记》,在史学上最有供献,近人尤推重赵翼的《廿二史札记》,因为他于叙述史书沿革,评断史体得失以外,还着眼于"古今风会之递变,政事之屡更,有关于治乱兴衰之故者",是一部"属辞比事"的著作,开出新史论的局面。近年唯物史观为治史者所注意，史人史事都得重新估定价值；赵翼的史见，也有许多应该修正补充的地方。我近来细读《正续资治通鉴》，字里行间，每有会心；仿王夫之成例，作"通鉴新读"。

## 一、赵翼论和议

中国历代都受外族的侵迫，盈朝议论，和战纷歧，未有已时。大抵论史者多左袒主战，主和的容易成为千古罪人。如岳飞成为模范的爱国军人，世世庙享不衰；秦桧被万人唾弃，铸成铁像跪在岳王坟上；这可代表舆论对于和战的倾向。但和战得失，并不能这样囫囵断定。赵翼论南宋和议，曾提出不同的意见，说：

> 义理之说，与时势之论，往往不能相符，则有不可全执义理者；盖义理必参之以时势，乃为真义理也。宋遭金人之害，掳二帝，陷中原，为臣子者固当日夜以复仇雪耻为念，此义理之说也。然以屡败积弱之余，当百战方张之寇，风鹤方惊，盗贼满野，金兵南下，航海犹惧其追，幸而饱掠北归，不复南牧；诸将得以剿抚寇贼，措设军府，江淮以南，粗可自立，而欲乘此偏安甫定之时，即长驱北指，使强敌畏威，还土疆而归帝后，虽三尺童子知其不能也。故秦桧未登用之先，有识者固早已计及于和。洪皓以乐天语悟室，犹第使臣在金国之言也。绍兴五年，将遣使至金通问二帝；胡寅言："国家与金世仇，无通使之理。"张浚谓："使事兵家机权，日后终归于和，未可遽绝。"是浚未尝不有意于和也。陈与义云："和议成，岂不贤于用兵！不成，则用兵必不免。"是与义亦未尝不有意和也。高宗谓赵鼎曰："今梓官、太后、渊圣皆在彼，若不与和，则无可还之理。"此正高宗利害切己，量度时势，有不得不出于此者。厥后半壁粗安，母后得反，不可谓非和之效也。自胡铨一疏，以屈己求和为大辱，其议论既剀切动人，其文字又愤激作气；天下之谈义理者，遂群相附和，万口一词，牢不可破矣。然试令铨身任国事，能必成恢复之功乎？不能也。即专任韩、岳诸人，能必恢复之功乎？亦未必能也。故知身在局外者易为空言，身在局中者难措实事。秦桧谓：

"诸君争取大名以去,如桧但欲了国家事耳。"斯言也,正不能以人而废言也。其后隆兴又议恢复矣。吕本中言:"大抵献言之人,与朝廷利害绝不相关;言不酬,事不济,则脱身去耳;朝廷之事,谁任其咎!"汤思退亦云:"此皆利害不切于己,大言误国以邀美名。宗社大计,岂同戏剧?"斯二人者,虽亦踵桧之故智,然不可谓非切中时势之言也。统宋一代论之,燕云十六州沦于契丹,太祖、太宗久欲取之,自高梁河、岐沟关两败之后,兵连祸结,边境之民烂焉。澶渊盟而后两国享无事之福者且百年。元昊跳梁,虽韩、范名臣不能制,亦终以岁币饵之,而中国始安枕。当北宋强盛时已如此,况南渡乎?且南渡之初,非不战也。富平一败,丧师数十万,并陕西地尽失之,卒归于和而后已。及金亮渝盟,兵叛身弑,此时宜可乘机进取。乃宿州一溃,又弃唐、邓、海、泗而卒归于和。其后开禧用兵,更至增货币,函送韩侂胄之首而后再定和议,此和与战利害之较然者也。及与蒙古共灭金,两国方敦邻好,使早定和议,坚守信誓,当不至起衅召侮。乃忽思用武,收复三京,兵端遂开。然元太宗犹使王檝来议岁币,其时蒙古尚未有意于混一,可以财帛饵也;而举朝泄泄,付之不理,致蜀地先失,鄂亦被兵。元世祖以皇弟统兵在鄂,贾似道已密遣宋京求和,世祖遂撤兵去。似道归,又以援鄂为己功,深讳议和,不复践夙约。世祖犹遣郝经来修好,更锢之真州,不答一书,不遣一使,于是遂至亡国。是宋之为国,始终以和议而存,不和议而亡。盖其兵力本弱,而所值辽、金、元三朝,皆当勃兴之运,天之所兴,固非人力可争;以和保邦,犹不失为图全之善策。而耳食者,徒以和议为辱,妄肆诋諆,真所谓知义理而不知时势。听其言则是,而究其实则不可行者也。

如王明清《玉照新志》,郎瑛《七修类稿》,王侃《衡言》,邱浚《史衡》,亦谓宋南渡后不得不和。王夫之《读通鉴论》论南宋诸将之力,亦谓:"如曰因朱仙之捷,乘胜渡河,复汉唐之区宇,不数年而九有廓清;见弹而求鸮炙,不亦诞乎!"

有了赵翼这番议论,我们就不妨用作张本,把历代的和战得失分别谈一谈。

## 二、可用之兵与善战之将

论偏安局面，前人常把南宋和东晋相提并论，其实是大不相同的。

西晋自怀帝被捕以后，愍帝在长安即位，士卒不过千余人，公私车马只有四乘，既无粮饷，又无器械；但京兆太守麴允、索綝还拼命抵敌几阵，直到长安城破，愍帝又被刘曜捉去完事。愍帝也只是青衣行酒，被辱被杀，并未臣事胡人，屈膝求降。琅玡王睿在建业即位，荆州系军人刘宏、陶侃、周宏据长江上流，扬州系军人王敦、苏峻据长江下流，这两系军人虽不免时常冲突，时常干与朝政，保守国土的职责却不曾放弃过，部下也都有可用的兵士和善战的将领。苻坚投鞭断流，声势浩大；而当国的谢安，并不畏惧自怯、赶快迎降；他还叫谢玄、谢石迎战于淝水，给苻秦一个极大的打击。又如桓温定蜀入秦，刘裕灭谯蜀、灭后秦、斩姚泓，北至洛阳，南方军人也并不对外族示弱，事事让步。所以东晋虽偏安东南，就方针论，还是以战立国，不曾向胡人屈膝求和的。

北宋一代，一开头就被辽人所压服。宋太宗自高梁河、歧沟关败后，君臣连取幽、蓟的壮志也冷落下来。张齐贤疏请太宗"莫争尺寸事，角强弱之势"。太宗只能嘉纳其议，宋真宗以后，对外族臣服，尊外族君王为兄、为叔、为父，岁贡一定的金额和缯帛，已成惯例，不足为奇。南宋高宗的割地，赔款，受金人册封，也只是沿北宋的旧惯，算不得意外的屈辱。就南宋的诸将来看，分布长江上下流的情势，和东晋有点相同。但诸将的部下，多系收抚群盗而来；庄季裕所谓"王旅寡弱，至收溃卒，招群盗以补之"，是当时的实情。群盗纪律不佳，有时还善于作战；而诸将自己的部下，"避赋役，免门户者往焉；纳贿赂，求官爵者往焉；有过咎不得仕者往焉；犯刑宪，畏逮捕者往焉；违科举，失士业者往焉；则又有乡党故旧之人，百工手艺之人，方技术数之人，音乐俳戏之人"。简直是杂色队伍，绝无作战的能力。以这样的兵士应战，必败无疑。至于那些名将，在史籍上都有很好的声名；其实骄蹇不受命令，彼此相互猜忌，比东晋的将领还不如。《文献通考》引南宋叶水心《论四屯驻大兵》，说："诸将自夸雄豪，刘光世、张俊、吴玠兄弟、韩世忠、岳飞各以成军，雄视海内……廪饩惟其所赋，功勋惟其所奏；将版之禄，多于兵卒之数，朝廷以转运使主馈饷，随意诛剥，无复顾惜；志意盛满，仇疾互生。"其对朝廷情形如此，而其对外作战情形，郦琼述说得非常有趣："江南诸帅，才能不及中人，每当出兵，必身居数百里外，谓之持重；或督召军旅，易置将校，仅以一介之士，持虚文谕之，谓之调发，制敌决胜，委之偏裨，是以智者解体，愚者丧师。幸一小捷，则露布飞驰，增加俘级，以为己功，敛怨将士。纵或亲临，亦必先遁。而又国政不纲，才有微功，已有厚赏，或有大罪，乃置而不诛，不即覆亡，已为天幸，何能振起耶？"（《金史·郦琼传》）以这样的将领，要对外作战，原是必败无疑的。宋史载两河之间，义军蜂起，仿佛黄龙痛饮，真是指顾间事；那只能算是史家寄愤之笔；抵抗外族，决不能依靠那些乌合之众的。王夫之说得好："义军之兴也，其名曰万，而实不得半也；即其实有万，而可战者不得千也；可战者千，而能不大胜则前小挫则却者不能百也。无军令以整齐之，则游变无恒，无刍粮以馈给之，则掠夺不禁；游变无恒，则敌来而不觉；掠夺不禁，则民怨而反戈；……此群羊距虎之形也，而安可恃也！"南宋的义军，决不能和祖逖的八千部曲相提并论，祖逖尚且不能清中原，两河义军更有什么用呢？所以南宋，在这样兵不可用，将不能养，士气不可恃的情形之下，不主战而主和，并不能算是十分错误的。（秦桧和宋高宗的用心，姑且搁起不谈。）

兵法说："知己知彼，百战百胜。"就人事来看，看自己有无可用之兵，有无可遣之将，再来定和战之策，也是"知己"之首要，有人说："明朝末年，以寇情论，晋宋两代的外寇，早已盘据在黄河以北，其势不可侮。而满清系新兴之寇，只在关外猖獗，没有长驱入关的力量。以将才论：熊廷弼、袁崇焕、孙承宗都是盖世之才，应付辽事，或战或守，绰绰有余裕。以士卒论：明代兵制略近唐代府兵制，民间丁壮，一经训练，便成劲旅；决非东晋、南宋初年那些乌合之众所能比拟；加以采用西洋火炮，战具也非常精利，有制敌的可能性，可是成败之局竟大不相同，东晋还能以战自保，南宋还能以和苟安，明代天下，却完全给满清夺了去，这又是什么缘故呢？"原来和战决策，只能说是立国应敌应定方针，至于成败利钝，并非决策时可预期必然的结局。有时和而能暂时偷存，但楚之于秦，即以偷安求和亡。有时战而勃然兴国，但项之于刘，以不能休养生息而败。有时明知必败而不能不战，有时预期可胜而容忍以和，知人论世，有不可一概而论的。依我看来，东晋镇将，南宋诸军，将领都有决策的大权，彼此虽不相统属，朝廷虽不能发号施令，应战却有事实上的便利。明末边将不过是战阵上的指挥官，在上既有君主在那里操握大权，而明熹宗的昏庸，明怀宗的卞急，都不能应付变局；又有内监把持大权，魏忠贤的喜怒无常，可以玩弄诸将于股掌；又有伴食的阁臣，不知兵事的人，坐在深宫里定和战方针，任免边将有如儿戏。一将在外，上有四重监督的人：兵权愈分，事权愈不统一，即能战阵得胜，也不能制强寇的死命了。明代之亡，亡于宵小弄权，将帅与兵士不该替朝廷分过的。所以政治的黑暗与清明，又是存国亡国的主要条件，论史者不当单以成败来论"和战"政策的。

### 三、可战之机会与必战之决心

但是，立国大道，只有一个"战"字可以说；"和"字只能说是审度情形，留一个生聚休息的机会，作将来决战的准备。从"和"字上得到一个自保的基础，便得时时存必战之决心，时时等待可战之机会，从这个立场来论史，又该把东晋、南宋君臣的误国特别提出来谈一谈。

东晋穆帝时，北方继刘氏而兴的石勒已经死了，石虎也死了，石氏诸子正在那里自相残杀，匈奴羯部的势力既然衰落下去，正是恢复中原的好机会。其时桓温身握大权。曾经攻破姚襄，率兵北入洛阳，也有可以恢复中原的能力。但他一心一意要把持朝政，回师京师来做中国的恺撒，让苻坚从容去统一北部，大好机会竟失去了。淝水之战以后，北方又非常混乱；苻氏衰败，拓跋氏未兴之际，也是恢复中原的时机。刘裕的权力高于桓温，他的北伐成绩比桓温也好一点；但他的回国篡位的野心，把他北定中原的愿望打消掉；又失去了这样好时机，此南朝所以终于偏安东南也。所以东晋非无可战的机会，只恨那些统兵的将领没有作战的决心。

就南宋论，我们可以原谅宋高宗的北面事金，原谅秦桧的定策议和；但我们不能原谅宋高宗的畏葸退让，秦桧的阻塞言路；也不能原谅淳熙诸将的暮气不振，更不能原谅韩侂胄的躁进败事，贾似道的因循误国。绍兴十年前后，和议的倾向已很明显，其时金已废刘豫、兀术引兵南来，刘锜、韩世忠、岳飞、吴璘迎战，都曾打过几次胜仗。战胜然后求和，陕西、河南两地必可保全。宋高宗急于求成，急急叫诸帅班师，和议中乃画淮为界，实在是个大错误。此其一。势屈求和，原非得已；必当鼓励士气，上下一心，以谋规复失地。秦桧以相臣助天子定和议，既不必远天下之谤议；哀矜勿喜，时时抱恨于心，原是大臣应取的态度。可是秦桧自以为功，天下有诽议和议的，大兴文字狱以倾陷善类。一些奉迎意旨的人，只要有一言一字，稍涉忌讳，无不争先告讦。这样戕丧元气，秦桧实在种下南宋亡国的根苗，此其二。淳熙年间，金主亮采石矶败后，被弑于瓜州；北来军士，先后溃退。其时南有魏胜、李宝之起义，北有移剌窝斡叛乱，真是收复中原的最好时机；而刘锜老病垂死，吴璘又暮气不振，李显忠、邵宏渊辈又不能指挥部下作战，把时机错了过去。此其三。宋宁宗时，金国的势力已经衰弱下去，蒙古人已经深入金国的腹地，也可说是恢复中原的机会。韩侂胄的主战，其用意且不论；只要看他间诱吴曦，而吴曦急叛投金；遣将应战，诸将可以因赂讳败，可见他全无作战的准备，身死国危，罪不容诛。此其四。至于贾似道权倾中外，其地位足以大有为，而他忘了北宋结金攻辽的前事，又结蒙古以攻金，三京未复而兵戎已开，一发乃不可收拾。忽必烈南围鄂州，贾似道不敢迎战；适值忽必烈北归争位，乃得乘机求和。又讳和为胜，欺骗了君上，忽必烈遣使索取岁币，贾似道又怕事泄，拘留了来使，因又重开战局，南宋的国命，便断送在他的手里。此其五。南宋君臣，这类糊涂荒谬的举措很多很多，但我们可以原谅宋高宗的事金，决不能原谅高宗无限度的退让，秦桧的阻塞言路。我们可以原谅高宗的力不从心，但不能原谅贾似道的因循误国。历史若真可以做后人的前车，我们希望在上的都以宋高宗、贾似道为戒。

## 四、"背城借一"与"委曲求全"

鲁成公二年，"鞌之战，齐师大败。齐侯使国佐如师，晋却克曰：'与我纪侯之甗，及鲁、卫之侵地，使耕者东西其亩，以萧同叔子为质，则吾舍子。'国佐曰：'与我纪侯之甗，请诺；反鲁、卫之侵地，请诺。使耕者东西其亩，则是土齐也；萧同叔子者，齐君之母也；齐君之母，犹晋君之母也。不可。请战，一战而不胜，再战；再战而不胜，请三战；三战而不胜，则齐国尽子之有也，何必萧同叔子为质，'揖而去之。"（《公羊传》）这段故事，正是和战决策的标准。"和"的限度到"与我纪侯之甗"，"反鲁、卫的侵地"为止，过此限度即非决战不可，这是很明显的。（列宁曾经决定对德求和，在一九一七年曾说："我们一定要使它安全，不论出任何的代价。我们万不得已时，我们准备到堪察加去。"但他在一九一九年七月在国防会议，却说："死守彼得格拉，守到最后一滴血流干的时候！不退出一尺地，准备在彼得格拉的街上作苦战。"这也是和战决策的明显限度。）就东晋的情势看：淝水之役，苻坚大军南下，志在取得江南；南朝君臣，除非面缚请降，方能满其欲望；谢安即算为国求和，苻坚必不许和。谢安之决战，原是不待犹疑的。明福王南京自立时，也曾遣使求和；多尔衮与史可法书，即欲福王归藩，史可法臣事清廷，终于非战不可。也可见求和并非单方的想望所可成就的。就南宋的局势论：绍兴初年，高宗自南京而镇江，自镇江而明州，逃来逃去，靡有定所。其时即欲割地赔款，金人未必许和。绍兴十一年和议的成就，还在兀朮南来未有大功绩的时候。后来金世宗的许和，也是采石矶一战的效果。又如忽必烈在鄂州许贾似道求和，后来伯颜攻入临安，无论南宋君臣提出什么条件，忽必烈都不许和了。这些史事告诉我们：强弱竞存的当儿，并非委曲便可以求全，必得有背城借一的准备，才能完成"委曲"之"全"。

所以主和主战，一样地都是义理之说，我依旧要引用赵翼的话来做结论：

> 义理之说，与时势之论，往往不能相符，则有不可全执义理者；盖义理必参之以时势，乃为真义理也。

## 清末报章文学的起来和它的时代背景

### 一

十九世纪后半期，中国，她不是东方的中国；她穿戴着古老的衣饰，裹着小脚，姗姗地步上世界大舞台。世界舞台老板，他要把中国小姐改造，改造得合时宜一点。

第一步，他们的军舰来了，大炮向着中国各口岸乱轰，要中国政府屈服，订立不平等条约。在那些条约上取得设定外国居留地，领事裁判权，协定关税的权利，再加上割地赔款。他们单独侵略，或共同行动来取得政治上优越的势力。第二步，他们的商品来了，把沿海及江河沿岸重要城市变成新式都市，把农村经济手工业改变为都市经济机器工业，他们的银行左右全中国的经济，他们的工厂在中国取得低廉的原料，在中国制造，向内地推销；整个中国变成他们的商品推销场和原料供给场。第三步，他们分割中国的土地，英取缅甸、香港，法取安南，日取琉球台湾，更进一步，他们在中国划分势力圈，作瓜分的准备。他们不管中国小姐愿意不愿意，用军事的力量、经济的力量把中国小姐打扮得这个样式。这情形，中兴事业继承人李鸿章称之为"三千余年一大变局"。

替满清做中兴大事业的,以曾国藩为重心。在他的艰苦经验中,认识了资本主义国家的势力,认识了科学所造成物质文明的力量。他觉得平定太平天国还不是难事,应付这三千年来大变局,却十分不容易,他隐隐觉得他自己也被世界列强势力所左右。因此,他和环绕在他左右的人,建立"中学为体,西学为用"的思想体系,以"办洋务"这样一个口号来创办新政,这意义李鸿章看得最明白,说得最透辟。光绪元年,他因台湾事变,上筹备海防奏折说:"今则东南海疆万余里,各国通商传教,往来自如,麇集京师及各省腹地,阳托和好之名,阴怀吞噬之计,一国生事,诸国媾煽,实为数千年未有之变局。轮船电报之速,瞬息千里。军事器械之精,工力百倍,又为数千年未有之强敌。"上一段说帝国主义者的经济侵略、文化侵略,下一段说坚甲利兵的可怕,乃归纳这样一个结论:"居今日而曰攘夷,曰驱逐出境,固虚妄之论;即欲保和局,守疆土,亦非无具而能保守之也。……士大夫囿于章句之学,而昧于数千年来一大变局,狃于目前苟安,而遂忘二三十年来之何以创巨而痛深,后千百年之何以安内而攘外!……"他们的意见,列强以坚甲利兵来,我们也得以坚甲利兵去应付,洋务必不可不办的。从同治二年起,那二十年间,设外国语言文字馆,设江南机器制造厂,设招商局,设水师学堂,设矿务局,凡是西洋的物质文明,差不多都移植到中国来。

在"洋务"空气中,跟着机器工业的发展,产生了许多定期刊物。中国的报章文学(Journalism)就在这空气中萌芽成长起来。

二

中国的定期刊物,以马六甲(Malacca)出版的《察世俗每月统纪传》为最早(一八一五年出版)。这刊物,系耶稣教的传教工具,由马礼逊(Morrison)、麦都思(Medhurst)、米怜(Milne)及梁亚发四人所编辑,米怜尽力最多。其中除了宣传耶稣教义,刊载天文、轶事、传记、政治之类的新知识,兼刊载一些新闻。米怜自述办报的旨趣，云："本报宗旨，首在灌输知识，阐扬宗教，砥砺道德，而国家大事之足以唤醒吾人之迷惘，激发吾人之志气者，亦兼收而并蓄焉。"这个宗旨，差不多可以代表初期一切刊物的方针；一则新教徒要以刊物来吸收教徒，二则中国受了外交上种种刺激，觉得非接受物质文明不可。其中最著名的如《东西洋考每月统纪传》（一八三三年出版）、《遐迩贯珍》（一八五三年出版）、《中外新报》（一八五四年出版）、《六合丛谈》（一八五七年出版）、《中外杂志》（一八六二年出版）、《万国公报》（一八七四年出版）、《益智新录》（一八七六年出版），门类无非宗教、政治、科学、商业这几项。《六合丛谈》发刊小引云："今予著《六合丛谈》一书，亦欲通中外之情，载远近之事，尽古今之变，见闻所逮，命笔志之，月各一编，罔拘成例，务使穹苍之大，若在指掌，瀛海之遥，如同衽席。是以琐言皆登诸纪载，异事不壅于流传也。是书中所言天算舆图及民间事实，纤悉备载。……观事度理，推陈出新，竭心思以探窈略，舍旧说而创妙法，……启名哲未言之奥，辟造化未泄之奇。请略举其纲：一为化学，一为察地之学，一为鸟兽草木之学，一为测天之学，一为电气之学，别有重学流质数端，以及听视诸学，皆穷极毫芒，精研物理，……明其末必探其本，穷其流必溯其源也。"传教牧师对于介绍西洋科学知识，的确替国人尽过一番心力的。

这一些以宣传教义为目标的刊物，介绍科学知识及记载时事，都只是推销刊物的工具。传教牧师在中国多年，知道中国的拘守脾气，他们一力要使得自己中国化，不欲引起中国人的反感。他们所用的文体，和社会上流行的史论相仿佛，带点儒家褒善贬恶的腔调；所以每逢粤省县试府试乡试的时候，梁亚发把《察世俗每月统纪传》携往考棚分送，那些应考的员生，并不引起反感。不过牧师唯一任务是宣传教义，他们最大的努力在翻译新旧约《圣经》，有文言译本，有官话译本，有各地方言译本。这一类和宗教有关的文字，带着很浓厚的欧化风味；假如说初期报章文学有什么特殊风格，该以他们所载的《圣经》译文为例。如《创世纪》第三章：

耶和华上帝所造的，惟有蛇比田野一切的活物更狡猾。蛇对女人说："上帝岂是真说，不许你们吃园中所有树上的果子么？"女人对蛇说："园中树上的果子，我们可以吃；惟有园当中那棵树上的果子，上帝曾说：'你们不可吃，也不可摸，免得你们死。'"蛇对女人说："你们不一定死，因为上帝知道，你们吃的日子眼睛就明亮了；你们便如上帝能知道善恶。"于是女人见那棵树的果子，好作食物，也悦人的耳目，且是可喜爱的，能使人有智慧，就摘下果子来吃了。又给她丈夫，她丈夫也吃了。他们二人的眼睛就明亮了，才知道自己是赤身露体，便拿无花果树的叶子，为自己编作裙子。天起了凉风，耶和华上帝在园中行走，那人他妻子听见上帝的声音，就藏在园里的树木中，躲避耶和华上帝的面。耶和华上帝呼唤那人，对他说："你在哪里？"他说："我在园中，听见你的声音，我就害怕；因为我赤身露体，我便藏了。"耶和华说："谁告诉你赤身露体呢？莫非你吃了我吩咐你不可吃的那树上的果子么？"那人说："你所赐给我，与我同居的女人；他把那树上的果子给我，我就吃了。"耶和华上帝对女人说："你做的是什么事呢？"女人说："那蛇引诱我，我就吃了。"耶和华上帝对蛇说："你既做了这事，就必受咒诅，比一切的牲畜野兽更甚。你必用肚子行走，终身吃土。我又要叫你和女人彼此为仇。你的后裔和女人的后裔，也彼此为仇。女人的后裔要伤你的头，你要伤他的脚跟。"又对女人说："我必多多加增你怀胎的苦楚，你生产儿女必多受苦楚，你必恋慕你丈夫，你丈夫必管辖你。"又对亚当说："你既听从妻子的话，吃了我吩咐你不可吃的那树上的果子，他必为你的原故受咒诅，你必终身劳苦，才能从地里得吃的，地必给你长出荆棘和蒺藜来，你也要吃田间的菜蔬。你必汗流满面才能糊口，直到你归了土，因为你是从土而出的。你本是尘土，仍要归于尘土。"亚当给他妻子起名叫夏娃，因为他是众生之母。耶和华上帝为亚当和他妻子用皮子作衣服，给他们穿。

耶和华上帝说："那人已经与我们相似，能知道善恶。现在恐怕他伸手又摘生命树的果子吃，就永远活着。"耶和华上帝便打发他出伊甸园去，耕种他所自出之土。于是把他赶出去了。

拿这段文章来和乾嘉年间的章回小说相比，就可见《红楼梦》、《儒林外史》一类的白话文，和口语相接近而多用滥词；这类译文，骨骼和文言文相接近而复增了语句的结构，开出后来一切翻译文字的先路。

那时注意洋务的知识分子，他们并不看重牧师所奉为至宝的《圣经》，他们只爱牧师所介绍的科学知识。有些开明的大员，还特别注意译报那件事。道光年间，两广总督林则徐身当中英交涉的冲要，幕僚魏源一力提倡译报，由通西文的负责翻译。（魏源答奕山将军书云："夷人刊印之新闻纸，每七日一礼拜后，即行刷出，系将广东事传至该国，并将该国事传至广东，彼此互相知照，即内地之塘报也。彼本不与华人阅看，而华人不识夷字亦即不看。近雇有翻译之人，因而辗转购得新闻纸，密为译出，其中所得夷情，实为不少。"）那些译稿，关于中国政务、茶叶、军事、鸦片四项，时常附奏进呈，后来又编成《华事夷言录要》一书。安徽巡抚王笃棠也曾奏请设译报馆，说："今中国贫弱至此，危殆至此，臣敢以一言括之，曰：不明彼己而已。何也？我所日与争者，地球各国也。然各国人才如何，国势如何，学校如何，我不知也。我之人才，我之国势，我之学校，较各国如何，我亦不知也。各国议论我国人才、国势、学校如何，我更不知也。若此，岂特不知彼哉？直不知己耳。……为今日计，拟请旨设一译洋报处；凡所得东西洋报，有关中国政事者，逐日译成，进呈御览。京外大小臣工，一并发观。其言本国政事，亦一律译呈；于是可以知彼，并可以知己矣。"刑部左侍郎李端棻奏请推广学校折，其中也把译西报当作一件要事，说："泰西各国，报馆多至数百所，每日每馆出报多至数万张。凡时局政要商务兵机新艺奇技，五洲所有事故，靡所不言。阅报之人，上自君后，下至妇孺，皆足不出户而于天下事了然也。故在上者能措办庶政而无壅蔽，在下者能通达政体以待下之用；富强之原，厥由于是。"朝廷信了他们的主张，南北各机关都有译报的人员。光绪初年，上海机器制造局延请美人金理楷、林乐知等翻译外国各报，每天择要闻十余条，印送官绅阅看。（刊印成册的，名《西国近事汇编》。）这译报的工作，至光绪二十四年始停止，先后凡二十多年。依理说，士大夫这样重视译报，而着手译报的，又译了这许多年月，应该有相当的成绩；事实上，却除了供给做策论的一套新的材料而外，全没有什么成绩。翻译的文章更没有什么特殊的风格。马眉叔说："今之译者大抵于外国之语言，或稍陟其藩篱，而其文字之微辞奥旨，与夫各国之所谓古文词者，率茫然未识其名称。或仅通外国文字语言，而汉文则粗陋鄙俚，未窥门径。使之从事译书，阅者展卷未终，俗恶之气，触人欲呕。又或转请西人之稍通华语者，为之口述，而旁听者，乃为仿佛摹写其词中所欲达之意；其未能达者，则又参以己意，而武断其间。盖通洋文者不达汉文，通汉文者又不达洋文，亦何怪乎所译之书，皆驳杂迂讹，为天下识者鄙夷而讪笑也。"（《适可斋记言》）所谓译报的真相如此，我们自不必有什么期望。下举《葡萄味苦》的译文，使我们可以想见当时的"恶札"！

> 昔有一狐，见葡萄满架，已经成熟，仰观万紫千红累累可爱，垂涎久之。奈乏猱升之技，不能任性朵颐，望甚则怨，怨甚则怒，怒甚则诽谤訾诬。无所不至。乃口是心非，勉强自慰，曰："似此葡萄，尚未成熟。绝非贵重之品，罕有之物，况其味苦涩异常，我从不下咽；彼庸夫俗子，方以天为食也。"此如世间卑鄙之举，见人安富尊荣，才德出众，高不可攀，自顾万不能到此地步，反谓富贵荣华，苦累无限，诋毁交加，满心妒忌，出语臭硬，假意清高。噫，是谓拂人之性，违心之谈。由此观之，此人亦必是幸灾乐祸者。
> ——张赤山《海外异闻录》

## 三

从同治二年（一八六三）到光绪二十年（一八九四），这三十年间，曾国藩、李鸿章辈辛辛苦苦经营洋务，表面上看起来，非常热闹，江南机器制造局、福建轮船制造局、上海招商轮船局、南北洋电报局、开平矿务局、武备学堂、北洋海军，在坚甲利兵的条件之下，布置得花团锦簇。谁知甲午一战，中国的坚甲利兵，比纸糊的玩具还要脆弱，陆军败于平壤，海军毁于威海卫。三十年的经营，至此烟消雾灭，什么都没有了。这个重大的刺激，使知识分子对于世界局势及时代趋向有进一步的觉悟。本来李鸿章办洋务的时候，有许多前进的知识分子，已觉得坚甲利兵不足以应付大变局；光绪三年，郭嵩焘从伦敦写信给李鸿章，说："日本在英国学习技艺者二百余人……而学兵法者绝少。盖兵者末也，各种创制，皆立国之本也，中堂方主兵，故专意考求兵法。愚见所及，各省营制万无可整顿之理，募勇又非能常也。……正虑殚千金以学屠龙，技成无所用之。"即暗示后来的失败。甲午失败以后，政治改革的呼声风起云涌；文廷式等劾李鸿章疏云："倭国国势兵力，不能与西洋各国同年而论；国债重而民力困，则根本未坚也。有快船而无巨舰，则武备不足也。兵出于猝募，非训练之师也。权纷于党论，非划一之政也。兵事之兴，凡曾经战阵之士，通达夷情之人，莫不以为螳臂当车，应时立碎，虽西人亦凿凿言之，而事竟有大谬不然者。"为什么会"大谬不然"呢？文廷式他们的意见，以为"日人变法自强，至甲午而大验"。中国也非变法维新不可。

在这个政治改革的潮流中，各种形式的刊物（日刊、周刊、半月刊、月刊），以各种姿态产生出来，发展得非常迅速。光绪二十一年，清廷下诏征求善后的政策。英人李提摩太（Timothy Richard）随即进献维新政策，说："教民之法，欲通上下有四事。一曰立报馆。欲强国必先富民，欲富民必须变法；中国苟行新政，可以立致富强；而欲使中国官民皆知新政之益，非广行日报不为功，非得通达时务之人，主持报事，以开耳目，则行之者一，泥之者百矣，其何以速济，则报馆其首务也。"朝廷颇采纳他的主张。就在那年，文廷式在北京设强学书局，发行《中外纪闻》来提倡新学，鼓吹新政。强学书局虽不久被封禁，由强学书局改归官办而成的官书局，依旧保存提倡新学的原来方针。光绪二十四年，光绪帝决意要维新，夏秋之间，连请中外大臣实行新政。御史宋伯鲁奏请将上海《时务报》改归官办，命康有为督办。瑞洵奏请在北京创设报馆，朝廷即命瑞洵办理。当时朝廷这样提倡报纸，其宗旨，如光绪二十四年上谕所说："报馆之设，义在发明国是，宣达民情，原与古者陈诗观风之制相同。一切学校工商兵制赋税，均准胪陈利弊，借为鼗铎之助。兼可翻译各国报章，以便官商士庶，开扩见闻，其于内政外交，裨益非浅。……所著论说，总以昌明大意，决去壅蔽为要义，不必拘牵忌讳，致多窒碍。"由我们看来，也觉得是很开明的。

维新运动的中心，在北京有上述文廷式所倡导的强学会，和朝臣互通呼吸，在西南有康有为和他的弟子梁启超、汤觉顿所组织的桂学会；后来康有为加入强学会，一时前进的知识分子在同一目标下集中起来。北京强学会发行《中外纪闻》，上海强学分会也发行《强学报》，《中外纪闻》由朝廷改为《官书局报》，《强学报》也改为《时务报》，由汪康年为经理，梁启超为主笔。康有为、梁启超的议论，既为全国青年所依归，《时务报》便成为舆论的重心。讨论社会问题政治问题的风气，各地都传播开去，在湖南有长沙的湘学会，衡州的任学会，在苏州有苏学会，在北京有集学会，其他还有农学会、天足会一类的社会活动，每会必有会刊来宣扬那个运动的意义。张之洞谓"乙未以后，志士文人创开报馆，广译洋报，参以博议，始于沪上，流衍于各省，内政、外事、学术皆有焉。虽论说纯驳不一，要以扩见闻，长志气，涤怀安之鸩毒，破扪籥之瞽论。于是一孔之士，山泽之农，始知有神州；筐箧之吏，烟雾之儒，始知有时局；不可谓非有志四方之男子学问之一助也。"（《劝学篇》）那时情形的确如此。由宣传教义，介绍零星知识，进而讨论社会问题政治问题，由翻译失了时效的国外报纸，进而采访中外新闻，介绍世界学术，这一步跨得很远很远。要说中国有代表舆论的刊物，当自《强学报》《时务报》说起。要说中国有报章文学，也当自《强学报》《时务报》说起。（同治十三年，王韬在香港创办《循环日报》，有中外新闻，有本埠新闻，有评论，已具报纸规模，唯销行不广，影响亦少。）

康有为、梁启超的政论文字，何以能得一般青年的爱好，转移一时的风气呢？因为他们敢于抓着中国危亡的大问题来讨论来找答案，他们在一般人觉得没有路走的时候，指示一条大路来。康有为《强学会报序》云："……夫物单则弱，兼则强，至累重什百千万亿兆京垓之则益强。荀子言物不能群，惟人能群，象马牛驼不能群，故人得制焉。如使能群，则至微之蝗，群飞蔽天，天下畏焉，况莫大之象马而能群乎？故一人独学，不如群人共学，群人共学，不如合百亿兆人共学。学则强，群则强；累万亿兆皆智人，则强莫与京。吾中国地合欧洲民众倍之，可谓庞大魁巨矣，而吞割于日本。盖散而不群，愚而不学之过也。今者思自保之，在学群之。……"这里他们在指示集团的力量。维新运动的人物，一股蓬蓬勃勃的少年活跃气象，一面以为"天下兴亡，匹夫有责"，一面以为"天下无难事"，敢于负责。所以他们的议论多偏于乐观，他们的文章也以振发人心为主。谭嗣同、梁启超的文体正是这一派的代表。谭嗣同自谓："少颇为桐城所震，刻意规之数年，久自以为似矣；出示人，亦以为似。诵书偶多，广识当世淹通姱壹之士，稍稍自惭，即又无以自达。或授以魏晋间文，乃大喜，时时籀绎，益笃嗜之。由是上溯秦汉，下循六朝，始悟心好沉博绝丽之文，子云所以独辽辽焉。旧所为，遗弃殆尽。……昔侯方域少喜骈文，壮而悔之，以名其堂。嗣同亦既壮。所悔乃在此不在彼。……所谓骈文，非四六排偶之谓，体例气息之谓也，则存乎深观者。"这以骈文的体例气息写成的散文，时常把事理的正面反面说得非常畅快，时常用叠词复句增加语句的力量，时常用刺激性的感慨语调增加论断的严重性，读者仿佛吃辣子，立时兴奋起来。如谭嗣同《仁学论》不生不灭一节：

> 不生不灭有征乎？曰，弥望皆是也。知向所言化学诸理，穷其学之所至，不过析数原质而使之分，与并数原质而使之合；用其已然而固然者，时其好恶，剂其盈虚，而以号曰某物某物，如是而已。岂能竟消磨一原质与别创造一原质哉？……本为不生不灭，乌从生之灭之？譬如水加热则渐涸，非水灭也，化为轻气养气也。使收其轻气养气，重与原水等。且热去则仍化为水，无少减也。譬如烛久爇则尽跋，非烛灭也，化为气质流质定质也。使收其所合之炭气，所然之蜡泪，所余之蜡煤。重与原烛等。且诸质散而滋育他物，无少弃也。譬如陶埴，在陶埴曰成，在土则毁；及其碎也，还归乎土，在陶埴曰毁，在土又以成。但有回环，都无成毁。譬如饼饵，入胃而化之，其为食也亡矣。然饼饵，谷所为也。方其为饼饵也，在饼

饵曰存，在谷曰亡；及其化也，还粪乎谷，在饼饵曰亡，在谷又以存。但有变易，复何存亡？……譬于陵谷沧桑之变易：地球之生不知经几千万变矣；洲渚之壅淤，知崖岸之将有倾颓，草木金石之质日出于地，知空穴之将就沦陷；赤道以旋速而隆起，即南北极之所翕敛也；火期之炎，冰期之冱，即一气之舒卷也。故地球体积之重率必无轩轾于昔时：有之，则畸重而去日远，畸轻而去日近，其轨道且岁不同矣。譬如流星陨石之变：恒星有古无而今有，有古有而今无；彗孛有循椭圆线而往可复返，有循抛物线而一往不返。往返者，远近也，非生灭也；有无者，聚散也，非生灭也。木星本统四月，近忽多一月。知近度之所吸取。火木之间，依比例当更有一星，今惟小行星武女等百余，知女星之所剖裂，即此。地球亦终有陨散之时，然地球之所陨散，他是又将用其质点以成新星矣。王船山之《说易》，谓一卦有十二爻，半隐半见，故大易不言有无，随见而已。孔子之论礼，谓殷因于夏、周因于殷；故礼有所，与民变革损益而已。凡此诸体，虽一一佛有阿僧只身，一一身有阿僧只口，说亦不能尽。

这一节，先分化学一排，物理一排，地理一排，天文一排；化学一排中，又分水、烛、陶埴、饼饵四小比，形式上和魏晋间人的赋体散文极相似，而其层算推究事理，和《荀子》《韩非子》《淮南子》的说理文极相似。有条有理，层次分明，于唐宋古文家桐城古文家不敢走的路径（曾国藩谓古文无施不可，唯不宜说理耳）以外，开辟一条康庄大道来。影响所及，凡是做政论的，做策论的，没有不走这条路。（梁启超《饮冰室文集》第一集中，如《变法通议》，如《论中国之将强》，如《政变原因答客难》，风格大致相同。）

维新运动，自戊戌政变（清光绪二十四年八月）告一段落。政治改革完全失败，光绪帝被幽，康有为、梁启超出之海外，谭嗣同以及其他五个参与新政的大员一齐走上断头台；短命的政治运动，以浪漫的气氛开幕，乃以严肃的气氛下场。中国的政治运动、社会运动，从那年以后转向新的倾向。中国的刊物以及刊物上的文体，也从那年以后转向新的倾向来。

## 四

戊戌政变以后，中国的政治社会，都走向反动的路。朝廷以慈禧太后为中心，集合守旧的大臣，严夷夏之辨的士大夫，念符咒学打拳的拳匪来酝酿大规模的排外运动。但是世界局势愈转愈急，反动的倾向正利于他们的分割。德租胶州湾，俄租旅顺、大连，法租广州湾，英租威海卫，列强在中国划分他们的势力圈。列强在中国的经济势力既已稳固，都市经济既已由他们抚育成长，农村经济的命脉全操在他们手里，一天一天崩溃下来。反动的排外运动和列强的侵略激进，两种势力接触在一起，乃造成庚子拳匪的大事件。《辛丑和约》，替帝国主义者在中国的侵略计划加上几重保险，使它进行更为顺利。北京东交民巷"公使团"成为中国的太上政府，"银行团"成为中国的太上财部，"海关"成为推销外货摧残国货的虎口，而我们得到"保全领土"、"门户开放"、"机会均等"条文上的美丽字眼。

农村经济愈破产，社会危机愈显露；帝国主义侵略的势力愈大，民族意识的觉醒愈深刻；朝廷的压迫愈厉害，在野的政治活动愈普遍；就在这个时期，产生了两派有力量的政治运动。一派是继续维新变法的旧运动，依旧以康有为、梁启超为领导者，梁启超的地位更重要。他们的政纲是君主立宪，依旧想恢复光绪帝的政权，再来施行新政。康有为所用以掩护自己主张的《公羊》"张三世"、礼运"大同"旧旗帜给抛弃掉了，梁启超介绍卢梭、孟德斯鸠的学说来做立宪说的根据。他们是保皇党，对于排满的种族革命是反对的。另一派以孙文为领导者，要用激烈的革命手段推翻满清政府，建设中华民族的新国家。他们的政纲是民主共和，归纳为民族、民权、民生三大纲目。最露骨者的口号有这样几句：一、颠覆现今之恶劣政府；二、土地国有；三、维持世界真正之和平；四、建设共和政府；五、主张中日国民的联合；六、要求各国赞成中国之革新事业。在这二派明显的政治活动之下，国内外各种刊物俨然分成两个壁垒。正式分起民主共和、君主立宪的论战。民主共和派以张继、章炳麟所主持的《民报》为根据,君主立宪派以梁启超所主持的《新民丛报》为根据,针锋相对,辩论了二三年。立宪派说:"国体无善恶,视乎政治,就原有之基础以谋改良,其事较根本改造为易。"民主派说:"清政府决无立宪之望,不能立宪,惟有亡国;故以根本改革为宜。"其重要论文如下:

| 民主共和派 | 君主主宪派 |
| --- | --- |
| 民族的国民 | 开明专制论 |
| 驳《新民丛报》最近之非革命论 | 由论种族革命与政治革命之得失 |
| 希望满洲立宪者盍明诸 | 驳某报之土地国有论 |
| 驳革命可以召瓜分说 | 中国不亡论 |
| 驳革命可以召内乱说 | 暴动与外国干涉 |
| 杂驳《新民丛报》 | 杂答某报 |
| 辩满人非中国之臣民 | 答某报第四号对于本报之驳论 |
| 作为满洲辩护者之无耻 | |
| 告非难民生主义者 | |

(本表抄自李剑农《最近三十年中国政治史》)

其重要刊物分类如下:

| 地点 | 民主共和派 | 君主立宪派 |
| --- | --- | --- |
| 广州 | | 国事报 羊城日报 七十二行商报 |
| 香港 | 中国日报 | 香港商报 |
| 上海 | 神州日报 | 时报 |
| 天津 | 大公报 | 天津日日新闻 |
| 北京 | 全京日报 中华日报 | 北京时报 京都时报 |
| 新加坡 | 中兴日报 阳明报 | 南洋总汇新报 |
| 爪哇 | | 乌岛日报 |
| 旧金山 | | 金港日报 |
| 墨西哥 | | 墨西哥朝报 |
| 纽约 | | 纽约日报 |

| | | | |
|---|---|---|---|
| 日本 | 复报　民报　各省杂志 | 新民丛报 | |
| 暹罗 | 华暹新报 | 启南报 | |
| 西贡 | 光兴日报 | | |
| 温哥华 | 华英日报 | | |
| 巴黎 | 新世纪 | | |

（本表抄自戈公振《中国报学史》）

　　离开两派的政治主张来看戊戌以后的报章文学，则梁启超的确是言论界的骄子，无论赞成他的或反对他的都不能不被他的辞锋所感动，都不能不受他的文体的影响。梁氏自述写文章的态度是："某以为业报馆者，既认定一目的，则宜以极端之议论出之，虽稍偏稍激焉而不为病。何也？吾偏激于此端，则同时必有人焉偏激于彼端以矫我者，又必有人焉执两端之中以折衷我者，互相倚，互相纠，互相折衷而真理必出焉。若相率为从容模棱之言，则举国之脑筋皆静，而群治必以沉滞矣。夫人之安于所习而骇于所罕闻，性也，故必变其所骇者而使之习焉，然后智力乃可以渐进。……彼始焉骇甲也，吾则示之以倍可骇之乙，则能移其骇甲之心以骇乙，而甲反为习矣。……所骇者进一级，则所习者亦进一级，驯至举天上非常异义可怪之论，无足以相骇，而人智之程度乃建于极点。"他认定报章是有时间性的，要抓着这时效，使读者人人都受到感应。他又自述写文章的手法，说："启超夙不喜桐城派古文；幼年为文，学晚汉、魏晋，颇尚矜练。至是自解放，务为平易畅达，时杂以俚语、韵语及外国语法；纵笔所至不检束。学者竞效之，号新文体。老辈则痛恨，诋为野狐。然其文条理明晰，笔锋常带情感，对于读者，别有一种魔力焉。"（《清代学术概论》）他认定要使读者赞成自己的主张，先要使读者受感动，受催眠，由感动催眠而心悦诚服，严复批评他"于道徒见一偏，而出言甚易"，"其笔端又有魔力，足以动人，敢为非常可喜之论，而不知其种祸无穷"。也可说是梁氏文体的赞语。梁氏的文章都是篇幅很长，不能全引，姑引《少年中国说》前半篇以为例：

## 文笔散策　文思

日本人之称中国也，一则曰老大帝国，再则曰老大帝国；是语也，盖袭译欧西人之言也。呜呼，我中国其果老大矣乎！梁启超曰：恶！是何言？是何言？吾心目中有一少年中国在！

欲言国之老少，请先言人之老少；老年人常思既往，少年人常思将来；惟思既往也，故生留恋心；惟思将来也，故生希望心；惟留恋也，故保守；惟希望也，故进取；惟保守也，故永旧；惟进取也，故日新；惟思往也，事事皆其所已经者，故惟知照例；惟思将来也，事事皆其所未经者，故常敢破格。老年人常多忧虑；少年人常好行乐；惟多忧也，故灰心，惟行乐也，故盛气；惟灰心也，故怯懦，惟盛气也，故豪壮，惟怯懦也，故苟且，惟豪壮也，故冒险；惟苟且也，故能灭世界，惟冒险也，故能造世界。老年人常厌事；少年人常喜事，惟厌事也，故常觉一切事无可为者；惟好事也，故常觉一切事无不可为者。老年人如夕照，少年人如朝阳；老年人如瘠牛，少年人如乳虎；老年人如僧，少年人如侠；老年人如字典，少年人如戏文；老年人如鸦片烟，少年人如泼兰地酒；老年人如别行星之陨石，少年人如大洋海之珊瑚岛；老年人如埃及沙漠之金字塔，少年人如西伯利亚之铁路；老年人如秋后之柳，少年人如春行之草；老年人如死海之潴为泽，少年人如长江之初发源；此老年与少年性格不同之大略也。梁启超曰：人固有之，国亦宜然。

梁启超曰：伤者老大也！浔阳江头琵琶妇，当明月绕船，枫叶瑟瑟，衾寒于铁，似梦非梦之时，追想洛阳尘中春花秋月之佳趣。西宫南内，白发宫娥，一灯如穗，三五对坐，谈开元、天宝间遗事，谱《霓裳羽衣曲》。青门种瓜人，左对孺人，右弄稚子，忆侯门似海珠履杂沓之盛事。拿破仑之流于厄蔑，阿剌飞之幽于锡兰，与三两监守吏或过访之好事者，道当年短刀匹马，驰骋中原，席卷欧洲，血战海楼，一声叱咤，万国震恐之丰功伟烈。初而拍案，继而抚髀，终而揽镜。呜呼！面皱齿尽，白发盈把，颓然老矣，若是者，舍幽郁之外无心事，舍悲惨之外无天地，舍颓唐之外无日月，舍叹息之外无音声，舍待死之外无事业。美人豪杰且然，而况于寻常碌碌者耶？生平亲友，皆在墟墓，起居饮食，待命于人，今日且过，遑知他日，今年且过，遑恤明年。普天下灰心短气之事，未有甚于老大者。于此人也，而欲望以拿云之手段，回天之事功，挟山超海之意气,能乎不能?

　　呜呼,我中国其果老大矣乎?立乎今日,以指畴昔,唐虞三代,若何之郅治;秦皇汉武,若何之雄杰;汉唐来之文学,若何之隆盛;康乾间之武功,若何之烜赫!历史家所铺叙,词章家所讴歌,何一非我国民少年时代良辰美景赏心乐事之陈迹哉?而今颓然老矣!昨日割五城,明日割十城,处处雀鼠尽,夜夜鸡犬惊。十八省之土地财产,已为人怀中之肉;四百兆之父兄子弟,已为人注籍之奴。岂所谓老大嫁作商人妇者耶?呜呼!凭君莫话当年事,憔悴韶光不忍看!楚囚相对,岌岌顾影;人命危浅,朝不虑夕。国为待死之国;一国之民为待死之民,万事付之奈何,一切凭人作异,亦何足怪!

　　梁启超曰:我中国其果老大矣乎!是今日全地球之一大问题也。如其果老大也,则是中国为过去之国,即地球上昔本有此国,而今渐渐灭,他日之命运殆将尽也。如其非老大也,则是中国为未来之国,即地球上昔未现此国,而今渐发达,他日之前程且方长也。欲断今日之中国为老大耶?为少年耶?则不可不先明国字之意义,夫国也者,何物也?有土地,有人民,以居于其土地之人民,而治其所居之土地之事,自制法律而自守之,有主权,有服从,人人皆主权者,人人皆服从者。夫如是,斯谓之完全成立之国。地球上之有完全成立之国也,自百年以来也,完全成立者,壮年之事也,未能完全成立而渐进于完全成立者,少年之事也。故吾得一言以断之曰:欧洲列邦在今日为壮年国,而我中国在今日为少年国。

——《饮冰室文集》

　　这一类文章,我们拿在手里。一直看下去读下去,不觉终篇,其成功之点在此。

　　和《新民丛报》相对立的《民报》,《苏报》,《民呼报》,那一群执笔的人,如汪精卫、胡汉民、章炳麟、于右任、邹容,都能写煽动性的文章,人心在反动时期所受的压迫,人人有打破现状的意欲,感情激越的文字,自配合大家的胃口。不过《民报》的中心人物章炳麟,他于文章风格,比较矜持得多。自谓"仆之文辞为雅俗所共知者,盖论事数首而已,斯皆浅露其辞,取足便俗,无当于文苑。向作《訄书》,文实宏雅,盖博而有约,文不掩质,以是为文章职墨，流俗或未之好也。……文生于名，名生于形，形之所限者分，名之所稽者理，分理明察，谓之知文。"他做有时间性的评论文章，却一心要做"藏之名山"的学术文；他要鼓动种族革命，对社会大众说话，却一意要"传之其人"，这是一个小小的矛盾。他的文章虽做得周密切实，对于社会的影响，远不及梁启超那么大；其他如汪精卫的《民族的国民》《支那立宪必先以革命》，在当时最传诵人口。邹容的《革命军》，于右任的《〈民立报〉发刊词》，也是轰动一时的文章（文长不录）。倒与梁启超的政论文体颇相近的。

在这些宣传政论的刊物以外，社会上流行的一般性质的报纸，在那时期也发达起来了。《申报》发刊于同治十一年（一八七二年），《新闻报》发刊于光绪十九年（一八九三年），《国闻报》发刊于光绪二十三年（一八九七年），《时务日报》发刊于光绪二十四年（一八九八年），《时报》发刊于光绪三十年（一九〇四年）。这些日报，都在戊戌前后，有迅速的转变，各自改变体裁，注重新闻采集及编辑方法。《申报》和《上海新报》的竞争，《时务日报》和《申报》的竞争，《时报》和《申报》《新闻报》的竞争，都是显著的改革机会。《时报》初刊时，增设短评，能大胆说话，引起许多人的注意。增加附张，刊载小说、诗话、笔记及长篇专著，引起一般少年的文学兴趣，它的编制，开出后来日报编辑的粗略规模。就新闻记事来说，《上海新报》记载太平军的战事，《申报》记载台湾生番杀琉球人事件，记载法攻安南侵密渡的战事，《时报》记载周有生案，记载大闹会审公堂案，备具报告文学的条件，大得读者的爱好，手头恰没有原报可查，姑引梁启超《游台湾书牍》一节，以见当时的新闻文艺。

第二信

编辑部诸君鉴：昨二十八日抵台矣。沿途水波不兴，虽深畏海行如明水先生者，亦饮啖胜常，致可喜也。前日舟掠温台界而南，遥望故国，青山一发，神往久之，占一绝云：

"沧波一去情何极，白鸟频来意似阑；却指海云红尽处，招人应是浙东山！"舟中设备极新，娱乐之具毕陈，日本人航海事业之发达可惊也。已置无线电报，在舟中发行报纸。未至前一日，遗老林君献堂即以无线电报欢迎，且祝海行安善，亦占一绝云：

"迢递西南有好风，故人相望意何穷；必劳青鸟传消息，早有灵犀一点通。"舟次多暇，日以诗自遣，得数十章，当以入游记，不复抄呈矣。

舟入鸡笼，警吏来盘话，几为所窘；幸首涂先至东京乞取介绍书，否则将临河而返矣。台湾乃禁止我国人上陆，其苛不让美澳，吾居此十年而无所知，真梦梦也。

鸡笼舟次，遗老欢迎者十数，乘汽车入台北，迎于驿者又数十。遗民之恋恋于故国乃如是耶！对之惟有增恧。舍馆甫定，匆匆奉布，不尽万一。

某顿首　台北日之丸旅馆发

清末社会注意报馆主笔的评论，注意政论家的长篇论文，报告文艺的幼稚本也难怪。大辂源于椎轮，我们读了梁启超半议论式的记叙文，也就够满意了！

# 五

满清最后那几年，君主立宪派和民主共和派的辩论已经终止。民主共和派的同盟会，实行革命的实际工作，把文字辩论冷淡下去。君主立宪派，因为慈禧太后在庚子拳乱以后，不能不假立宪来敷衍门面，有些活动分子变成清廷的爪牙，梁启超的议论也不能左右青年的心理了。直到最后开出了辛亥的革命之花，中国的一切，都在转变之中。辛亥以后，中国的报章文学在转变中呈露怎样的姿态，且待下回分解。

第三分

# 国学扬弃

## 颜李学派之读书论

> ……试观今天下秀才晓事否？读书人便愚，多读更愚；但书生必自智，其愚却益深。
> 
> ——颜元《四书正误》
> 
> ……读书愈多愈惑，审事机愈无识，办经济愈无力。
> 
> ——颜元《朱子语类评》

一

在沪杭车上，新近遇到一位劝人读书的说教人；他告诉我"开卷有益"的古训。他劝我熟读朱熹的《四书集注》。我请教他：焦循、刘宝楠的《论语正义》《论语集解》《孟子正义》比《四书集注》何如？他说他不认得焦循、刘宝楠。他又说他自己读过《诗经集传》（朱熹）、《尚书集传》（蔡沈），但是他又不认识孙星衍、陈奂。他自己大概是从来不开卷的，可是他爱劝人开卷。后来他和另一车客谈起麻将经来，那么头头是道，津津有味，我不禁肃然起敬；他的"有益"，即完全在"中"、"发"、"白"上头，自然非把开卷的事交给比他年青的人不可了。我手边刚好拈起颜习斋的集子，我心里想想那位说教人不知除了开卷有益的老话以外，还知道世间另有"开卷有害"的话头否？因为我不爱对牛弹琴，也就不把颜李学派的道理说给他听。

我们浙东学派各流派，一向不大看重书本上的知识；北宋王安石，南宋吕祖谦、陈同甫、叶水心都把学问看做解决民生经济的实际方案，又把学问看做方案实施的历程报告，离开社会实际问题就无所谓学问。所以王安石行新政，司马光引经据典那样君子小人说了一大堆，还经不得王安石"不恤国事，同俗自媚"八个字的批评。由千载后的我们看来，像司马光那些人，救国不足，误国有余，都是那些圣经贤传害了他们。清初学者，如顾亭林、黄黎洲，也叫大家去注意当前的社会问题，谓："孔子删述六经，即伊尹、太公救民水火之心，故曰：'载诸空言，不如见诸行事。'"（顾亭林《与人书》）人总是皮包骨头，有感情有理智的，生当乱世，要叫大家忘记眼前的痛苦，不关心身边的问题，事实上本不可能；叫青年从街头回到书斋，爬到云端里去做梦，更非情理中应有的事。浙东学派反去想而主实用，轻书本而重实践，至少对于现今这社会是一剂对症的药。

憎恨书本上的呆板知识，把"开卷有害"的话说得最透辟最明快的，莫如颜李学派两大师——颜元、李塨。颜习斋的一位门生把《中庸》"好学近乎知"那一句话来问习斋，习斋说："你心中是不是以为多读书就可以破除愚见？"那人说："是的。"习斋说："不然。试观今天下秀才晓事否？读书人便愚，多读更愚；但书生必自智，其愚却益深。"李恕谷也说："纸上之阅历多，则世事之阅历少；笔墨之精神多，则经济之精神少；宋明之亡以此。"（《恕谷年谱》）这是比浙东学派更进一步的说法。

二

所谓孔孟之道，自来被读书种子当作护卫自己的盾牌，只要他自己有什么作用，要对青年来说教，便托之于孔孟；两汉经学家、宋明理学家以及董仲舒、赵普之类的政客，都玩过这一套手法。宋明理学家从佛教道教学得一点方法论和形而上学的理论，便把它套在儒家的思想上头，硬派孔孟是"明心见性"一路人；从《礼记》取出《大学》《中庸》，从伪《舜典》取出"人心唯危，道心唯微，唯精唯一，允执厥中"十六字的心法，硬派作孔孟的哲学体系。"涵养须用敬，进学则在致知"两句话，道问学的程朱和尊德性的陆王在致知方面意见虽不一致，对于"用敬"则完全同调的。而且程朱所谓格物致知，最初主张"吾心之明，莫不有知；而天下之物，莫不有理；惟其理有未穷，致知有不尽。……故当即凡天下之物，莫不因其已知而尽穷之，以求致乎其极。"（朱子补《大学》）后来一让步，又把格物的范围，缩小到"穷经，应事，尚论古人"三项上头，谓："穷理亦多端，或读书讲明义理，或论古今人物，别其是非，或应接事物，处其当然：皆穷理也。"（《伊川语录》）宋明理学家教人为学，逃不出圣经贤传那个小圈子，也脱不了禅家静悟的法门。颜李学派出来，才明明白白说理学家半日读书半日静坐那是野和尚；决不是孔孟之道。颜习斋替孔孟和程朱画成两幅图画，说：

> 请画二堂，子观之。一堂上坐孔子，剑佩，觿玦，杂玉，革带，深衣。七十子侍，或习礼，或鼓琴瑟；或羽龠舞文，干戚舞武；或问仁孝，或商兵农政事；服佩亦如之。壁间置弓、矢、钺、戚、箫、磬、算器、马策及礼衣冠之属。一堂上坐程子，峨冠博带，垂目坐，如泥塑。如游、杨、朱、陆者侍，或返观静坐，或执书伊吾，或对谈静敬，或搦笔著述。壁上置书籍、字卷、翰研、梨枣。此二堂同否？

《论语》一书，记载孔门师弟问答，其中没有一句空议论，也没有一件虚设事；经过习斋这样对比起来，更可以明白孔门学问的本真，所以颜李学派敢于说这样的结论："……人之岁月精神有限，诵说中度一日，便习行中错一日，纸墨上多一分，便身世上少一分。"（颜元《存学编》）"程朱……直与孔门敌对，必破一分程朱，始入一分孔孟。"（李塨《颜习斋先生年谱》）

颜李学派说宋儒如得一路程本，观一处又观一处，自喜为通天下路程；别人也以为他们晓得路程，其实他们一步未行，一处未到。这譬喻本来说得很好，不过宋明理学家还不致空疏到这样；社会上一般章句陋儒，把书本上的知识当作学问，那才真是读路程本的人。颜李学派最反对人求纸片上的知识，说："以读经史为穷理处事，以求道之功，则相隔千里。以读经史订群书为即穷理处事，而曰道在是焉，则相隔万里矣……譬之学琴然；书犹琴谱也，烂熟琴谱，讲解分明，可谓学琴乎？故曰：以讲读为求道之功，相隔千里也。更有一妄人，指琴谱曰，是即琴也；辨音律，协风韵，理性情，通神明，此物此事也。谱果琴乎？故曰：以书为道，相隔万里也。"又说："……道不在诗书章句，学不在颖悟诵读；孔门博文得礼，身实学之，身实习之，终身不懈。"读书误人，"读书愈多愈惑，审事机愈无识，办经济愈无力"。好好青年，在书堆下变成了废物，这悲哀，颜李学派是看得非常透彻的；颜习斋曾经说过一段最沉痛的话："……但于途次闻乡塾群读书声，便叹曰：'可惜许多气力！'但见人把笔作文字，便叹曰：'可惜许多心思；'但见场屋出入人群，便叹曰：'可惜许多人才！'故二十年前，但是聪明有志人，便劝之多读；近来但见才器，便戒勿多读书。……噫噫，试观千圣百王，是读书人否？虽三代后整顿乾坤者，是读书人否？吾人急醒！"（《朱子语类评》）我们假使无意于躲避这现实，我们该同意他们的说法："人之认读书为学者，因非孔子之学；以读书之学解书，并非孔子之书。"我们真该："生存一日，为生民办事一日。"（《颜元年谱》。）

## 三

再进一步，在圣经贤传那些纸片上打圈子的，误了自己，其害尚小，误了社会国家，其害不可胜说。颜李学派从这一点，对于宋明理学家以及一般章句陋儒有更严正的批评。习斋说："宋人但见料理边疆便指为多事，见理财便指为聚敛，见心计材武便憎恶作为小人。"又说："白面书生，微独无经天纬地之略，兵农礼乐之才，率柔服如妇人女子，求一豪爽倜傥之气亦无之。"知识分子平日对于国家安危盛衰，不闻不问，以为那是学问以外的闲事；到了危殆不可救药，也只叹息几句了事。习斋诘问宋儒：

> ……何独以偏缺微弱，兄于契丹，臣于金元之宋，前之居汴也，生三四尧孔六七禹颜，后之南渡也，又生三四尧孔六七禹颜，而乃前有数圣贤，上不见一扶危济难之功，下不见一可相可将之材，拱手以二帝畀金，以汴梁与豫矣！后有数十圣贤，上不见一扶危济难之功，下不见一可相可将之材，推手以少帝赴海以玉玺与元矣！多圣多贤之世，乃如此乎？噫！（颜元《存学》）

我们觉得句句都是真实的话。清初，多尔衮入关，写信给史可法，说："挽近士大夫，好高树名义而不顾国家之急；每有大事，辄同筑合。昔宋人议论未定，兵已渡河，可为殷鉴。"这岂独宋明的士大夫如此，自来士大夫无不这样把国事弄糟了的。

颜李学派不愿意知识分子陷溺下去，不愿意痛痒相关的社会更糟乱下来，因而鼓励大家负起责任来，说："学者勿以转移之权，委诸气数；一人行之为学术，众人从之为风俗；民之瘼矣，忍度外置之乎？"（习斋语）他们所认为真正的学问，并不是读书而是切实去"习"。习斋说："孔子则只教人习事。……吾尝谈天道、性命，若无甚扦格。一着手算九九数，辄差。以此心中悟，口中说，纸上作，不从身上习过，皆无用也。"李塨也说："圣学践形以尽性，今儒堕形以明性。耳目但用于听读，耳目之用去其六七；手但用于写，手之用去其七八；足恶动作，足之用去九；静坐观心而身不喜事，身心之用亦去九；形既不践，性何由全。"至于他们所提出的学习范围，一为《尚书》里的："六府"：金木水火土谷；"三事"：正德，利用，厚生。二为《周礼》里的："六德"：智仁圣义忠和；"六行"：孝友睦姻任恤；"六艺"：礼乐射御书数。这些学问，一部分是道德上的实践，一部分是事业上的实用，决不是纸上看看、口头说说、心头想想所能交代过去的。颜习斋一生亲自耕田，亲自赶车，学习琴骑马技击医学，研究兵法及水利，什么都是亲身做去，一毫不松弛，其精神大可佩服！

呜乎！用一个"呜乎"来收束罢，现在是大家在说"开卷有益"的时候，这"开卷有害"的颜李学派的主张，怕也会变成逆耳之谈呢，然而，习斋说得好：

立言但论是非，不论异同；是，则一二人之见不可易之也；非，则虽千万人所同，不随声也！我们应该有独往独来的精神！

## 要通古书再等一百年

我所谓"古书"，指"五经"及"先秦诸子"而言。"通"的限度指"看懂文句，看通义理"。"再等一百年"是一句真实的话，没有半点夸张的意味。

清代以前，从来没有读通过古书，那是事实。西汉今文家把阴阳五行家的外套穿在儒家身上，把孔子和"五经"连在一起，于是"五经"非本来的"五经"，儒家非本来的儒家，孔子非本来的孔子，董仲舒之流说《春秋》，刘向之流说《洪范》，目的在迎合君王的心理，作升官发财的工具，那样的说经，永远说不通的，所以今文家虽玩了微言大义，古书并未读通是显然的。东汉古文家以周公为圣人，以孔子为述而不作，训诂方面颇为努力；但看他们说《尧典》"曰若稽古"说了二三十万言，决不会有什么高明的见解；而且第一流大学者把全副精神去和今文学家闹意见，意气之争太多，把本义抛开了；可见古文家也不曾把古书读通过。东汉末年，郑玄融合今古文的工作是有意义的，可是他除了训诂以外，理义上的理解力太薄弱，没有什么大成就，也算不得读通古书。古书在魏晋以后，只有"易老庄"三书，经过清谈家的赏识，别有会心；其他部分是冷落下去，今文家的章句也先后亡佚了。唐人的注疏，因为他们重北学，轻南学，反而把一些伪学窜了进去，古书的面目全非，更说不上通古书。宋明理学家以禅学为灵魂，借儒家的尸体复活起来；他们的读古书，都是借他人杯酒，浇自己的块垒。如朱熹的《四书集注》，只是朱子的哲学讲义，和孔孟的本义有时竟会"风马牛不相及"。由此路以求通，其终点是印度，和释迦牟尼站在一起了。加以明代学问家的固陋，古书给他们捣乱得一场糊涂，其去古书愈远，愈无从求通了。

整理古书向"通"的路上走，自清初经学家起。顾亭林的参互博证，胡渭、阎若璩的辨别伪书，开了清代考证学的先河；他们努力把前人所加于古书上的葛藤，一一剔挖清楚，恢复古书的本来面目，精神和方法都是科学的实证的。乾嘉以后考证学家努力所得的成绩是可惊的。戴东原所谓："志存闻道，必空所依傍。汉儒训诂有师承，有时亦附会，晋人附会凿空益多；宋人则恃胸臆以为断，故其袭取者为谬，而不谬者反在其所弃……宋以来儒者，以己之见硬坐为古圣贤立言之意，而语言文字实未之知；其于天下之事也，以己所谓理强断行之，而事情原委隐曲实未能得，是以大道失而行事乖。"直把古人瞎讲古书情形一一说出。又谓："凡仆所以寻求于遗经，惧圣人之绪言暗没于后世也。然寻求而有获十分之见者，有未至十分之见者；所谓十分之见，必征诸古而靡不条贯，合诸道而不留余议，巨细毕究，本末兼察；若夫依于传闻以拟其是，择于众说以裁其优，出于空言以定其论，据于孤证以信其通；虽溯流可以知源，不目睹渊泉所导，循根可以达杪，不手披枝肆所歧，皆未至十分之见也。"也把怎样求通的态度和方法都说出来了。经过那些考证学家的辨伪、校勘、考证，五经才粗粗可通，诸子也渐渐可通。但考证学家所整理的工作，散见那么庞大的《清经解》《续清经解》里，后人要从那里去求通，决无此精力，亦无此时间；因此宋明理学家的注解，唐人的注疏，依旧在社会上流行着。现在结总账的工夫已经开始了，《墨子》《庄子》之类都有很好的注解出来，四五十年后，五经之类，也会有定本的集注。目前的青年正不必性急，让四五十年后的人去读古书，也未为迟。

特别要提出的是：光绪二十四、五年，殷墟（安阳）发现龟甲那件大事，和中央研究院近年在安阳一带的发掘工作。龟甲文供给殷周时代的地下史料；有了龟甲文字研究，《尚书》研究方开辟出新天地，王国维的《古史新证》，顾颉刚的《古史讲义》，郭沫若的《古代社会研究》出来，孙星衍的《尚书今古文注疏》又成为土苴，无足轻重了。中央研究院的地下发掘工作，正在积极进行，年年有大量的新发现。关于殷晚期的文化，关于青铜期西欧与东亚的文化交流，关于殷代宫室明堂的制度，关于殷代版筑的方法，关于殷周棺椁的制度，关于古车的制度……目前都有新的认识，三五十年后的古史，将不知改变成为怎样的新面目呢！龟甲文字的研究，必待一百年后方能完成；那时的殷周古史，又不知改变成为怎样的新面目。在西洋、埃及，古史本来也很荒谬；十九世纪后半期，考古学家在荒原上做发掘埃及古代陵墓的工作，在研究室中绞脑汁来解释埃及的文字，居然写成了埃及史的新页，十八世纪以前学者所不曾梦见的古史。我们所得的地下史料这样丰富，也许比埃及史还能写得完备些。

所以要通古书，切莫性急，请再等一百年，等考古学家发掘出来，研究出来。

## 无经可读

"读经"的话，我听得很多了。依我这个从国故圈子里出来的人看来，问题还不在青年该不该读经，而在有什么经可以读。五经、九经、十三经，我差不多都读过了；西汉今文家的微言大义，东汉古文家的诂训，以及唐人的注疏，宋人的义理，清人的考证，我看得也不算少了；我的结论是四个大字——无经可读。

先从易经说起。《周易》是战国末年阴阳五行家所附会的卜筮之书，和文王、周公、孔子绝对没有关系，画卦重卦之说，都是前人的谣言，这差不多可以下全称肯定的结论了。汉人阴阳家化的《易纬》；魏晋间老庄化的王弼注，神仙家化的《参同契》；宋以后道士化的《先天图》，理学化的伊川《易传》；谁的话都是主观的臆造的，没有一种是可靠的。近年来容肇祖、李镜池的研究，方是《周易》研究的正轨，但三五十年内决无完善的《易经》可读，谁都明白的，所以我们不能叫青年读《易经》。

其次说到《尚书》。《尚书》五十八篇中，有二十五篇是魏晋人伪造的；这件公案，早经三百年前学者阎若璩考成定案了；而坊间的《尚书》，还是用真伪杂糅的蔡沈《集传》，冬烘先生捧着这样固陋的《集传》来当读本，其不能理解《尚书》，可以推想而知。可是清人的研究，还只长于真伪的剖辨，文句的校勘，训诂的考订，其于整理古史，还差得很远。自安阳龟甲出土，古史面目焕然一新，王国维、罗振玉的研究，已非阎若璩、孙星衍、魏源所能梦见，近年顾颉刚、李济的研究，更非清代学者所能及。百年后的《尚书》，一定可以淘汰汉、宋、明、清一切《尚书》的注疏考证，我们研究古史的都可以这样断言；可见目前——在古史整理未完善以前，——叫青年去读《尚书》，只是白糟蹋了青年的精神和时间。

说到《诗经》吗？毛郑的笺注简直要不得，朱熹的《集传》也一样的要不得。清代学者考证注释的工夫做得很多了，如陈奂的《毛诗传疏》，可说十分完备。若以文学的眼光来看《诗经》，则他们的工作仍是徒劳的。青年要读《诗经》，一定用不着那些笺注；而以文学的眼光来整理的《诗经》，现在还没人做过，我们怎可把《诗经》全部介绍给青年。

《春秋》的纠纷是很多的。古文家要大家去读《左传》，今文家要大家去读《公羊》，大家争辩得口干唇焦，青年还是瞠目不解所以。目前我们所知道的，《春秋》是一部鲁国的断烂朝报，和孔子全无关系。《左传》是刘歆采取《国语》中的史事，依着年月编排出来的古代编年史，和《春秋》也无连带关系。我们既不必把那本流水古账（《春秋》）介绍给青年，而给治古史有兴趣的人介绍那部《左传》，也与读经无关。读《左传》只能算是读史，不是读经。

《礼经》在今文家、古文家的眼里，又是一个大纠纷。今文家把《仪礼》看得那样重要，说《周礼》是伪书；而古文家奉《周礼》为至宝，目今文家为固陋。其实今古文家的说礼解礼，那是空泛不经的。依民族学、风俗学、社会学来整理礼经，如江绍原、周作人、顾颉刚所做的，还仅是开端，离完成还远得很呢。连第一流大学者对于礼经都没有读过的把握，叫青年去读礼经，岂非荒天下之大唐？

此外《孝经》是西汉人所伪造的假书，杂乱无章，开端就说错；不独与孔子无关，即与儒家亦无关。那么芜杂的书，我们决不愿意青年们去读。又如《尔雅》，是一部汉人的训诂汇集，本非经书，备研究古书的人检查之用则可，怎好叫青年拿来诵读？又如《论语》《孟子》是儒家谈论人生问题、政治问题的记录，把它放在哲学史、政治思想史上自有其价值，但我们怎能勉强青年都去研究哲学和政治？我们怎能把《论语》《孟子》强青年们去诵读呢？

我们要请教提倡读经的人们的有三项：

a. 你读过经书吗？你看过《清经解》《续清经解》吗？你能分别古文家、今文家、宋学家、汉书家的异同吗？

b. 你做过考证工夫吗？你懂得理学家的把戏吗？你懂得阴阳五行的基本理论吗？

c. 你研究过甲骨文字吗？你知道近三十年来古史研究的进步吗？你知道五经那名词根本不能成立吗？

假使你不能给我一个正确的答复，你就不配提倡读经！你自己既莫名其妙，还是免开尊口，不要贻误青年！

## 劝世人莫读古书文

朋友们：

我一生一世，别的没有什么吃亏；吃亏自幼读了几句古书，永远在脑壳里作怪，我要进一步，死鬼就拖我退后十步，不稂不莠这样没出息，想起来好不痛心！诸位要当心隔壁胡子伯伯想害人，他自己吃了古书亏，像我一样没出息，还日思夜想，想找几位做他的替死鬼呢！诸位总听过河水鬼讨替的故事罢，胡子伯伯嘴里说得甜蜜蜜，年轻朋友，人人要当心！

第一，要劝列位莫要读五经。《尚书》五十九篇，其中一半是假的，还有一半是从前帝王的告示，宣言，通电，不读不看有什么要紧？《易经》是一本求签簿，上上下下吉凶悔吝，和我们半点也没有关系，为什么怕鬼念心经？《礼经》说来更可笑，今文家把《仪礼》当宝贝，古文家把《周礼》当圣经，经学大师自己还没弄分明。还有那部《春秋》最可笑，一本破烂流水账，孔老夫子做梦也没看见过，孟老夫子硬派他定褒贬诛乱臣。可笑那康有为拿《公羊传》来变戏法，章太炎把《左传》祭起定妖魔，一场混战闹不清。本来还有一部《诗经》载民歌，男男女女说私情；只因为"大序"、"小序"把邪呀正呀说了一大套，再加郑笺、朱传，把一部好书越闹越胡涂，看注不如看白文。朋友呀！我们年纪都很轻，不读五经不要紧！

第二，要劝列位莫要读四书。四书自从南宋流行起，那一套明心见性的把戏，够你一生一世打筋斗了。宋人的道理，都从佛经那边偷过来，穿上一件儒家衣衫像煞一位新圣人；抓住狐狸尾巴看一看，还是那么一个老妖精。《大学》《中庸》本来只是《礼记》里面两篇短文章，宋人自程子以后，你一定本，我一定本，都说是圣人本意；孔子不复生，只好由他们胡闹了。清朝乾隆年间，有一位孩童问得好："程子生在一千年以后，怎么知道孔子之道曾子述之呢？"问得那老师哑口无言。那孩子便是后来的戴东原，他一生读书真细心。宋人要把《大学》《中庸》当作方法论，列位不玩哲学的把戏，读它做什么呢？《论语》味道本来比较好，可是列位还年轻，三十、四十去读不算迟。列位如若不信我的话，孔圣人说："水哉水哉！"究竟何取于水呢？《孟子》，那更不必读，大学专科研究政治学、社会学，再把《墨子》《荀子》《韩非》对照着读，才有眉目门路呢！朋友呀！我们年纪都很轻，不读《四书》不要紧！

第三，要劝列位莫要读古文。古文作文，大半为死人。韩退之受金誉墓不必说，一部《古文辞类纂》，碑、志、铭、赞、传、状、诔……满纸鬼气阴森森。古代文人大半都是书痴子，咬文嚼字花样固然多，人情世故、民生经济全不懂；翰林学士赶人问四川近海不近海，堂堂御史说缅甸、安南在日本之北，南北联合打日本，唐宋八大家文章，这样笑话，多得很多得很！你看韩退之《送孟东野序》，多少冬烘先生摇头摆尾哼个不休。我请问，上面说"凡物不得其平则鸣"，下面"天将和其声，而使鸣国家之盛"，这一段作何交待？这样前后矛盾的文章，至少该打十下重手心；居然千人万人都朗诵，你看旧文人看文章有没有眼睛！朋友呀！我们年纪都很轻，不读古文不要紧！

第四，要劝列位莫读正史。正史都是帝皇相斫书，一家一族的兴亡，干我们什么鸟事！要知道本朝天子总是圣明比尧舜，史官瞒这瞒那骗后人。还有权臣可用势力来压迫，颠倒黑白是常情，还有金钱可贿改，富贵子孙把祖宗罪过改换过，十件史事哪有一件真？而且不懂统计学，不懂社会学，不懂经济学，怎看得清社会变动的前因与后果？没有社会科学做根基，读正史正如在大海上没有指南针，怎能辨清方向呢！朋友呀！我们年纪都很轻，不读正史不要紧！

第五，要劝列位莫要看古书。诸子百家的书，错简、错字、脱句、脱节，不知有多少；要等专门学者整理个五十年百年，才有头绪可得，要等地下的古物出来，才有正确的意义可讲；等我们的孙子出世，恰好是时候。后世千千万万的文集，正如一千种、一万种杂志，沙里淘金，未始没有一二处好的，也得等待图书馆专员把那些子目做起索引来，才有线索可寻；我们目前饭都吃不饱，活都活不成，哪有闲工夫想这些烂东西！朋友呀！我们要爱惜我们自己的精神，不看古书不要紧！

第六，要劝列位莫要尊古人。古人的世界好比螺丝壳；泰山虽高，怎及得喜马拉亚山？渤海虽广，怎及得太平洋？古人的眼光好比菜油灯；"声是无常"，我们居然映电影（有声电影），雷公菩萨，我们请他运东西。古人的知识好比刘姥姥；释迦牟尼看不见电子世界，孔老夫子想不到太阳以外还有大恒星。从来说"子能跨灶","青出于蓝","学生好过先生"。我们若真相信事事不如古人,一代不如一代,你想想:胎生变卵生,爬行变两栖,一代代退化下去,全人类都变成阿米巴,请问孔老夫子坐在大成殿上吃起冷猪肉来有什么趣味?朋友们,我们要相信我们自己的能力,不尊古人不要紧!

最后,要请列位听分明:古书好比鸦片烟,吃了鸦片,一半像鬼一半像人;古书好比花柳病,惹了细菌,子子孙孙毒满身;我们活人要走活人路,何苦替死鬼僵尸劳精神!列位呀!我这样苦心劝世说真话,若是胡子伯伯还要横着面孔来生气,唉!那才是"勿识好人心,狗咬吕洞宾"!

## 孔子诞辰杂感

法朗士(Anatole France)说得好:"人生而为伟大的人物,实为大不幸事:他们生前备受苦痛,及其死后,又硬被别人作弄,变成与其自身毫不相关的方式。"我们中国的圣人——孔子,他就是这样不幸的伟人之一;生前倒霉了一辈子,死后更倒霉,给这类人那类人当作这样那样的傀儡。

孔子的晦气,自世人硬派他做圣人起。孔子自己的理想成就是要做"君子",他知道世上必无完人其物,生而知之的圣人决不会在世上出现。君子是有情感有理智的常人;人格逐渐陶冶,可以达到珠圆玉润的地步,做一个言行一致的常人。孔子生前所以到处碰壁,就因为他要保持人格的完整,要言行一致的原故。他死了以后,种种样式的修正派都出来了;孟子就是一个假托孔子来传食于诸侯的大政客。他特地把孔子的地位,捧得很好,替孔子造了许多谣言:说孔子作《春秋》而乱臣贼子惧,说孔子圣之时者也,说孔子集大成。从此以后,大家都效法孟子,凡是自己有什么主张,就不妨托之于孔子,叫孔子去当灾。

西汉初年，董仲舒、公孙弘那几位滑头政客，他们知道君王相信阴阳五行灾祸之说，就叫孔子穿起八卦衣来，说孔子作《春秋》，全是为汉制法，其中有许多微言大义。这套鬼话，清朝末年，康有为还用过一次。隋唐以后，孔子变成了章句的腐儒，好像孔子就是三家村的老学究。到了宋代，孔子又变成明心见性，天天在蒲团打坐过日子的野和尚了。时代一转变，孔子就有一番不同的打扮；真的孔子的人格，被这些打扮着的外套所遮蔽，简直看不明白了。我们在孔子诞辰，第一个感想，就觉得他被打扮得太可笑；当大家在那里尊崇他为大成至圣先师的时候，又觉得孔子人格被侮辱得可怜；而自命尊孔的人，就是侮辱孔子、埋没孔子人格的人，我们又觉得他们的可恶。

　　现在要真正来纪念孔子，唯有替他脱下袈裟，除去外套，替他洗涤后人涂上去的香料油胶，还他一个适体轻快，才对得起这个千百年前博学的君子。若再替他打扮另一个样式，既诬陷古人的人格，又阻碍活人的进路，孔子有知，必在曲阜地下抱头痛哭呢！

　　我曾经细细读过《论语》，我也深深知道孔子之为人；《论语》里的孔子，真是非常可爱的，他老人家仆仆风尘，世态炎凉，看得很够了。假使他活在现在，我可以担保，凡是尊敬他、奉他为偶像的人，一定叫门房挡阻他进门，不许他开口。而他呢，也一定不愿意和那些人往来，在那些阔人门下低头；他宁愿皇皇如丧家之犬，不愿意伺候阔人的颜色，宁愿接淅而行，不愿意同流合污；这样的性情，在什么社会，能够容身得住呢？

　　他老人家最爱有真性情的人，换一面看，他最憎恶虚伪装假的人。也憎恶微生高的乞醯于邻，憎恨"其父攘羊，其子证之"的直躬者，憎恶无恶不作而高谈仁义的伪君子；所以说"巧言令色，足恭，左丘明耻之，丘亦耻之"。我们趁大家纪念孔子的当儿，请大家自己反省一下：你是他老人家所爱的人，还是他老人家所憎恶的人呢？你对他老人家叩头，他老人家还是厌恶，还是欢喜呢？你自己想想，真的不会脸红，那就对得起你自己，也就对得起他老人家了。

　　他老人家是一个"取人为善，与人为善"最能宽容的人，他说：

"道并行而不相悖，万物并育而不相害。"他是一个哲人，他知道思想是各方面的；要限制别人的思想，不许别人用脑子，或自己不用脑子，让别人穿着鼻子走，都是人群的败类，所以说"毋意，毋必，毋固，毋我"，所以说"己欲立而立人，己欲达而达人，能近取譬，可为仁之方也矣"。我们趁大家纪念孔子的当儿，也请大家想一想：你对于别人的思想，别人的主张，也能和孔子一样宽容吗？你的尊敬孔子，并非出于盲从而由于自发的信仰吗？

自来陷害孔子的，以汉代儒士为最毒恶，最无耻。图谶之说，五行之论，把孔子当作升官发财的敲门砖，且不去说他。即如自己假造了《孝经》，诬为孔子的主张，把一个通达人情、明晓事理的孔子，变成一个用训条戕贼人性的独夫，流毒了数千年而未已，其可恶已极。又如王肃假造《孔子家语》，捏说许多不近情理的故事，使孔子变成用权术的政客，污蔑了孔子的人格，更是罪不容诛。我们纪念孔子，莫再和汉人那样陷害孔子了，也莫把汉人陷害孔子的把戏再传播开去了！唉！救救孔子罢！

## 我的读书经验

中年人有一种好处，会有人来请教什么什么之类的经验之谈。一个老庶务善于揩油，一个老裁缝善于偷布，一个老官僚善于刮刷，一个老政客善于弄鬼作怪，这些都是新手所钦佩所不得不请教的。好多年以前，上海某中学请了许多学者专家讲什么读书方法、读书经验，后来还出一本专集。我约略翻过一下，只记得还是"多读多看多做"那些"好"方法，也就懒得翻下去。现在轮到我来谈什么读书的经验，悔当年不到某中学去听讲，又不把专集仔细看一看；提起笔来，觉得实在没有话可说。

记得四岁时，先父就叫我读书。从《大学》《中庸》读起，一直读到《纲鉴易知录》《近思录》;《诗经》统背过九次，《礼记》《左传》念过两遍，只有《尔雅》只念过一遍。要说读经可以救国的话，我该是救国志士的老前辈了。那时候，读经的人并不算少，仍无补于满清的危亡，终于做胜朝的遗民。先父大概也是维新党，光绪三十二年就办起小学来了；虽说小学里有读经的科目，我读完了《近思录》，就读商务印书馆出版的《高等小学国文教科书》；我仿读史的成例，用红笔把那部《教科书》从头圈到底，以示倾倒爱慕的热忱，还挨了先父一顿重手心。我的表弟在一只大柜上读《看图识字》，那上面有彩色图画；趁先父不在的时候，我就抢过来看。不读经而爱圈教科书，不圈教科书而抢看图识字，依痛哭流涕的古主任古直江博士江亢虎的"读经"、"存文"义法看来，大清国是这样给我们亡了的；我一想起，总觉得有些歉然，所以宣统复辟，我也颇赞成。

先父时常叫我读《近思录》，《近思录》对于他很多不利之处。他平常读"四书"，只是用朱注，《近思录》上有周敦颐、张载、邵雍、程明道、程伊川种种不同的说法，他不能解释为什么同是贤人的话，有那样的大不同；最疑难的，明道和伊川兄弟俩也那样大不同，不知偏向哪一面为是。我现在回想起来，有些地方他是说得非常含糊的。有一件事，他觉得很惊讶；我从《朱文公全集》找到一段朱子说岳飞跋扈不驯的记载，他不知道怎样说才好，既不便说朱子说错，又不便失敬岳武穆，只能含糊了事。有一年，他从杭州买了《王阳明全集》回来，那更多事了；有些地方，王阳明把朱熹驳得体无完肤，把朱熹的集注统翻过身来，谁是谁非，实在无法下判断。翻看的书愈多，疑问之处愈多，一个十一二岁的小孩已经不大信任朱老夫子了。

我的姑夫陈洪范，他是以善于幻想善于口辩为人们所爱好，亦以此为人们所嘲笑，说他是"白痴"。他告诉我们："尧舜未必有其人，都是孔子、孟子造出来的。"他说得头头是道，我们很爱听；第二天，我特地去问他，他却又改口否认了。我的另一位同学，姓朱的，他说他的祖先朱××于太平天国乱事初起时，在广西做知县，"洪大全"的案子是朱××所捏造的，他还告诉我许多胥吏捏造人证物证的故事。姑夫虽否认孔孟捏造尧舜的话，我却有点相信。

我带一肚子疑问到杭州省立第一师范去读书，从单不庵师研究一点考证学。我才明白不独朱熹说错，王阳明也说错；不独明道和伊川之间有不同，朱熹的晚年本与中年本亦有不同，不独宋人的说法纷歧百出，汉、魏、晋、唐多代亦纷纭万状；一部经书，可以有打不清的官司。本来想归依朴学，定于一尊，而吴、皖之学又有不同，段、王之学亦有出入；即是一个极小的问题，也不能依违两可，非以批判的态度，便无从接受前人的意见的。姑夫所幻设的孔、孟捏造尧、舜的论议，从康有为《孔子改制考》《新学伪经考》找到有力的证据，而岳武穆跋扈不驯的史实，在马端临《文献通考》得了确证。这才恍然大悟，"前人恃胸臆以为断，其袭取者多谬，而不谬者反在其所弃"（戴东原语）。信古总要上当的。单师不庵读书之博，见闻之广，记忆力之强，足够使我们佩服；他所指示正统派的考证方法和精神，也帮助解决了不少疑难。我对于他的信仰，差不多支持十年之久。

然而幻灭期毕竟到来了。五四运动所带来的社会思潮，使我们厌倦于琐碎的考证。胡适的《中国哲学史大纲》带来实证主义的方法，人生问题、社会问题的讨论，带来广大的研究对象，文学哲学社会学等的名著翻译，带来新鲜的学术空气，人人炽燃着知识欲，人人向往于西洋文明。在整理国故方面，梁启超的《中国历史研究法》，顾颉刚的古史讨论，也把从前康有为手中带浪漫气氛的今文学，变成切切实实的新考证学。我们那位姓陈的姑夫，他的幻想不独有康有为证明于前，顾颉刚又定谳于后了。这样，我对于素所尊敬的单不庵师也颇有点怀疑起来。甚而对于戴东原的信仰也大大动摇，渐渐和章实斋相接近了。我和单不庵师第二次相处于西湖省立图书馆（民国十六年），这一相处，使我对于他完全失了信仰。他是那样的渊博，却又那样地没有一点自己的见解；读的书很多，从来理不成一个系统。他是和鹤见祐辅所举的亚克敦卿一样，"蚂蚁一般勤劬的学殖，有了那样的教养，度着那么具有余裕的生活，却没有留下一卷传世的书；虽从他的讲义录里，也不能寻出一个创见来。

他的生涯中，是缺少着人类最上的力的那创造力的。他就像戈壁的沙漠的吸流水一样，吸收了知识，却并一泓清泉也不能喷到地上面来"。省立图书馆中还有一位同事——嘉兴陆仲襄先生也是这样的。这可以说是上一代那些读古书的人的共同悲哀。

我有点佩服德国大哲人康德（Kunt），他能那样地看了一种书，接受了一个人的见解，又立刻能把那人那书的思想排逐了出去，永远不把别人的思想砖头在自己的周围砌起墙头来。那样博学，又能那样构成自己的哲学体系，真是难能可贵的！

我读了三十年，实在没有什么经验可说。若非说不可，那只能这样：

第一，时时怀疑古人和古书；

第二，有胆量背叛自己的父师；

第三，组织自我的思想系统。

若要我对青年们说一句经验之谈，也只能这样：

"爱惜精神，

莫读古书！"

## 河南考古之最近发现

李济博士讲演

曹聚仁　笔记

这几年来，我们在做考古的工作；今天和关心我们工作的朋友们谈谈我们的经过，以及我个人的感想。中央研究院于民国十七年开始这个工作，地点在河南安阳。安阳旧属彰德府，清末袁世凯韬居于此。我们到安阳时，他的遗产已经充公，我们就住在他的家中；我曾写信给友人说：历来做考古工作的，从没有这样幸运过。

我们开始工作，所以选择安阳的理由很多。安阳旧殷墟（以下称殷墟），自从甲骨发现以后，研究上古文化的引起深浓的研究趣味。近十年来，史学上的讨论非常热烈，顾颉刚先生提出上古史上许多问题，如尧舜禹是"人"或"物"的辩论，就是一个极有趣味的问题。但是辩来辩去，只根据那残缺的文字记载，难得可依信的结论。因此，我们觉得非从地下去找新的史料不可。

殷墟所出的甲骨文，大部分是殷晚期的史料。但那次甲骨的发现，极少合乎现代考古的方法，文字以外，几乎全无可考见。殷墟的古物，这几十年毁坏得太厉害了。我们到那边去开始工作，许多人以为甲骨早已挖完，这种工作是徒劳的。直到我们做了以后，结果很好，他们才相信这是值得做的。从十七年始，先后发掘了七次，前三次发掘的经过，详见《安阳发掘报告》一、二、三期。十九年，因为战祸，不曾发掘。最近这四次，始于二十年春天，直到今年秋天，在安阳所得甲骨很多，经过详细研究，研究的结果，有的已在那报告上刊布出来。不过我们并非只研究甲骨，那边所发现的铜器陶器及其他什物很多，也正在研究。

前三次发掘的结果，给我们一个明确的结论："殷晚期的文化，文字的构造固然程度很高，物质的享受也是程度很高，已经达到了青铜时期。"就全世界文化来看，这是极可注意的事。百余年来，欧美人研究中国文化，中国铜器的发现，最早不出东周。从此次发掘以后，证明了铜器在殷末已经存在。我们新近讨论殷末铜器和西方的关系，就形式上看，和青铜期第四纪的器物极相近似。例如矛的体制，和英国的古矛相近；还有一种空头锛，和欧洲第四纪的铜器相似，和西伯利亚出土的也相形似。英人类学家塞里格曼（Seligman）曾说："这种器具是埃及、小亚细亚、伊兰与印度所没有的；却见于欧洲、南俄、乌克爱思、西伯利亚之叶利塞河流域，及暹罗北部缅甸、坎波的亚与中国之云南及山东。"在结论中，他说："这种器具由欧洲到中国，走的是西伯利亚大道，不是希玛剌亚山南的或海上的一道。"欧洲铜器第四纪约在公元前十四世纪，与殷墟小屯前后同时；要是塞里格曼教授所说属实，那铜器时代西欧与东亚的交通可谓敏速之至。——东方和西方，在最古已经有密切的关系，这是无疑的了。

在那边，陶器也发现了许多种，白色陶片、黑色陶片，还有一块仰韶式带彩的陶片。关于古陶器，以前已有人研究。我们发现了带釉陶器，曾送到伦敦去研究，他们都说是釉的初步。（好些块的釉已渐剥落，足证那时敷釉的艺术尚极粗浅，仍在初级试验中。）

就各种发现的古器物看来，安阳一带实是中国上古文化的中心点。各种样式的骨极多，鲸鱼的大肋骨背骨，大如风扇的肩胛骨，象牙，粗如圆柱的象腿骨，象下巴骨；还有男女所用的骨器，饮食用的叉匕。有人以为这些动物都是外来的；但卜辞中有"王出猎获象"字样，出猎不会猎得很远，可以断定这种动物，决非来自印度、安南一带，想必黄河流域本地就有这种动物。其他又有虎骨、牛羊骨，各种动物，在这一区域当时非常繁多，苟非文化中心，决不会这样聚集起来的。

前三次发掘，对于什物的配置，研究得颇有把握。别人也以为我们有了成绩，可以满意。但我们自己觉得和初愿相差太远了，所希望对于殷代宫室明堂的建筑的探求，如《史记》所载纣王的瑶台，在什物挖完以后，竟不曾得丝毫的证明。我们曾推想：那时代还不曾有瓦，又不曾有砖，以往的建筑，经过大水冲洗，便没有什么遗迹了。我们的考古工作，因于经济，不能如发掘巴比伦那样大规模的进行；而小规模的挖沟办法，又只能做部分的工作，对于大问题很少帮助。不料在失望时期中，忽然开朗出一个新局面来，最近四次发掘，完全改变了方向。我们在山东历城发掘的时候，发现了一处石器时代的城垣，那城垣既非用砖，亦非用石，乃系用泥土筑成，——所谓版筑；今代乡僻的筑泥墙，还用这个办法。在城垣的旁边，有当时挖土的遗迹，每个凹下处，形式如砚台的蓄水池一样。那时我们这些工作的人，都在那边，大家都记起殷墟那边，也有这种遗迹，而且很多。形势一开朗，我们乃觉得别有可研究的资料了。这种地方显出比较法的用处。二十年春天，我们再到殷墟去工作，几乎随地都有这种遗迹，只是面积太大，经费太少，这种刮地皮的工作，不能一气呵成。我们划分全区为好些小区，彼此分别去工作。

在殷墟第四、五、六三次的发掘，所发现版筑的遗迹，和山东历城的遗迹完全相同；可是殷墟的版筑，非用以造城，用以造房屋的地基为多。孟子说"傅说起于版筑之间"（甲骨文数见梦父，丁山先生说就是傅说之名），在这里得了事实的证明。那时工人可以做官，可见殷代社会还不曾有阶级观念的。

对于殷代宗庙明堂宫室的建筑方式，我们稍稍可以想象成型。可惜有许多版筑，经过隋唐以后的破坏，已经失了原型。有一回，一位同事发现了有花纹的版筑，他以为发现了雕墙，大家都兴高采烈去研究。一经考察，那些花纹，乃是隋代的雕刻，就原墙上动刀的。所以何者为原型，何者为后人破坏后的型，何者为后人破坏后又修补的型，要加分析，极为困难。后来，经过几度研究，对于这个问题，渐渐有了把握。版筑的地基，大部作长方形，四围都有大石卵，石卵与石卵之间，虽不十分正确相对，总保持相当的距离。我们可以想象石卵是柱礎，上面安柱；由此可以想象门在何处，内室在何处了。再进一步，想象彼时的上面建筑，既无砖，又无瓦，想必用茅草编成的；古人所谓茅茨土阶，大概是近于真实的。或者有人要怀疑上面既说过殷民族的物质文明已程度很高，何以建筑这样简陋了。其实茅茨建筑，不一定是简陋的，南洋群岛即有茅草造成的大建筑。

又有一次，我们发现一处纯黄土，绝对不掺杂他种泥土的大台基。台基方向正南，和指南针所指的方向绝无差别。台基前十数公尺也有大石卵，排列成弓背形。

这种相距十数公尺的石卵，使我们想象到那时庭柱的严整排列，和我们所见于颐和园、明故宫的差相仿佛。黄土台的四周围，又发现了好些整副的野猪骨，可见这黄土台和当时的祭祀必有连带关系。先前祭天时用黄土铺地，也许是沿袭这种黄土台而来。由此，我们对于殷代宫殿有相当的印象了。

我们又于坑土之下层，发现了长方坎，有十公尺大小，有阶级可上下；其间发现了破陶器、牛骨、狗骨之类；足证在版筑以前，还有穴居的遗迹。究竟那是殷代的遗迹，还是殷代以前的遗迹？现在还无法证明。这种坎穴，面积很大，和上海里巷厢房相上下；坎的周围，用硬土筑成，铁一般的坚固。也有几个套成的坎穴，一个套一个。甲骨文中的"宫"字，见下式：

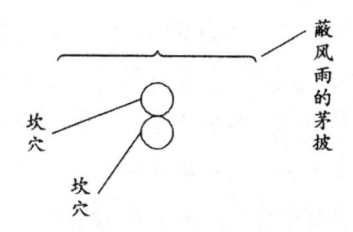

```
            蔽
            风
        ⌒   雨
       ╱ ╲  的
      ○   ╲ 茅
     ╱  ○  披
    ╱  ╱
  坎  ╱
  穴 坎
     穴
```

这样的宫室，固然简陋，但古人并无宫室怎样宏大之说。地下挖了一个洞，地边一堵墙，上加遮盖以蔽风雨，人居其中，冬温夏凉。这并非凭臆悬想的。《诗》说"陶复陶穴"，大概就是这个意思。

由此渐进，宫室明堂宗庙的制度，我们会有解决的希望了。不过做考古的工作的，丝毫不可有一点含糊之处；必须有相当的忍耐性，方可免去许多错误。社会对于这种工作，也得包容一点，使从事工作的人鼓得起勇气来。社会上也许以为我们前三次所得甚多，这三次并无所得；实际上说我们的多量成就，却在后三次。此后进行这个工作，对于解决古代文化的问题，大家都相信有办法；不过无钱不行，要完成这个工作，尚非百万元不行。当此全国经济破产之际，我们也只能做一步是一步，不敢存什么奢望的。这几年的研究结果，甲骨文部分已整理就绪，不久可以出版。陶器铜器部分也已整理完毕，二三年内可以出版。

关于殷墟部分的工作，可说的还很多，我今天不说下去。以下再报告浚县方面的工作。

在河南南部，离彰德南七十里许，有一浚县，京汉铁路经其地，有一小站，站西约五里：为新村，是我们发掘的地方，属浚县。其地临淇水边上，古魏国之地，风景很好；淇水中产鲫鱼，名淇鲫，又肥又嫩。新村这个地方，北西南三面皆山，淇水蜿蜒而来，山水回绕，若依堪舆家的眼光，真是风水最好的去处，可以大旺大发的。

前年，我们得了报告，说新村那方面，流水沟中，土人时常挖出铜器；得器易货。土人也颇以为幸事。后来，那方面发生了一件大事。原来考古工作的大敌，就是一班专靠古董吃饭的古董商。他们规模很大，有数千万资本，在法国巴黎设了总机关，中国北方各省，每处有他们的分机关。他们专门勾结流氓土匪及绅士做盗坟的勾当，任何坚固宏大的坟墓，包你三天可以盗得干干净净。河南北部一带，有名的盗墓流氓，叫做郭小六；他和驻浚县的军官勾结起来，开始到新村去盗古墓。据村中人说，郭小六所盗得的有数尺高的大鼎，有粗大的象牙雕刻，还有无数的宝物，先后售得数万元的重价。那些宝物始终秘而未见。他们挖坟的技术很高明，地面上只有数米突方的孔，直下二三丈，挖入坟中，整日整夜在里面工作。新村的民团保安队，本来也很顽强；只因郭小六勾结了军队，又穿了军衣，悬了手枪，不敢阻止。郭小六且威迫土人做工，不给工资，大家更是不平。乃由民团长往见驻军的长官，探知并无正式命令，土人乃联结起来，将郭小六那一群盗坟的赶逐出去，自己来动手挖掘。以前郭小六挖了一个多月，土人们自己又挖掘了好几个月。土人之间，忽因分配不均打起官司来，县政府的师爷们看见此中大有油水，又和土人们上下其手，得了一些宝物。还亏教育局长稍明大义，把这件事呈报了省政府。那时，中央研究院也知道了消息，派人特去调查。乃与省政府商定合作办法，向那边发掘去。

我这样详细报告以上的故事，无非想请大家注意这一类的事。在中国考古，实在困难万分；古董商们勾结土匪专做毁坏的事，而民众又限于知识不能十分谅解。我们到新村以后，几乎要用百分之九十五的力量应付土人，只有百分之五的力量来做工作，进行自不能不十分迂缓了。

浚县新村的墓葬，经过上述两次大破坏以后，我们只想看看他们所破坏的成绩，替他们清理未了的事宜。不料清理的结果，成绩之佳，出乎意外。首先便惊异那些墓葬的闳大，宽约二丈，长约三丈，离地面约二三丈深，这样闳大的墓葬，决非常人所能经营。去年春天所清理那个墓葬墙壁，有嵌入的车轮，轮轴有玉器铜器之类。清理一个墓葬要一个月半，自去春至今秋，清理了七个墓葬。墓葬的外周，并有马坑，最多的埋有六十九副马骨，杂有八副狗骨。墓葬中有车上的装饰，车轮、马勒、马鞍，以车殉葬的史迹，这是第一次发现。古代匈奴酋长，生前骑用的马匹，死后即以殉葬，叶尼塞河流域，也有这种殉马的发现。这种以马殉葬的制度，并非偶然的事，彼此之间，必有连带的关系。

有了这次墓葬中古物的发现，我们对于古车的制度，已有相当的明了；车轮的配置，车辕的架成，马勒的形制，都有些了解了。所未解决的，只有车厢一部分的问题。古人谓"和鸾锵锵"，"锵锵"即是"铛铛"。我们且听这个马铃声（手中所执者便是），即可证明"锵锵"之形容得当。不过这次墓葬中所见的古车，乃是战车，并非平常乘坐的车子，因为各部分都非常闳大，并且所配置的都是战用的武器。

墓葬中也发现一些戈矛戟等武器，有一对戟上有"𢒈""𢒉"二字，上字系侯字，下字还没人认识。这种戟，大概不是实用戟，做得艺术化一点，专用以殉葬的。又有盔甲残片，束腰的链子，这都是武人的用器，使我们可以想象这个墓主生前的事业。

关于那时的棺椁制度，我们也得了些材料。大概上古人未必都用棺，穷的人连席子也未必用，挖一洞埋了便算了。这些闳大的墓葬，棺椁都是很完备的。墓葬大多有墓道，有的南北两墓道，有的南首一墓道，最长的可至十几丈。墓底平地有一条长方坑，那是放置棺材的地方，殉葬的东西放在坑的四周围，棺的上面加了一层席，上面也是殉葬的东西，再加一重土，上面又是殉葬的东西。有一墓葬中，发现了一副人骨，不知是否即是殉葬的人。

这八九处墓葬，大体相同，亦有小小的差异。有的没有墓道，有的墙壁直矗，有的墙壁斜落，上大下小，墙壁的筑法亦与殷墟相同。其中有一女人的墓葬，所殉葬的有玛瑙，有象牙雕刻，有一对雕刻极精致的象牙鸳鸯。还有一具四方小铜盒，许是调脂粉用的盒子。

这些墓葬，时代必有先后，村西也许还有未经挖掘的墓葬，墓主生前尚武，殉葬了一些武器；若是墓主生前尚文，必以生平所读的书殉葬；若我们能发掘得一所像汲冢似的以书殉葬的墓葬，那中国古史的面目，将如埃及古史的大大改变了。这都是可能的事。

以往发掘所得的古物，大部分在开封，一部分在北平，将来交通便利，大家可以往那边去看看。

我们也曾对于这些墓葬的时代加以推测。依一部分人的传说，此地正是古代殷陵，若是盘庚等所葬的地方，那是再好也没有了。照事实看来，也颇有些相合；这样大规模的墓葬，是非王室也难得筑成。但亦有可疑处：古器阶级有一定的嬗变过程，这些墓葬中的器物，显系晚出，与殷墟所见颇有不同。这种饕餮（有实物），殷墟所无，这种锛，殷墟所有，这种贝，殷墟所有；这种戈矛的花文，殷墟所无。（均有宝物。）有人以为这是卫国的古地，也说得过去。至迟不会是战国以后的墓葬（其中没有铜币，也无铁器，玉器亦显然是早期的形式），殷陵的流风余韵，多少总保存着一些。

说得很多了，且结束我今天的报告。我们极希望有力量的帮助，如果能够得到煤油大王之流的帮助，三五年里面即能把这种工作完成。否则尽我们的能力，在最少的经济限度中做去，我们这些同事，很多是愿意全部精力奉献给这种工作的。

# 第四分
# 瓢　语

### 许　由

　　相传许由用手捧着水喝，有人送给他一个瓢，他喝后把瓢挂在树上，风吹作声；许由嫌它讨厌，遂丢了它。这故事的意思是很明白的：在许由这一方面讲，用瓢饮，不若用手捧水喝，所谓多一事不如少一事。从瓢那一方面讲，挂在树上给风吹，和别人拿在手里舀水喝，也一样惹麻烦，不如碎了的好。在《庄子》里另外有一故事，说子贡有一回经过汉阴，看见一丈人在那儿治理圃畦，凿隧以入井，抱瓮而出灌，子贡道："这儿有一种机械，一天可以灌百畦，用力极少而见功极多，你为什么不用呢？"丈人道："有机械的必有机事，有机事的必有机心，我并非不知道，却不爱用呢！"道家的根本主张，就是想不激动机心，因而绝对地不做机事，不用机械，许由、务光成为理想的标准人物。
　　然而许由能否做到不喝水连手也不必捧呢？丈人能否做到不必治理圃畦连瓮也不抱呢？触到这个根本问题，庄子也不能作什么满意的答复。于是神仙家来了，说餐风饮露可以登仙，呼吸吐纳可以长生，老子变成骑青牛的太上老君，《庄子》也变成《南华真经》，给四川无赖拿去当舀水的瓢儿用，吕洞宾的名声着实比许由大得多，许由或者可以说，这是他自己的幸运；但不能不喝水，不能不抱瓮灌水，这就证明机心不能不动，机事不能不做，机械不能不用，他的主张是全面失败了的。嵇康作《养生论》，谓"无为自得，体妙心玄，忘欢而后乐足，遗生而后身存：若此以往，始可与羡门比寿，王乔争年"。他总算热心做神仙的一个，而他上断头台那一天，仍非弹琴一曲不可，亦可见"无为自得"之不可能。所以我们不妨转一语，挂瓢在树上，给风吹得拍挞拍挞作响。还是让它那么响着罢。

司马迁作《伯夷列传》，说起许由、务光在古代名最大；他的表彰伯夷，便是对于古来遁隐之士表示敬意，他在末一段，却有一番感慨的话，说："近世，操行不轨，专犯忌讳，而终身逸乐，富厚累世不绝，或择地而蹈之，时然后出言，行不由径，非公正不发愤，而遇祸灾者不可胜数也。余甚惑焉，倘所谓天道，是耶非耶？"太史公怀疑到天道的是耶非耶，也就是对于许由、务光的遁隐退让主张表示怀疑。汉光武之世，严子陵可以披蓑戴笠在富春江上优游自得；桓灵之世，郭林宗只能叹息"瞻乌爱止，于谁之屋"！明朝末年，遗老可以把翠微峰当做桃源，躲避那黑暗的势力：到了现在，没有战斗的勇气，就不配在翠微峰上活下去，所以由、光行谊虽最高，而在"天道非耶"的当儿，"时然后出言，行不由径，非公正不发愤"这生活方式是无可维持了的。

在清朝末年，严复译了赫胥黎《天演论》，一时振动了中国思想界。吴汝纶为之序云："大归以任天为治，赫胥黎氏起而尽变故说，以为天不独任，要贵以人持天；以人持天，必究极乎天赋之能，使人治日即乎新，而后其国永存，而种族赖以不坠，是之谓与天争胜。"以强者的哲学代替弱者的哲学，以战斗的姿态代替屈服的姿态，那是全然反道家反许由的倾向，维新运动以后的朝气，可说就这样蓬勃起来的。然而目前思想界又全然变成出了气的高粱酒，和水一样淡了。他们嘲笑青年们的多言多动，引了"虫呵虫呵！难道你叫着业便尽了吗"的诗来讽示；这当然是可喜的许由时代的重来，只可惜许由还是非用手捧着水喝不可，最根本的问题没有解决，明知"业"不会尽而虫还是非叫不可，虽有圣者，亦未如之何也矣！

## 说轮回

新近有一位朋友当了"大权",他一心想大刀阔斧玩几下子。玩了不久,觉得应付也颇困难,只好对张三用一番托词,对李四又用一番托词;托词有时而穷,他想出许多帽子,给王二赵大戴;结局张王赵李都得罪了,还是应付不了。我特地写信给他,说:

> 古语说得好:"吉凶悔吝者生乎动者也。"老兄初当大权,沐猴而冠,觉得太得意,非有作为不可;此念一动,越应付越生出是非来。
> 所谓心劳日拙,给测字先生落一个"动是动不得的"批评。一念不动,入真如境;一念既动,便来转折轮回的苦难。

这是我第一次对世俗人用世俗事说轮回的意义。——照我这一句文章的口气,好像我自己是"我佛如来",对世俗人说法;我并不这样想,我只觉得佛说轮回,应该就是我所说这个意思。

生而为人,就有"生老病死"必然到来的人间苦。其原由于一念既动,男女互相吸引,在一刹那间,精虫进了卵巢,就开始到世间来历劫。做母亲的为怀孕而作酸作呕,怀孕满了月,经过阵痛而诞育;诞育以后,乳房肿胀,分泌乳汁,这也是一念既动,轮回中的应有文章。婴儿会跳会笑,给父母以喜悦;婴儿疾痛,给父母以忧虑;生离死别,终是牵肠挂肚,放不下心来,也是一念既动,准备在轮回中细尝的酸甜百味,这情形,就让《周易》来说:"爻者,效天下之动者也,是故吉凶生而悔吝著也。"动了以后,要想不生吉凶,不著悔吝,那是做不到的。《淮南子·缪称训》云:"动而有益,则损随之。"宇宙万有,无有不轮回流转,吉凶悔吝应该让它出来才对。

佛说真如境一尘不染;要一念不动,方能脱去烦恼。我们究竟能否一念不动呢?从"阿米巴"起,甚而可以说"宇宙尘"起,动是它的基点;到了有情世界,格外明显起来。一个年青的人,看见了少女,魂思梦想;冒风霜雨雪以求一见,准备着性命来博最后的机会；明知酸甜苦辣百味俱全，却愿意来轮回历劫，粗看好像是个傻子，仔细一想，却正是宇宙本体所启示的法则。两人下棋，棋子一动便有胜负；仙人说不动便没有胜负，但我们并不是仙人，仍以杀死棋为快。

　　我这样一说，好像我自己有点矛盾；既写信劝朋友"一念不动"，而又说"动是宇宙的基点"。其实那封信，因为彼此是熟悉的朋友，不好说他动了忮心。因为一念既动，就有两种倾向：一种是菩萨性子，一种是忮心，用现代语词来说，前一种是利他的念头，后一种是利己的念头。利他念头动时，眼前只看见应该做的便去做，到了做的时候就动手，所以说"不忮不求，何用不臧"。利己念头动时，眼前只看见权利冲突之处，世间无可亲近之人，所以说"哀今之人，胡为虺蜴"。侯方域《癸未去金陵日与阮光禄书》云："独怪执事忮机一动，长伏草莽则已，万一复得志，必至尽杀天下士以酬其宿所不快。"阮大铖的一生正是动了机心，周历轮回大劫的好注脚。

　　或问：轮回是在哪儿轮回的？精虫钻入了卵巢，血呀、肉呀、骨呀、毛发呀，并不与精虫卵巢俱来，一切轮回都在物质环境之中周历。念之所以动，动念以后所以偏向利他或利己，都是物质圈子所决定。我在这儿说轮回，并不是在这白日见鬼，说轮回世界在现实世界之外。正相反，我说一颗种子的萌芽成长开花结子都从泥土中出来；离开土地，种子就不能轮回。所以我的说轮回，不带神秘的色彩。

## 鬼的生活

　　欧文《见闻杂记克莱恩先生篇》，说克莱恩先生爱谈鬼，一肚子都是鬼的故事。他说那无头骑马的鬼雄，格外有声有色；大家听了，毛骨悚然，对着黑洞洞的庭院，都不敢回头看一看。小孩子们拼命向人阵里挤，只怕无头的鬼，站在他的背后。就在克莱恩先生说鬼那一晚上，他自己在归途失了踪，大家相信他是被无头骑马的鬼吃掉了。我是深深同情克莱恩先生的，他为着博爱人的欢心，尽可能来搜罗鬼的故事，而白郎骨就利用克先生的胆怯，结束克先生浪漫的梦想。

我的胆怯，也许比克先生还厉害一点，自幼我为家人间的笑话：看见周仓提着大刀站在庙门的边上，就蒙着双眼由大哥一步一步扶着走下大桥，头也不敢抬；听见落叶在地下沙沙作响，就仿佛吊煞鬼追了过来，非夹在人群中不敢动步。金华同学扮个鬼脸，曾把我吓昏在床上；另一个谈鬼的晚上，一件小小不敬的事，闹得我和舍监对嘴，几乎开除学籍。可是我最爱听鬼的故事，听别人口说还不够，从《聊斋》《阅微草堂笔记》那些书上满足我的欲望。后来渐渐觉得鬼并不怎样可怕，《聊斋》上就有许多可爱的鬼。我读书的那个中学，从前是书院，相传有个太守女儿相思而死，女鬼晚上时常出现，我颇愿意亲近她，她可从来不让我看见过。等到我知道鬼之可亲近，鬼的幻影忽然离开得很远很远，而真真可怕的吃人的东西，并不在另外一个世界，环绕在我们的左右前后，突眼獠牙，不知什么时候袭击过来；魑魅魍魉满人世间都是，也许我们最亲近的人便是白郎骨，我于是，战栗起来。

就我近十年的思想说，可以算是无鬼论者。我看《弘明集》是近三五年间的事，其间有许多说得很妙很妙的哲理已不能动我的信念；科学的光把黑暗处都照遍了，我知道并没有鬼这样东西。《晋书·阮瞻传》，说瞻主张"无鬼论"，有一天，有生客访他，反复和他讨论鬼神的事，阮瞻不为所动。那生客忽然变为异相，顷刻间消逝。假使真有鬼的话，我愿有这样的生客来访我，使我可以相信。

不过，我虽是无鬼论者，也愿意知道一点世俗所说的鬼的生活。我曾经看见年轻的表嫂咽了最后一口气，闭了眼睛，伸直了双脚死去了。闯进我的脑里第一个问题，人死变成了鬼，鬼也得要吃要喝吗？逢七必设肴馔致祭，四季节日以及生辰死忌，也要设祭；鬼大概和人一样非吃喝不可的。据说有一种带阴阳眼的人，会看见鬼怎样吃喝：说肴馔的实质没有动，那"气"已经被鬼吸去了。鬼为什么不随时地去吸肴馔的"气"，定要设祭时才来吸气呢？前人并未交代明白，不敢妄揣。鬼在设祭时饱吸了一回，究竟能够支持多久？大家也不大知道。看致祭的人替他预备了纸钱，大概阴间自有鬼市，鬼老板开设商店可以供给大家去购买。纸钱为什么不由冥国银行自己铸造自己印发，定要人间烧化给他们？也似乎不大可解。鬼国的天气怎样？从烧化纸型衣冠看来，似乎和中国的温度差不多，非穿衣不可。大概鬼国也通行方块字，凡是人间送过去的纸帛衣冠，开了姓名就能照数收到，虽说通信地址不明。人是要死的，鬼呢？据说也要死的，鬼死则为聻，但一般的传说，鬼转入轮回，投入世间来；有的投入畜生道，有的依旧转世为人。凡此种种，一片鬼话，死无对证，大家姑妄言之，姑妄听之。人对于这缺陷的世间法的执著，从这些传说中可以看出；凡是我们自己的苦难，一样地要往鬼身中推；人间苦，鬼间更苦，所以非重复投生到世间来不可。人对于生、对于现实的留恋，用这样的幻象烘托出来，鬼的可悲不若狐狸的可喜，鬼的依赖人不若狐狸替活人满足欲望，鬼的重入轮回不若狐狸的成仙得道，这是代表人的意欲的两面；"活无常"使人怅惘，"死无常"使人莫名所以；释迦的悲悯众生，他是体味最深刻的宇宙苦吧！

　　人把鬼设想那么怯弱，比自己的灵魂更怯弱，原是可怜的。只有一点，人于怯弱之中，设想另一坚强的面相来。鬼是为着受裁判而往阴间的，阎王注定三更死，决不留人到五更。哪怕你皇亲国戚，哪怕你铜墙铁壁，无常一到，性命难逃，都到阎罗王面前去受公平的裁判。算盘上没有分毫差错，人世间种种不平等的情形，种种郁愤之气，到此完全宣泄出来。善有善报，恶有恶报，上有三十六重天堂，下有十八层地狱，就看你一念之间定局，许多杀人不眨眼的英雄，老来也非诵经念佛，修修来世不可的了。自然对于阎罗十殿的设想，也可以吹毛求疵；十殿无异于衙门，地狱是牢狱的副本，处处流露着人间味。我们略其小节，则阎罗十殿象征，我们心底反抗意识，也还不无可取的。我们相信将来总有公平裁判的一天。

在都市住得久了，一年一度看见白郎骨一类的人利用鬼来做掠夺的武器，鬼在现代是更可哀的了！

## "元旦书红"

在除夕的晚上，心头觉得有填不满的"空虚"。如金圣叹所说的，某甲若干岁，某乙若干岁，这若干岁若干岁究竟积在哪里？所有的只是一张白纸，已往之我，烟消雾歇，一点也不留存。一想到今年这一年又完结了，寂寞之感油然而生。而元旦一来，又萌长了新的希望，一切从头做起的信念也是顺理成章地起伏着。因此"元旦书红，万事亨通"的红纸条倒是应景的点缀。

我自幼往至戚 M 家贺年，他家书桌边总看见"元旦书红，万事亨通"的红纸条粘着。他家的家境，原是一年不如一年，只这一张红纸条，或长或短，或楷书，或宋体字，年年鲜明地换贴一过。他家境一不如意除夕一番怅惘，换贴这张新纸条的时候，总默祝幸运之神该格外照顾他一点的。命运之神的面相，似乎不容易捉摸。梁启超曾说他自己欢喜命运的不可测，因为不可测才显得人生有意义。也有人爱那个拿大剪刀的命运女神（三姊妹之一），她随时可以用剪刀剪断生命的索子，一了可以百了。M 君则以命运不可捉摸为苦，搓生命索子的女神既然替他的生命延续下去，他总不愿意一刀剪断。留恋着现世，在无可奈何的情况之下。想望"万事亨通"一张红纸条虽很微小，他的愿望是很奢的，我在 M 君家，又常听到他的告诉李姓邻居，去年开门放爆仗，四个只响了三个；就此一病七八个月，长年晦气。张姓阿伯新正出门，走错了喜方，接连破几次大财，还惹了一场官司。诸如此类例证，使我不能不相信"元旦书红，万事亨通"这张纸条自有妙用。M 君的趋避例证，还很多很多；据说爆竹的声响也有"荣发"和"穷败"的不同，元旦出行，也有闻鸦闻鹊的吉凶不同。（元旦闻鸦主丰收，闻鹊主凶歉。）关于孩童起居行止，也有许许多多的禁忌。看他那么说得有条有理，大可以写一部"禁忌大全"，可惜我那时不懂得风俗学。我因此推想为命运所播弄的人，对于命运之神那么虔诚敬畏，事事为无形的条文所限制，精神上的烙印是值得同情的。不过精神上的烙印，有时也烙在圣贤的心上。孔圣人在"走投无路"的时候，对他的弟子叹息道："我生不有命在天！"那时的情感，虽是圣人，也和M君差不多；从甲国碰壁出来，走到了乙国，总希望这回的运气会好一点。一车两马，栖栖皇皇，到老还是倒霉归乡，连周公的梦都长远做不成，才断绝了念头。所以王仲任以一代哲人，破这破那，独于命运一关，辩护了又辩护，变成了仲尼的同志。他是绍兴人，我想，在他的书桌边也许也粘着"元旦书红，万事亨通"的红纸条子呢！

在逻辑上，称这类红纸条子为"丐词"；丐词者，是将心愿上所不能达到的欲望，交给所谓含有神秘性的"符号"，又向这符号去祈祷，这情形，从初民到最高度文明的智慧者，皆所不免。把天空某一星座，称之为老人星，又向之祈祷；初民的举止，我们觉得可笑。而上海高等华人，喜庆事不爱"送钟"（钟终音近），礼券不用"先施"（施死音近）而用"永安"，到处还流行着"十三"数字的忌讳，其去初民膜拜老人星并不相远。因此，我对于M君虔诚地粘贴"元旦书红"的纸条，格外同情起来。

我的父亲，素来不爱贴"元旦书红"的红纸条；他有一次从白岩寺出来，看见照墙"对我生财"的红纸条，就大声地和那住寺和尚说："这是你们出家人的名利障。"那话当然含有讽刺的意味，自从我久住上海，知道一些大方丈的故事；懂得做方丈的秘诀，就在"对我生财"；名山丛林的方丈既逃不了名利障，更无怪山僻的和尚要在照墙上贴"对我生财"的纸条。"献豚蹄以祝丰收"，也可说是仙凡一律了。可是一闪光明从经济的窗子里透过来，我忽然看到M君所以万事不亨通，高等华人虽处处避忌"十三"，而凶信常来，大海大方丈不免于请律师打官司，所谓"命运"那东西，不过为那只大手掌所颠播，我的心头又增加了一重"空虚"。我知道我自己无论如何挣扎，总是逃不出那只魔手；今天在这儿试笔，再也不作"大吉大利"之想。我的书桌边，要粘纸条的话，应该这样写：

"元旦书红，万事不通。"

## 自　罪

因为"人言可畏"，阮玲玉吞下那几包安眠药片了。可是"人言"这东西，你胆怯了怕它，结果会更坏些。罗素说："怕舆论的人，较之那些置之不理的人，反更受舆论的压迫。狗子见了一个怕它的人，较之一个蹴踏它的人，叫得更厉害，更想咬他；人类的一般群众，也有这种性格。如果你显出怕他们的样子，他们就更放肆的追逐；如果你不理会他们，他们反而自己心虚起来，不来滋扰你了。"这并不是叫我们蔑视舆论，他是说处身在社会要有担待人言咻嚣的勇气。

一个人总要有同情的环境，才能快乐地活下去的。一般人就在年轻时代，为得要适应自己所处的环境，把那一圈子里的信仰习俗以及一些道德训条都熟习了；后来处身在社会上，就和那圈子里的人很合得来，他的一言一动，舆论不会批评他排斥他。但是环境是不断地在迁变的，社会上的信仰习俗以及道德训条，对于现在的环境都不能适用的。有脑子的人，就要"想"，就要"怀疑"，就要提出"相反"的主张；舆论就把他当作叛徒，说他的主张是大逆不道，是洪水猛兽，要用口沫、嘲笑，甚而用牢狱、刀剑来对付。这样，没有勇气的人，就变成模棱两可；独居私议，则取大胆的批评；处在社会大众中，就掩饰自己真正的兴趣和信仰，取阿附取容的态度。有些不肯取这种妥协态度的，立刻成为"国民公敌"；他们若不能担待人言的咻嚣，就不能坚持自己的主张。易卜生在《傀儡家庭》中，借娜拉的口来说："我现在要看看，究竟还是我错，还是社会错？"颜习斋说："立言但论是非，不论异同；是，则一二人之见不可易也；非，则虽千万人所同，不随声也；岂惟千万人，虽百千年同迷之局，我辈亦当以先觉觉后，竟不必附和雷同也。"这都是思想家立身行道的战斗态度，我们应该采取的。

所以我们从立身方面说，人言虽可畏，应该认为人言不足畏。从处世方面说，我们知道"人言"容易使人以为"可畏"，应该帮助萌芽的新思想新学说，不要用人言的力量去摧残他。我又记得罗素说过："关于青年的事，老年应当尊重青年的意旨，但是青年就不必尊重老年人的意旨，这原因是很简单的，因为无论是何方的意旨，利害相关的总是青年，而不是老年。……只要到了判断的时期，就应当有自由选择的权利，即算错误了，也可以自己承担。关系青年很重大的事，如果告诫青年服从老年人的主张，便告诫错了。"这尊重青年意旨的主张，的确是很好的。最后，我来普告天下年青的朋友：我们应该和王安石一样，喊一声："人言不足畏！"

一个人精神健全的时候，他敢于信赖由理智所发出的信仰。精神衰老了，伏在下意识里种种无根据的信仰都来扰乱心灵的安宁了。有些重嫁的妇人，她怕最后的裁判，在菩萨前面忏悔；捐助庙门的阈木当作自己的替身，给大家去践踏。有些政治家或是杀人如麻的军阀，念经礼佛，或者削发出家，想灵魂免于地狱的磨折。也有些革命家，壮年时一往无前的，到了晚年，走向阿弥陀佛的路，想替自己修来世。这种自以为犯罪的人，满眼都是。心理病态，若仅仅存于老年人或寡妇、老处女的心头，社会受其害尚轻。假使中年人、青年人都害了这种心理病，那个社会必死气沉沉，绝无生机。一个社会，若把革命的光荣看低了，觉得从前种种破坏工作都应该忏悔，不断向回顾的路上走，那社会前途更危险极了。个人自以为犯罪，便断送个人的前途，社群自以为犯罪，即断送社群的前途；一切的回顾，都是精神不健全自信力不足的表征。

在一般"自罪"的空气之下，容易产生"圣人"崇拜的观念。自己总觉自己有缺点，自己的思想、品行，不能圆满无亏。于是设想世间另有一种完人——人格圆满的圣人。自己看见美人未免动心，因设想圣人一定"坐怀不乱"；自己看见黄金，难免欲得，因设想圣人一定"一介不取，一介不与"。自己不免羡慕权势，因设想圣人一定"敝屣荣华"。大家所设想的圣人，成为全知全能的箭垛，他们希望自己是一个不沾染罪恶的人，但又做不到。他们羡慕心中纯洁有道德的人，又恨自己没有资格做圣人，自己手里所造的偶像，竟把自己迷惑住了。但是圣人也是皮包骨头的活人，孔子既时常要发气，关云长又非常爱女色（见陈寿《三国志》），做事又非常鲁莽，岳飞的专横，和后世的军阀一样；在太阳光底下，全知全能的圣人，根本就不存在的。我们应该有一个觉醒：人生之有缺点，正和人生之有优点一样，光明面和黑暗面一同并存。自己以为犯罪，不断忏悔，不断回顾，那是错误的。

## 哲理诗

一

对于人生究竟宇宙本体的探究，有所启悟，发为诗歌；如德国大哲学家尼采的《兹拉顿斯拉》（Zarathustra），便是著名的哲理诗篇。一八八一年，尼采在希斯曼利养病，写信给友人，告诉心境上的波澜，说："我的心头，无数思想，汹涌而来。……朋友呀！我仿佛已临到极危险的境地呢！"有一天，他扶杖出游，横贯希斯曼利的大森林，远至希巴白那的途中，在一圆锥形的巨石上小憩，恍然有所会心，他便喜极而泣。于是含泪取笔，把《兹拉顿斯拉》的大旨写出来，末尾注云："一八八一年八月初，写在远隔人世的希斯曼利。"那诗篇是阐发永久轮回的思想的（中文有郭沫若译本）。

宋明理学家主明心见性，会心之处必多。然如明道所称道的吕大临诗："学如元凯方成癖，文似相如始类俳；独立孔门无一事，只输颜氏得心斋。"并不见高明。我最爱辛稼轩《水龙吟》后半截：

且对浮云山上，莫匆匆、去流山下！苍颜照影，故应零落，轻裘肥马。绕齿冰霜，满怀芳乳，先生饮罢；笑挂瓢风树，一鸣渠碎，问何如哑！

末四句用许由故事；许由用手捧水喝，有人送给他一个瓢。他喝后把瓢挂在树上，风吹作声。许由嫌它讨厌，遂丢了它，这故事有深味。

## 二

苏东坡《前赤壁赋》借水月说人生，可惜说得太凿；人生意义本不是多话说得通的。他的无愁可解，谓："光景百年，看便一世；生来不识愁味。问愁何处来，更开解个甚底？万事从来风过耳，何用'不着心里'？"也穿凿得不十分好，倒不如《临江仙》："夜饮东坡醒复醉，归来仿佛三更。家童鼻息已雷鸣，敲门都不应，倚杖听江声。长恨此身非我有，何时忘却营营？夜阑，风静，縠纹平——小舟从此逝，江海寄余生。"来得亲切有味。

胡适《尝试诗》，开新诗之先河；其实胡适不是诗人，那些诗，旧的诗词气味太重，到底算不得新诗。我只爱《景不徙》篇那一首哲理诗，为古来章句腐儒所永远看不通、说不出的。《墨经》云："景不徙，说在改为。"说曰："景，光至景亡。若在，尽古息。"《庄子·天下篇》云："飞鸟之影未尝动也。"此言影已改为而后影已非前影，前影虽不可见而实未尝移动也。胡适诗云：

飞鸟过江来，投影在江水。鸟逝水长流，此影何尝徙？
风过镜平湖，湖面生轻绉。湖更镜平时，毕竟难如旧。
为他起一念，十年终不改。有召即重来，若亡而实在。

## 三

中国诗人很少是儒家的，一半带点老庄味，一半带禅味。亦有世俗人，故意作超俗话头，令人生厌，明代的袁中郎，就是这一类人。近读屠格涅夫新散文诗和"啊,我底新年!啊,我底青春!"觉袁中郎那一类臭东西,简直不必丢丑。我尤爱那最后一首,诗云:"啊,我底幼年!啊,我底青春!"我也常这样追吊我过去的光阴。但是我说这些话的时候,我仍是一个青春的少年,我只是故意的要用些忧伤的感情来娱乐自己;在众人面前自悼。但同时我的内心里却私下里高兴。

现在我对于这些逝去的不再高声嗟叹而变为静默了。即使它们不息地咬着我隐隐作痛。

"啊!顶好是不想。"像农夫们常说的话。

### 四

新旧约《圣经》可以当作一部哲理的散文诗读,可是给那些吃得胖胖的牧师们弄糟了,他们半点也不懂得人生的意义。在《旧约》,我曾读到这样几句话:

> 当路得含了泪,站在麦田的中间,
> 苦思着家乡的时候,那掠过了,
> 她那悲哀的心的,恐怕是同样的歌。

我是凄然了!

## 运 命

### 一

叔本华《悲观论集》的译本,我新近才看到。十年前,一个深晚,我为叔本华的学说所感动,不禁号泣起来。我记得:那个黑洞洞的影子在我的眼圈里差不多迷糊了两三个月。春翠在杭州,接读我那几个月的信,大为惊异,以为我遭遇了什么意外的打击。尼采当年初读叔本华的《悲观论集》,其心灵摇颤,大概也是如此。我向商务买《悲观论集》那天,在路上几乎不敢翻开来细看。

叔本华说:"所谓幸福,实际所享受的决没有期望的那么多;而灾祸之来,其苦痛必比预想还要多。""运命是怎样的残酷:一群羊在草地熙然自乐、吃草、晒太阳,往来追逐,但屠夫正准备着挨次将它们宰割。"我刚在洗澡房里看这段话,浴盆里那两尾白鱼正迎着水滴大为高兴,时常高跃起来。当天下午烹煮了一尾,第二天早晨,睡在床上听到另一尾白鱼跳跃的声音,凄然之感如箭刺心;它哪曾知道烹割之祸就在眼前呢?

"世界者,一无涯之苦海耳!所谓快乐,惟偶忘痛苦之时为有之;快乐不可得,所可得者痛苦而已!"我们面着现实,不该作这样的感想吗?我又联想起《灰色马》里的话来:"是红莓汁呢,还是血?是傀儡陈列室呢,还是人生?我不知道,谁知道呢?"

## 二

一八七一年四月二十八日,托思退夫斯基,他写信给他的夫人,说:"一件绝大的事情临到我的头上了;那种龌龊的幻想,曾经使我自苦至十年之久;(或者更确切地说,自从我的哥哥死去,我陡然为债务所迫以来,便起了这个赢钱的幻想的。)现在是完全消灭了。我老是梦想着赢钱;我很严重地很热切地梦想着,现在这梦想是过去了,完结了。"托氏夫人记载托氏在赌场中悲欢喜怒的故事甚详尽,从贫穷的圈子里颠连过来的人,是怎样地为运命所播弄哟!

清末文人龚定庵生平最爱赌博,尤爱摊,自谓"能以数学占卢雉盈虚之来复";其帐顶满画一二三四等字数,时常仰卧床上,看帐顶数字来推测消息盈虚的天机。他自以为赌学极精,可是每赌必输;有人问他,他说:"有人具班马之才,通郑孔之学,入场不中,那是魁星不照应的原故。像我这样精于赌博,财神不照应我,有什么办法呢?"他颇有托思退夫斯基的戆气!

144

## 三

在西洋有这样一段寓言:"一位神仙给一个孩子一团线,对他说:'这是你的生命线。拿罢,当你觉得闷烦时,把它拉出来;你的日子过得快或慢,全看你拉线时是急急的,还是慢慢的,你如果老是不去拉它,那你就老是停留在那个时候。'那孩子接了线团;先拉到做了成人,于是和心爱的姑娘结婚,于是看他的孩子一个一个长大来,在事业上得胜,成名取利,缩短紧张的时期,逃过悲哀和颓丧的事情。最后把怨恨的老年截断了。他从神仙来到的一天起,只活了四个月另六天。"这寓言里的孩子是聪明的,该享受的都享受过了,而所憎恶的,不让他有机会到来。

贪怜尘世的人,吃珍珠粉、五石脂以驻颜,吐纳导引以延年,希望做长生不老的神仙。如秦始皇、汉武帝那样起劲遣童男女入海,筑承露盘以恭候西王母,固不免为拉线的孩子所笑;即如作《养生论》的嵇康,自以为"无为自得,体妙心玄,忘欢而后乐足,遗身而后身存,若此以往,可与羡门比寿,王乔争年"。而一曲琴罢,头已落地,也不免为拉线孩子所笑的!

文　思

## 前　记

《笔端》《文笔散策》《文思》，这是我在上海时期的三种散文集。而今把历史小品一部分汇成专册，题名《鱼龙集》。《文思》则仍原书之名，抽换其下卷，专以谈文为主，可供一般知识青年语文课外读物之用。这些文字，比较富于启发性，尤其关于现代文艺的种种，我都提出了我的观点。我的说法，不一定很对，但多可激发大家的思路。

先前刊行《文思》时，也曾有一首前记，记中说："新近把近几年间所写的杂文，约略理一理，庞然一大堆，将近六十万字；就中选择抉剔，把性质相近的成为此编，加上一个集名，叫做《文思》。从前有一僧院，院后有一竹园，竹林甚盛。方丈备了一块匾额，请某公题名，某公想来想去，想不出好的园名。过了半年，才把匾额送去，上题'竹轩'二字。这园名很平淡，平淡可真不容易。我也曾想来想去，想了许多集名，结果还是觉得'文思'二字不错，就马虎地用了它了。

"在许多拟议的集名中，有一个值得提一提的。前几天，我从家乡回到上海来，和一位姓柳的乡人同车。闲谈中，因为我经过他住的小镇时，曾喝到一种极合口味的甜酒，说是义乌出产的，酒名'白字'；——那酒甜得和蜜差不多，只有很少很少的酒味。就向他赞美这'白字'酒怎样怎样好吃，谁知他眙了眼睛回答我，道：'那种酒送给我都不要吃。'他这一勺冷水，使我猛然省悟：世上原有许多道理，自以为怎样怎样了不得，别人看了却连半文钱也不值呢！这种'白字'酒，正可以移作我的杂文的注解。后来和朋友们商量，他们说：'要下注解的名词总是不好的，而且望文生义，容易使人误解。'为了这个，当然只好割爱了。

"不过'白字'酒启示我的意义，还是很好的，留在这儿，以明敝帚自珍的笨想。是为记。"

# 巧

陆机《文赋》,说了许多文章利病得失的经验的话,忽又转一笔,道:"若夫丰约之裁,俯仰之形,因宜适变,曲有微情。……譬犹舞者赴节以投袂,歌者应弦而遣声,是盖轮扁所不得言,故亦非华说之所能精。"这也是他的经验之谈,他总觉得文艺写作,有这样一个可以意会不可以言传的"巧"的境界。关于精微曲折的"巧"的境界,先秦诸子说得很多;孟子和弟子论学,两次说到"巧"字。一处说:"智,譬则巧也;圣,譬则力也;由射于百步之外也,其至,尔力也,其中,非尔力也。"又一处说:"梓匠轮舆,能与人规矩,不能使人巧。"又如《庄子》庖丁解牛,轮扁斲轮,《吕氏春秋》伊挚论鼎那些故事,也是说明这个道理。[《天道》篇:"轮扁(谓桓公)曰:'臣也以臣之事观之,斲轮,徐则甘而不固,疾则苦而不入;不徐不疾,得之于手而应于心,口不能言,有数存焉于其间。臣不能以喻臣之子,臣之子亦不能受之于臣,是以行年七十而老斲轮。'"] 大抵谈文说道,达到了最高深的境界,这些话都可以相互发明,相互印证的。俞平伯先生曾经阐发此意,写过一篇"文学的游离与其独在";而《重刊〈浮生六记〉序》中那段话更说得好:

> 文章事业的圆成本有一个通例,就是"求之不必得,不求可自得"。……我们莫妙于学行云流水,莫妙于学春鸟秋虫,固不是有所

为,却也未必就是无所为。……我们与一切外物相遇,不可着意,着意则滞;不可绝缘,绝缘则离。

我现在并不想再阐发前人的意见,另用一种曲折的话来解释这个"巧"字。我所问的,既然巧妙精微,不可得而言,如他们所说的;而他们自己又为什么说了又说,哓哓不休呢?我看他们的目的还在"得其传",又怕"不可得而传",乃从"不可得而言"的情形之下,去找"可得而言"的途径,所以要以"妙不可言"来说"妙"了。在这里,我以为约略有三层意思可以说。

第一,他们(无论谈玄说理或是艺术批评的)看出一般人的根柢病痛,在于陷入文字障中而不能出;本来是"人"在运用"文字",结果反成为"文字"来支配"人",所以当头棒喝,如庄子说:"世之所贵道者书也,书不过语,语有贵也。语之所贵者意也,意有所随,意之所随者,不可以言传也。而世因贵言传书,世虽贵之哉,犹不足贵也,为其贵非其贵也。故视而可见者形与色也,听而可闻者名与声也。悲夫!世人以形色名声为足以得彼之情;夫形色名声,实不足以得彼之情,则知者不言,言者不知,而世岂识之哉!"(郭象注中阐明此意,说:"夫言意者有也,而所言所意者无也;故求之于言意之表,而入乎无言无意之域而后至焉。")我们以语言文字来做表情达意的工具,而庄子乃叫我们求之于言意之表,这意味非常深长;用现代的话来讲,也就是 Angellier 所说:"诗中的文字,不过如小溪中横列着的步石,我们可以从上面走过溪去。但若你只管在上面踯躅不走,你的脚就难免于濡湿;你得急急地走过呀!"打破文字障,才可以免于文字的拘牵;知道"巧"在语言文字之中,也在语言文字之外,才可以懂得"巧"之所在。章太炎先生自言所学,"以分析名相始,以排遣名相终"。以之谈文,亦可相通。

第二,那精微的"巧"的境界原是"惚兮恍兮"、"恍兮惚兮"的;但这境界并不存于虚无缥缈中,而存在于我们的经验中。我们虽不能用语言文字来确指这个境界,但我们可用别的方法引导大家走入这个境界。陆机《文赋》说我们创作的想象活动:"浮天渊以安流，濯下泉而潜浸；于是沉辞怫悦，若游鱼衔钩而出重渊之深；浮藻联翩，若翰鸟缨缴而坠层云之峻。"我们找得一个适当的形容词副词，安排得一套适当的词语排列，他以为和空中弋鸟、渊中钓鱼情况相同，不迟不快，不先不后，恰在其时其地找到了，此之谓"巧"。周作人先生谈酒，曾说："做酒的方法与器具似乎都很简单，只有煮的时候的手法极不容易；平常做酒的人家大抵聘请一个人，俗称'酒头工'，叫他专管鉴定煮酒的时节。据说这实在并不难，只须走到缸边屈着身听，听见里边起泡的声音，切切察察的，好像是螃蟹吐沫的样子，便拿来煮就得了；早一点酒还未成，迟一点就变酸了，但是怎么是恰好时期，别人仍不能知道，只有听熟的耳朵才能够断定，正如古董家的眼睛辨别古董一样。"这话是可借作"巧"的说明。"巧"的意义，普遍地存在着，能懂得其他的"巧"，也就懂得创作上的"巧"；不诉之于玄思，而诉之于各人的经验，这是第二层。

　　第三，俗语云："熟则生巧。"扬雄答桓谭论作赋，说"习伏众神，巧者不过习者之门"。名将韩琦，每射必中，而卖油翁在旁讪笑，说："特手熟耳。"可见"巧"并非不可得，多练习就可以懂得做得了，这是切切实实度与天下人的金针。小泉八云说："当感情到来时，有什么发生呢？这就是一种惊奇害怕痛楚，或快乐的瞬间的刺感，这刺感，其来无踪，其去无迹。谁都不能将此感情，恰如所受，立即写在纸上。这只有靠刻苦的劳力工作，才能成功；……这个过程，和望远镜定焦点的过程很相似的。当远方的对象，能够判然地看到之先，必须把镜筒旋进一些，旋出一些，又旋进一些，旋出一些，这样的延伸缩短，再三反复的调整。是的，作家必须像观光客运用望远镜一样的运用语言。这是任何文学著作上最初之必要条件。"文艺上的"巧"，并非离开规矩可以求得；梓匠轮舆与人以规矩，也就与人以巧的初步。许印芳跋司空表圣与李生论诗书云："表圣论诗味在酸咸之外，因举右丞、苏州以示准的，此是诗家高格，不善学之，易落空套。唐人中王、孟、韦、柳四家，诗格相近，其诗皆从苦吟而得。人但见其澄澹精致，而不知其几经陶洗而后得澄澹,几经熔炼而后得精致。学者若从澄澹精致外貌求之,必至摹其腔调,袭其字句,未有不落空套者。"这话说得极好,澄澹精致,从熔炼陶洗得来,从愚得圣,从拙得巧,也就"思过半矣"。

《庄子·达生》篇云:"仲尼适楚,出于林中,见佝偻者承蜩,犹掇之也。仲尼曰:'子巧乎!有道耶?'曰:'我有道也。五六月累丸二而不坠,则失者锱铢;累三而不坠,则失者十一;累五而不坠,犹掇之也。吾处身也,若厥株枸;吾执臂也,若槁木之枝。虽天地之大,万物之多,而惟蜩翼之知,吾不反不侧,不以万物易蜩之翼,何为而不得?'孔子顾谓弟子曰:'用志不纷,乃凝于神,其佝偻丈人之谓乎?'"这故事,我用来作说巧的结尾;真是治臭虫并无别法,只有勤捉之一法。

# 语文三昧

## 一、爱情的表现

### A、欲焰

《欲焰》(*Ecstasy*)是一首精妙的抒情诗。卡尔登的影片广告用"热过马寡妇,淫过潘金莲"十个字埋没了它,侮辱了它。看客并不如戏院老板预期的那么多,难得有满座的,用诱惑字眼的窗帘,也不十分见效。

在盥洗室,两位看客在那儿懊悔:一个说:"钱还是小事,坐了这么久!"一个说:"今天真上当,我想后来总有一点点的,谁知一点点也没有!"戏院的池子里,不断有打哈欠的声音;坐在我们后面那位哈欠绅士,看他尽是摇头,勉强支持到散场。期望着有刺激性的性欲表演而来,带着失望的怅然情绪而去,惯于拙笨粗陋的低级鉴赏,对于这样精致的艺术作品,不感到兴趣,也是必然的。

《欲焰》的导演者真懂得表现情爱的技巧。艺术家推重"无言之美",全片的情调可以说偏于"无言"的。他以为男女的情爱,完全出于自然的;顺自然的法则则愉快,逆自然的法则则痛苦。爱伐(Eva)这样一个少女,嫁给和父亲年纪相仿佛的丈夫,性爱上的缺憾,使她非常寂寞孤独,这是违背自然法则的。而她由夫家回到父家,和老父处在一起,热情的爱,无可寄托,也是违背自然法则的。由于眼前闪过一线光明,热烈地去追求光明,追求男女情爱的谐合,这是上帝的意思了;顺着自然法则去做,任何道德条例,在它面前便失其效用。

全片中全不落笔作正面的文章,闲处落墨,一回想,一对照,就有深切的意义,他写爱弥尔(她的丈夫)和普耳(她的爱人)两人性格的不同:只侧面写两人处置黄蜂的态度。爱弥尔憎恶扑面的黄蜂,用报纸打落它,碾死它;普耳把湿了翼子的黄蜂放在花朵上,让它飞到空中。这样不独写了两人的性格,也就写了爱伐从爱弥尔那儿得到寂寞,从普耳处得到温情,她心理转变的关键。片中三处写爱伐颈上的珠圈,第一处写爱弥尔解珠圈伤手,衬出他不懂青春儿女的情怀;第二处用珠圈衬出爱伐从普耳那儿得到性爱满足的姿态;第三处用珠圈写爱弥尔的沮丧神情。同一珠圈,每一处都显得是旋转全场的重心。他写爱伐心头的寂寞,全不正面说,她对丈夫说什么,对父亲说什么,只看她用手抚摸小犬,用脸偎倚马面,就可明白她心头缭乱不安。其写爱伐和普耳的结合,也用马的怀春作衬,不着一句肉麻的话。

写爱伐夜奔普耳那一段,入神入化,妙绝天下。勃郎宁(Browning)有一首题名《废墟的恋爱》的名诗,一个金发白面的女郎,在重瓣遮蔽着的残垒中,屏息张眼,伫待恋人的到来;恋人一到,就赶近前去,相抱无言;这境况也差不多了。懂得情爱的人,该懂得这白热化的情绪。但人总是肉和血合起来的,爱弥尔并不是全不懂情爱的;他在新婚那夜,虽不懂儿女情怀,而爱伐的珠圈一样地在他的眼前闪光,不过落伍了一点,等到他留恋着珠圈,已是日薄西山了。

我们读了这首精妙的抒情诗,我们得到"男女情爱是自然法则"的启示,"违天不祥",情之所不能自已者,圣人不禁,"礼教"算得什么呢?

### B、马寡妇开店

《马寡妇开店》和《贵妃醉酒》《宝蟾送酒》是一流的细描小品剧本,既不更好些,也不更坏些。

剧曲的特色,常以带浓厚的地方色彩而愈显;所谓地方色彩,包括地方的传说,地方的俗谚方言,地方的风俗习惯种种。我曾经漫无限制地看过四明文戏、绍兴戏、扬州戏、杭州文戏,都觉得很够味;蹦蹦戏并不比上述那几种地方戏曲多带点地方色彩,(自然也不少带些。)因为在上海流行得不十分久,喧嚣胡闹的穿插很少,(在新的环境里,演员容易失掉自己的特长,去迎合低级趣味的观众;白玉霜已走上这条路。)当作戏曲史料看,真是非常宝贵的。

所有地方性的戏曲,只能当作"坐唱"和"扮演"之间的中间性戏曲看,许多地方保存连厢词的旧面目。蹦蹦戏的唱曲,气逗断落和"道情"、"宣卷"相同,大体是二字一气逗。(讲气逗有时可割裂文理。)道白不像昆曲那样用协律的道白,因此能吸收许多诙谐的语词。无意之中,他们应用了台上台下串演的手法,许多道白,因为和观众对答而增加兴趣。(保存了滑稽戏的本来面目。)

《马寡妇开店》写一个色情狂的寡妇的心理变态,真是曲折的微妙的;描写的成功或失败,就在这一点上决定。剧中马寡妇舐开窗纸,看中了那个美貌书生,来一段精细的描写。这种外形描写,虽精细还是粗浅的。叫店小二把狄秀才请到后房,自己送酒菜请狄书生吃喝,也还是衬笔。以下她决定要勾引狄秀才,狂乱地走出房门,突然清醒过来,又回转房来,抱着自己的孩子喂奶,左思右想的想亲近狄秀才,又怕见了面,无词可措,只得坐在床上打瞌睡。给梦境所扰乱,实在打熬不住,借送茶为名,到狄秀才的房中,性狂的冒险船,向弯弯曲曲的港湾前进,这才是内心的描写。如门板碰额,喂奶皱眉,水壶烫手;细碎的地方,衬托得很有力量。见面以后,由哀诉、媚诱、乔赖,转到为礼教观念所克服,又走了一条弯弯曲曲的港湾回来。有几处比欧阳予倩的《宝蟾送酒》,做得更曲折更细腻些,可以给做历史小品的人做一个备忘录。

"猥亵"二字,我不知道究竟应以怎样为限度。有一次,真如乡间来了一班木头戏,白塔庙的尼姑也高兴得很,要叫他演一本《西游记》;那演戏的,却演了一本"猪八戒洗澡",演得那尼姑面红耳赤;她可是一直看下去,并不走开。地方色彩很浓厚的戏曲,不带猥亵成分的似乎很少;一定要说会影响到风化,也似乎理不可通。《马寡妇开店》,只描写性的心理变态,我觉得与道德无关,如能把地方色彩郑重地保全下去,总还不失在戏曲上的相当的地位的。

## 二、悲哀的表现

《雷雨》的结尾,四凤和周冲都触电死了。鲁侍萍一声不响地立着,如石膏人像。老仆对她说:"老太太,您别发呆!这不成,您得哭,您得好好哭一场。"鲁侍萍说:"我哭不出来!"老仆说:"这是天意,没有法子。——可是您自己得哭。"鲁侍萍说:"不,我想静一静。"一位朋友看了这剧本,问我:"鲁侍萍为什么哭不出来?"我就说,这是悲哀的表现;"悲哀"和"快乐"到了极端,都只有"发呆"。我就举《红楼梦》第五十七回紫鹃情词试莽玉一段例子,紫鹃哄宝玉说,黛玉要回苏州去,早则明年春,迟则秋天;还说黛玉说过,从前小时顽的东西,彼此打点明白,"宝玉听了,便如头顶上响了一个焦雷一般。紫鹃看他怎样回答,等了半天,见他只不做声。……晴雯见他呆呆的,一头热汗,满脸紫胀,忙拉他的手,一直到怡红院中。……无奈宝玉发热事犹小可,更觉两个眼珠儿直直的起来,口角边津液流出,皆不知觉。给他个枕头,他便睡下;扶他起来,他便坐着;倒了茶来,他便吃茶。"这便是宝玉悲痛到了极端的表征。下文写宝玉见了紫鹃,方哎哟了一声,哭出来了。哭泣并不是悲哀,眼泪倒有冲淡悲哀的作用。

昨读蒙田(Montaigue)的散文,其中有一节论悲哀的,说得非常透彻。他说:"古埃及王皮山民尼图(Psammenitus)给波斯王干辟色（Cambisez）打败和被俘之后，看见他那被掳的女儿穿着婢女的服装汲水，他的朋友无不痛哭悲号，他却默不做声，双眼注视着地下；既而又看见他儿子被拉上断头台，依然保持着同样的态度；可是一瞥见他的奴仆在俘虏群中被驱逐，就马上乱敲自己的头，显出万分的哀痛来。"据传：干辟色问皮山民尼图，为什么他对于亲生儿女的命运兀不为动，却这般经不起他朋友的责难？他答道：只有这最后的忧伤，能用眼泪发泄出来，起初两个是超出表现力量以上的。蒙田又引古画家画"依菲芝妮（Iphigenis）的牺牲"来作证。那画家要依照在座的人对于这无罪的美女的关系深浅来表现各人的哀感，当他画到死者的父亲时，已经用尽艺术的最后法宝了：只画他掩着双脸，仿佛没有什么态度能够表示这哀感的程度似的。洗尼卡（Seneque）说，"小哀喋喋，大哀默默。"以呆木来当作悲哀极度的表征，那是最适当的。

《水浒》第二十五回写潘金莲毒死了武大郎，干号了半夜，作者插注道："凡世上妇人，哭有三样：有泪有声谓之哭，有泪无声谓之泣，无泪有声谓之号。"以悲哀的程度而言，有泪无声固然痛切，但无泪有声的干号，也可以说是更深的悲哀的表征。潘金莲的装腔，谓之为干号，似乎不十分适当。

### 三、艺术上的真

海派舞台如演阮玲玉之死，以"真汽车"、"真血巾"作广告上的号召，如演火烧红莲寺，以活的黑鹰来吸引观众，至若真刀真枪更不必说了。就艺术来讲，这样的"真"，并不算得"美"。譬如演到伤心处，真的死了去；和一刀劈了去，真的劈下了人头，一样的不是艺术。欧阳予倩在《自我演戏以来》中有一段话说：

> 做戏最初要能忘我，拿剧中的人格，换去自己的人格，谓之

"容忍"。仅有"容忍",却又不行,在台上要处处觉得自己是剧中人,同时应当把自己的身体当一个傀儡,完全用自己的意识去运用去指挥这傀儡;只能容受不能运用,便不能得深切的表演。戏本来是假的,做戏是要把假戏做成像真。如果在台上弄假成真,弄得真哭真笑,便不成其为戏。所以有个法国名优演酒醉最得神,他偶然真带醉意登台,便减色了。

这话说得很对,舞台上的真——艺术的"真"是要"把假戏做成像真",并不是搬些真的物件上台就可以算作艺术的。前日,偶翻《三侠五义》,有一段说智化装穷叫化,活像是一个穷叫化,智化自己说:

> 凡事到了身临其境,就得搜索枯肠,费些心思,稍一疏神,马脚毕露。假如平日原是你为你,我为我;若到今日,你我之外又有王二、李四,他二人原不是你我,既不是你我,必须将你之为你、我之为我俱各搬开,应是他之为他;既是他之为他,他之中决不可有你,亦不可有我,能够如此设身处地的做去,断无不像之理。

这也是说的演戏道理,和欧阳予倩的话可以互相印证的。

很多年前,我也曾看过滑稽戏,偶尔也有几出演得很好的,大部分却是不必有的胡闹。故意提了一只马桶上台,用马桶帚一搅,故意在观众头上一倒。观众有所忌讳的,狂乱地叫了出来,远一点的座客,则哄然一笑,以为快意。我曾经和其中一个演员谈过一回,他说:"观众都是乡下来的阿木林,不会懂得艺术,胡闹倒比认真的好。"我就说他不懂得艺术,艺术的程度愈高,那就人人都能懂得,深者得其深,浅者得其浅,所谓取之左右逢其源。海派艺术家就有这种心理存在胸中,以为小市民的巧慧便给,便是无上的天才。把从森林原野里抚养成长具有朴素心灵的乡间人,当作愚蠢无知,因此把艺术完全弄糟了。

## 四、故事与作品

洪深曾在《太白》半月刊说过他自己家中的故事,说到他父亲洪述祖在青岛的别墅:

> 久住青岛的人,谁不知道南九水是崂山的一个胜境,谁不知道我父亲观川居士在那里筑有一所别墅,名为观川台。又谁不知道在日本人战胜了德国人的那年,日本人硬把这所别墅占据了,开上一家料理店,至今还开着。我每次到青岛,总得设法到南九水去探视一次,去时总是独自一人的时候多,我轻易不敢对人说,我才是这屋的真正主人。今秋又去,是和几个朋友去的,我莫明其妙地高兴起来,指点给朋友看:某间小屋是二十年前我曾在此坐卧读书的;某处小池是当时开凿了种荸荠、养鲫鱼的,某某几株大树是几百年的古物;在购地造屋的时候,德国人还在契纸上批明不得砍伐的;某间的石壁上还刻着我父亲题咏的一首诗,其中"涧落已成瓴建屋,溪喧犹似蛰惊雷"两句,就是暗指当时,第一次世界大战前的时局,那东亚的风云随时可以爆发的。(《我的失地》)

这故事便是正在上演的《劫后桃花》那影片的底子。

我们看《劫后桃花》,和看那段回忆录毕竟不同;一件艺术作品不仅仅是一个故事,在故事上还得加上一点,如蜜蜂采花蜜,加上一点酸素一样。留心他的回忆录,怎样构成《劫后桃花》,这其间,我们可以懂得一点写作的门径。那段回忆录,使读者感到有些可以惋惜,也和作者同情,对于怀旧情绪的共鸣。但是,看了《劫后桃花》就不同了,观众想到国家的灾难,想到以遗老祝有为为代表的苟安心理,想到以余家骥、汪翻译为代表的虎伥行为,想到刘花匠典型和李先生典型的青年,明朗地在观众面前堆着一堆问题,不是一些轻婉的怀旧情绪了。艺术作品的基点,就是要提供大众所关切的问题,使大众从作品中看到社会现实相。我们虽明知《劫后桃花》是以洪先生自己的故事做底子,我们已不能把它当洪家的故事看待了。

作者把自己的故事来构成艺术作品，并丝毫不为自己左右亲近的人作辩解。祝有为当然是洪述祖的影子，但祝有为依赖外人勾结买办阶级的心理，作者并不加丝毫隐讳，（为亲者讳，为尊者讳。）就用批判的态度，把自己的父亲当作没落的旧时代的人物。有些观众非常同情刘花匠的，看刘花匠来迟了，为之叹息不已；作者自己大概是以刘花匠自比，刘花匠对于现实只知躲避，所以恋爱上也失败了。作者也是以批判态度处理自己的，认定刘花匠应该失败。作者又在祝有为的对面，提出祝太太来；在刘花匠对面，提出李先生来，这是两个能有条理有勇气处理当前现实的人；"乱离"和"祝瑞芬"是现实中两件事，因为处理得好，所以虽历劫而能生存下去，这是洪先生的理想。洪先生在《我的失地》中那段回忆，叹息自己没有志气，在《劫后桃花》中就创造一个意志坚强的人物，仿佛洪先生在告诉观众，要有坚强的意志才能应付这动乱的现状。

屠格涅夫做了《罗亭》那本小说，有人说那罗亭就是巴枯宁，也就是屠格涅夫自己，这是不错的。莫罗亚说："不过屠格涅夫比罗亭有价值些，因为他创造了这个罗亭；当一个人在自己身上找着了某几种特性，而有力量去批判它们和描写它们时，他便在它们之上了。"我们也可以这样说：刘花匠便是洪深先生自己，但洪先生比刘花匠有价值些，因为他创造了这个刘花匠。

实在说来，刘花匠不仅是洪先生一个人的影子，乃是一群躲避现实的知识分子的共同影子了。

## 五、小说中之模特儿

关于创作小说中的模特儿，鲁迅先生曾经自己说过了两次，他在《我怎样做起小说来》中说：

所写的事迹，大抵有一点见过或听到的缘由，但决不全用这事实,只是采取一端,加以改造,或生发开去,到足以几乎完全发表我的意思为止。人物的模特儿也一样,没有专用过一个人,往往嘴在浙江,脸在北京,衣服在山西,是一个拼凑起来的脚色。有人说,我的那一篇是骂谁,某一篇又是骂谁,那是完全胡说的。

最近,他在《出关的关》中又说:

> 作家的取人为模特儿,有两法:一是专用一个人,言谈举动不必说了,连微细的癖性,衣服的式样,也不加改变。……二是杂取种种人,合成一个。……我是一向取后一法的,……这方法也和中国人的习惯相合,例如画家的画人物,也是静观默察,烂熟于心,然后凝神结想,一挥而就,向来不用一个单独的模特儿的。

这的确是度与普天下看官的金针。许多人看小说,只问有没有这样的事,有没有这样的人,或者努力去索隐,要调查这是写谁,那是笑谁的,实在是大错特错的。书中人以实有的人做模特儿,但文艺的永久性在书中人物,并不在用作模特儿的实有的人。鲁迅先生说,我们所觉得的是贾宝玉和马二先生,至于曹雪芹和冯执中,只让胡适之流者关心,和一般读者全无关系的。

我们知道歌德的名作《少年维特之烦恼》,是用他自己的故事做底子的。其中三个人物:维特,即是歌德,加那个穿蓝衣黄坎肩,常常郁郁不欢的少年以鲁塞冷,绿蒂是夏绿蒂,加上了"由拉洛虚夫人教养大的而且是卢骚的读者"的克司妥纳,阿伯尔是"一个稍微卑劣些的克司妥纳,赋有了白伦太诺的妒忌和歌德自己的理智"。这样由实有的人变成了作品的人,诚如莫罗亚所说的:"……于是玛克司和她的丈夫,夏绿蒂和克司妥纳,歌德和以鲁塞冷似乎融化了,溶解了,消失了,同时他们的元素,在心的广漠的平原上迅速的前行。它们之间依了适当相称的成分,组成了新的结合了。"但是克司妥纳读了《少年维特之烦恼》,却非常不高兴,写信给歌德,严厉地责备道:

不错，你在每一个人物里面挣加进了些与他无关的成分，你把几个人混杂在一块儿捏成了一个人，很好！可是，要是你在挣加、混杂的时候，问一问你的心，你就不至于这样的糟蹋那些被你借用他们的性格的真正的人了！

这封使歌德非常惊讶的信，正足见那一般人对于"书中人物"和所取"模特儿"的误解心理。可是误解尽管误解，歌德笔下的维特和绿蒂都已不朽了。"全德国都在哭泣维特的厄运，少年男子们都穿他的蓝色燕尾服、黄坎肩、棕色垂统长靴。少年女子都学夏绿蒂的装束，尤其是她与她朋友初次见面时所穿的那身打粉红结子的白衣，每一个园里，浪漫的心筑起了维特的小纪念碑"。"人生有限，而艺术却较为永久"。这儿找到了明证了。

所以，小说中的模特儿，无论是专用一个人，或杂取种种人，都只是用作"模特儿"；其中一渗透了作者的人格，我们即可以不必问实有的人是怎样的了。有人说屠格涅夫笔下的罗亭，就是"巴枯宁"，也有着屠格涅夫自己，但罗亭所以伟大，却不是仅仅在他是巴枯宁，或屠格涅夫自己，而在他代表了黑暗时代的知识分子这一点。关于这一点，从事创作的人不可不知，读创作的更不可不知。

## 六、社会性与个人性

桥本支夫论文学中的个人性与社会性，有几句切要的话，说："社会性单被注重时，文学由于他为徒然的思想的泛滥，反失去了社会性；反之，单只注意个人性时，文学就要沉溺于没有结果的感觉的泡沫，忽视现实的深奥，反而不得使个个的对象具体的活动着。社会性历史性由于个人性特殊性之中加以具体化，始可成为现实的；而个人性特殊性由于代表社会性，也才可以成为现实的。融合社会性与个人性的能力，存在于直观与洞察，融合了作家的经验的深处；那就是歌德所谓的'统括'，在那里有创造的神秘存在。由于这样的统括，作品可以描出真的现实。……真的文学的本质，在于具体的类型与伟大的个性的表示中。"为要解释这段话，我曾经说过如次一些闲话。

在作品中的个人，无论出于作者的幻设，或真有其人；那个人已经不是孤立的个人，而是社会的个人。胡适考证《红楼梦》是曹雪芹的自叙传，但即以曹雪芹自己做底子的贾宝玉，已经不是曹雪芹自己，而是曹雪芹创造出来的贾宝玉。曹雪芹如何创造贾宝玉呢？他就把自己放在社会网中，看在怎样的社会条件下产生自己这一类人物；所以贾宝玉不是个人，而是代表某社会某种人物的类型。所以在封建社会的贵族地主层中，贾府是普遍地存在着，那种溃烂的生活也是普遍地存在着，那种虚伪的礼法也是普遍地存在着。从社会性上着眼，一种作品是否成功，就看作者所取的类型，能否包括那社会群所已具的种种条件。换一面看，在社会网中的个人，他的一举一动，他的生活方式都是很协调的。贾宝玉的恋爱方式，爱美标准，感伤成分，以至他所吃的所穿的所交游的，都有一种自然协调。作者在这一方面努力来表现，真切地表现，就可以决定他的成功或失败了。

《儒林外史》的人物，他是没落知识分子的类型；《红楼梦》中的人物，他是没落的大家庭子弟的类型；因为知识分子群究竟有限的，所以一般人不爱看《儒林外史》；因为没落的感伤情调，属于少年人的，所以青年人不爱看《红楼梦》。这从读者的社会性和个人性上可以看出来的。

## 七、衬 托

意境最难描画，只好用"烘云托月"之法，写四周境物来衬托心境。

前几月，胡适之先生应了室伏高信的请托，写那篇《敬告日本国民》，在《日本评论》刊出，接着室伏高信也写了一封回信。胡适的文章，爽利明快，半点也不掩饰。室伏高信的回信，用盘旋回荡的笔法，遮遮掩掩地替某种策略作辩护。胡适的文章，颇像史可法报多尔衮书，理直气壮；室伏的回信，倒有点像多尔衮与史可法书，意诡而辞曲。因为这样，室伏不能不在修辞上用点技巧，那回信的开端是这样：

> 北平现在恐怕是很冷的时候了吧？我在这村中，早晨晚上，也一天比一天冷起来了。秋天的樱花与山漆完全红了，各种杂木也染上了黑褐色，山村是深秋了，但是白天在这地方是小春小暖，一年四季当中，现在才是最好的时候。大凡东方人爱秋甚于爱春，我现在端坐在山村中不满方丈的斗室，静观这一天比一天枯衰的山中风景，听这啾啾的虫声与滚滚的相横川的流水，在这晚秋中痛尝这世界的深味，想起那北平庭中的山慈姑，由读日本报纸，又想到华北非常事态与其危机的临头。这种亲爱与忧郁，回忆与不吉的预感，互相综错的难于解除的不安思想，使我孤独的胸中，觉得非常感伤。（详见《新书信》内）

这段衬托意境的文章真写得好。室伏那回信的底里是非常理智的，非常严肃的，他要用非常感伤的调子说出来，如家人父子一样，用彼此十分亲切的态度在说。他要使你读了他的文章，激起心底的共鸣，觉得他的话是可信的话，他的为人是可以亲近的人。等到你和他共鸣了，他就提出"不要受不列颠的诱惑"的警告，这是他的本来面目。

丘迟与陈伯之书，传诵古今。其中"暮春三月，江南草长，杂花生树，群莺乱飞，见故国之旗鼓，感生平于畴昔"那几句最为流传。懂得那几句文章所以流传的原因，就可以懂得室伏所以要运用这类修辞技巧的原因了。

## 八、口　吻

顾亭林论文章繁简,"时子因陈子而以告孟子,陈子以时子之言告孟子"。此不须重见而意已明。"齐人有一妻一妾而处室者,其良人出则必餍酒肉而后反,其妻问所与饮食者,则尽富贵也。其妻告其妾曰:'良人出,则必餍酒肉而后反,问其与饮食者,尽富贵也,而未尝有显者来,吾将瞷良人之所之也。'"此必须重叠而情事乃尽。我们不从繁简上着眼,也可说是口吻不同。说齐人怎样怎样是孟子以第三人称的口吻在说,其妻告其妾,说良人怎样怎样,是用第一人称的口吻在说。写文章的,要留心口吻,有时须略述以免重出,有时须复述以期真切,此等处颇费斟酌。

《金瓶梅词话》第二十三回写金莲叫惠莲烧猪头,用几种不同的口吻而情事逼真。先由潘金莲以第一人称口吻和玉楼商量道:"那二钱买个猪头子,教来旺媳妇子,烧猪头咱们吃;只说他会烧的好猪头,只用一根柴禾儿,烧的稀烂。"次由绮春儿以第一人称口吻吩咐惠莲,道:"惠莲嫂子,五娘六娘都上复你,使我买了酒猪首,连蹄子,都在厨房里,教你替他烧熟了,送到前边六娘房里去。"又次由作者自己写惠莲:"起身走到大厨灶里留了一锅水,把那猪头蹄子,剃刷干净,只用一根长柴,安在灶内,那消一个时辰,把个猪头烧的皮脱肉化,香喷喷五味俱全。"最后由惠莲、金莲、李瓶儿三人用对话口吻说那烧熟的猪头,更妙:

> 只见惠莲笑嘻嘻,走到跟前说道:"娘们试尝这猪头,今日小的烧的好不好?"金莲道:"三娘刚才夸你,倒好手段儿,烧的这猪头倒且是稀烂。"李瓶儿问道:"真个你用一根柴禾儿?"惠莲道:"不瞒娘们说,还消不得一根柴禾儿哩;若是一根柴禾儿,就烧的脱了骨。"

《金瓶梅词话》第二十五回写来旺吃醉了骂西门庆,先写来旺第一人称骂的口吻,来兴对潘金莲用第三人称的地位来转述,又是一口吻。金莲对西门庆转述来旺的话又是一口吻。轻重之间，大有不同。最后以"西门庆叫将来兴儿无人处问他始末缘由，这小厮一五一十说了一遍"作结，也很巧妙。

做小说离不了对话，口吻逼真，颇不容易。

## 九、冷　嘲

周作人先生说："《阿Q正传》里的讽刺，在中国历代文学中最为少见，因为他多是'反语'（Irony），便是所谓冷的讽刺——'冷嘲'。中国近代小说只有《镜花缘》与《儒林外史》的一小部分略略有点相近，《官场现形记》和《怪现状》等多是热骂，性质很是不同，虽然这些也是属于讽刺小说范围之内的。""冷嘲"的成分，多理性而少情热，多憎而少爱，"中庸之道"的正人君子，很不以为然的。征之往事，孔融被杀于曹操，嵇康被杀于司马昭，徐文长有狂士之目，李慈铭终身坎坷，都由于他们爱用冷嘲；冷嘲如毒刺，刺中了权势者的心坎，刻骨之痛，会终身记着的。嵇康《与山巨源绝交书》，其中"又每非汤武而薄周孔，在人间不止此事"二语为杀身之由，前人注解（如《文选》李善注），多不可解。鲁迅先生解释道："最引起许多人的注意，而且于生命有危险的，是《与山巨源绝交书》中的'非汤武而薄周孔'。司马懿因这篇文章，就将嵇康杀了。非薄了汤武周孔，在现时代是不要紧的，但在当时却关系非小。汤武是以武力取天下，周公是辅成王的；孔子是祖述尧舜，而尧舜是禅让天下的。汤武周孔，嵇康都说是不好，那么，教司马懿篡位的时候，怎样办才是好呢？在这一点土，嵇康于司马氏的办事上有了直接的影响，因此就非死不可了。"这段注解，直抉嵇康的用心，鲁迅先生真是嵇康千百年后的知己。

《后汉书》孔融传载："曹操攻屠邺城，袁氏妇子多见侵略；而操子丕私纳袁熙妻甄氏。融乃与操书，称武王伐纣，以妲己赐周公。"操不悟，后问出何经典，对曰："以今度之，想当然耳。"后操讨乌桓，又嘲之曰："大将军远征萧条海外，昔肃慎不贡楛矢，丁零盗苏武牛羊，可并案之。"孔融可算冷嘲圣手；曹操对于祢衡热骂，虽不十分舒服，还能勉强包容；独对于孔融冷嘲，终不能容忍，因为"冷嘲"使他哭笑不得。有一回，孔融引用山阳郗虑，语多推重，后来郗虑承望曹操风声，奏讦孔融缺失；曹操觉得非常得意，也写一封冷嘲的信，来激励孔融，说："昔国家东迁，文举盛叹鸿豫（郗虑字）名实相副，鸿豫亦称文举奇逸博闻；诚怪今者与始相违，孤与文举既非旧好，又于鸿豫亦无恩纪，然愿人之相美，不乐人之相伤，是以区区思协欢好。"以为这一来，可以塞孔融之口了，谁知孔融的回信，更为刻毒，说："子产谓人心不相似，或矜势者欲以取胜为荣，不念宋人待四海之客，大炉不欲令酒酸也。"看门的狗太凶，害得买酒的不敢上门，这典故又刺伤了曹操的心，冒犯了曹操的尊严了。

约翰·穆勒说："专制政治使人们变成冷嘲。"世乱时衰，直率敏感的人们，愤怒着活不下去，不知不觉地流于"冷嘲"。然而冷嘲虽使对手红了脸发怒，其作用并不是破坏的消极的。它是如美国福勒忒所说，摘发一种恶即是扶植相当的一种善；冷嘲里的"憎"，正是"爱"的一种姿态。嵇康虽上了断头台，而"司马昭之心"，终于"路人皆知"了！

# 十、双　关

月前某方召集白玉霜训话，不许她再用双关的修辞法，特别提出"门闩"这个词，不许再用。民间文艺作品，以用双关擅长。蹦蹦戏一类的艺术，假使有存在的价值，应该承认它那套无比的巧妙修辞术。若从这上面开刀阉割，便是判处民间文艺的死刑。从前梁王信了游客的话，叫惠施直言无譬，惠施说了"弹之状如弹"，梁王茫然不解，只好叫惠施仍用譬喻来达意。梁王过后一想，自己也该觉得有点笨吧！

唐代有一首竹枝词：

> 杨柳青青江水平，闻郎江上唱歌声。
> 东边日出西边雨，道是无晴却有晴。

这首词，妙在这个"晴"字的双关。若说不许双关，把"晴"字改作"情"，上下文既不可通，回味也就索然无余。语言学家巴利（C.Bally）说："我们说话便是一种战斗。有时辛辣，有时纤婉，有时激越，有时和平，有时谦恭愁诉，必须如此，才能攻倒对方壁垒的森严，传达自己的意志到对方，引起对方的行动。"修辞的技术，随时随地，求其巧合。限制作战，只准用某一种战术，我只在《留东外史》看见过日本拳击家限制中国拳家飞入，有这种情形。

《桃花扇》写柳敬亭替侯方域作说客，到武昌去见左良玉。他谈得兴来，故意把茶盅摔在地下。左良玉发怒道："啊呀！这等无礼，竟把茶杯掷在地下！"柳敬亭笑道："晚生怎敢无礼？一时说的高兴，顺手摔去了。"左良玉道："顺手摔去，难道你的心做不得主么？"柳敬亭道："心若做的主啊，也不教手下乱动了！"语妙双关，左良玉也就哈哈大笑。梁绍壬《两般秋雨庵随笔》云："粤俗好歌，凡歌从不露题中一字，语多双关，而中有挂折者为善……其短调踏歌者，不用弦索，往往引物连类，委曲譬喻，多如《子夜》《竹枝》。如《蜘蛛曲》：'天旱蜘蛛结夜网，想晴只在暗中丝。'如《素馨曲》：'素馨棚下梳横髻，只为贪花不上头；十月大禾未八米，问娘花浪几时休？'诸如此类，情深词艳，深得风人之遗。"蹦蹦戏也就可当得情深词艳的评语，可惜今日定礼乐的圣人，不许郑、卫入风，一叹！

## 十一、一种意境几种写法

张衡《同声歌》:"邂逅承际会,偶见充后房;情好新交接,恐慄若探汤。思为苑蒻席,在下蔽匡床;愿为罗衾帱,在上卫风霜。"和这相同的,在陶渊明的《闲情赋》有一长段文章:

愿在衣而为领,承华首之余芳;悲罗襟之宵离,怨秋夜之未央。愿在裳而为带,束窈窕之纤身,嗟温凉之异气,或脱故而服新。……愿在莞而为席,安弱体于三秋;悲文茵之代御,方经年而见求。愿在丝而为履,附素足以周旋;悲行止之有节,空委弃于床前……

同样的,我们在《白雪遗音》中看见相同意境的情歌:

变对蝴蝶,在你的鞋尖上落,轻把凤头咬。变条汗巾,缠着你的腰,满满围一遭……变笛箫,嘴对嘴来把情(人)叫,香膀兰膏。再变个绣花鸳鸯枕儿,与你腮边靠,处处伴春娇。

前月,在湖上读罗曼·罗兰的《弥盖朗琪罗传》,又找到一段相同意境的文章:

鲜艳的花冠戴在她的金发之上,它是何等幸福!谁能够,和鲜花轻抚她的前额一般,第一个亲吻她?终日紧束着她的胸部长袍真是幸运。金丝一般的细发永不厌倦地掠着她的双颊与蜷颈,金丝织成的带子温柔地压着她的乳房,它的幸运更是可贵。腰带似乎说:"我愿永远束着她……"啊!那么,我的手臂又将怎样呢?

——弥盖朗琪罗的十四行诗之一

这四首诗,前面两首"敦厚温雅",后面两者"热烈率真",(弥盖朗琪罗的诗,因为是翻译,失去了许多热情。)我们应该采取哪一种写法呢?"情绪"这东西,尤其是恋爱的,乃是人人所体味过的;但要表演得好,那就如打高尔夫球一样,眼睛对准球,而精神要始终不懈才行。厄斯琴（John Erskine）说："一切成功的抒情诗，一、情感的冲动，应注在歌曲所从出的对象、情境或思想之上；二、情感应尽量的发展它最高的效能，直到它开始将理智的元素慢慢的弛缓下来的时候为止；三、将情感归入一种思想，一种意志的决断，或一种品性里去。"拿这做标准，上面这四首诗，无论"温雅"或"率真"，都有它的成功之处。（梁启超称前者为蕴藉的表情法，后者为回荡的表情法。）

假说是写情书，却以采"热烈率真"那一种写法为妙；因为"不如此写，不能有力量"。

## 十二、一个焦点

一篇文章得有一个中心焦点，但只可有一个中心焦点。

以哈代的《两个青年的悲剧》（傅东华译）为例，这个小说，写两个青年牧师的心理斗争——为自己的事业名誉和妹子的前途，只好听危酒醉的父亲失足溺死在溪沟中；但宗教的良心的责备，永远使他们不能忘记酒醉的父亲失足后呼救的声音，因而引起烦恼。前半段写了他两兄弟的努力读书以及勤勉于事业，接写他们在社会上的地位以及他们的妹子将嫁一个富绅儿子的快乐前途；那时，那位伴了情人出逃、遗弃他们的酒鬼父亲，在这时重又回来了，对于他们的前途，他们的妹子的婚姻来了一个大威胁。大约费了七千多字。而他在第四节的开端，来了一段费麦尔夫人和她的儿子（即是那位牧师妹子的爱人）的谈话，这谈话中儿子自以为"由于我所处的这种特别地位，所以觉得她这般合适"。而费麦尔夫人则给以不痛快的回答，说："你若是爱慕她，我想你必须娶她；但是你将来总会知道，她必定不肯像你一样住在这里，一心一意替你照顾小孩子的。"若作者顺着这段谈话的意向写下去，就会由两位牧师和年轻妹子的心理斗争的中心转移到费麦尔夫人母子和牧师妹子的意向背驰的中心上来了。哈代处理这一个可能起来的焦点，仅写了一千字光景，接着便写那醉汉的死以及青年牧师兄妹们良心苦痛上去，全段只留下一个焦点了。

王国维《人间词话》云："自然中之物互相关系，互相限制，然其写之于文学及美术中也，必遗其关系限制之处，故虽写实家亦理想家也。"所谓"遗其关系限制之处"，就是说把原来的社会关系，自然关系，加以一番调整，使之集中于一个焦点：或浓或淡，或远或近，皆以此焦点为依归，曾国藩所谓"万山磅礴，必有主峰"者是也。譬如以暴露清末政治层的溃烂为中心来写的赛金花，和以唯美主义的妇女意识来写的赛金花，取材布局必不相同；但必比原来的赛金花可爱得多，那是一定的。

焦点不明或焦点太多的文章，必有"散漫"之弊；医治文章的散漫法，当分析名作，观其"结构"。

## 十三、神　韵

A

朱孟实先生用现代英国诗人浩司曼（Housman）的说法，从生理学观点来说明诗的"气势"和"神韵"。他说："生理变化愈显著愈多愈速，我们愈觉得紧张亢奋激昂；生理变化愈不显著，愈少愈缓，我们愈觉得松懈静穆闲适。前者易生'气势'感觉，后者易生'神韵'感觉。"在王渔洋神韵说之后，他这番话要算最值得注意的一个补充了。

前几天，我和林明谈论作文，重把王渔洋的原说翻出来看一看；渔洋的具体意见，见于《唐贤三昧集》序，略谓：

　　严沧浪论诗，"盛唐诸人，惟在兴趣；羚羊挂角，无迹可求，透彻玲珑，不可凑泊，如空中之音，相中之色，水中之月，镜中之象，言有尽而意无穷。"司空表圣论诗,亦云:"味在酸咸之外。"……春杪,自京师归,日取开元、天宝诸公之篇什读之,于二家所言,别有心会,录其尤隽永超诣者。

所谓"羚羊挂角,无迹可求,透彻玲珑,不可凑泊"。话说得非常抽象,不十分可捉摸。他又引唐司空图的《二十四诗品》,取"不着一字,尽得风流"(含蓄)。"采采流水,蓬蓬远春。"(纤秾)诸语,以作神韵注解,也还是抽象的很。他的具体说明,见于《分甘余话》。他答某生问"不着一字,尽得风流"之说,道:

> 太白之诗,有"牛渚浦江夜,青天无片云;登高望秋月,空忆谢将军。余亦能高咏,斯人不可闻;明朝挂帆去,枫叶落纷纷!"襄阳之诗,有"挂席几千里,名山都未逢。泊舟浔阳郭,始见香炉峰。尝读远公传,永怀尘外踪。东林不可见,日暮空闻钟。"诗在此,色相俱空,正如羚羊挂角,无迹可求,画家之所谓逸品是也。

照这段话看去,渔洋所谓"神韵",是指一首诗的某一部分,在写某一种境界,而这种境界,绝非语言文字所能传达,只好用某种景物来烘托,如李白诗中"枫叶落纷纷",孟浩然诗中"日暮空闻钟"诸句,便是"神韵"了。此与朱孟实用"神韵"说"幽美"稍有不同。

我那天就用林明自己的文章来解释,"神韵"是什么?林明曾写了一篇以《漩涡》为题的记叙小品。她说在西湖上和她的母亲、叔祖母一同坐了小艇,船桨所打起的漩涡引起她的注意;她想要告诉她的母亲和叔祖母,而她们正在谈天;她又想和摇船的去谈一谈,而那摇船老人的平板严肃的脸,使她把话埋藏下去;这时,她想只有船中另一摇船的十七八岁少女,可以告诉了。她怀着极大的热情和希望,转回了头去,这时候,读者以为她要和那少女去谈"漩涡"了,但作者并不这样,她写道:

> 山腰里散发着落日的暗红的余晖,从树丛里透射了过来,湖面

像被撒上了一大把金属的碎片,在闪闪地晃动、波漾。

在晃动着的发亮的波光里,我看到了她的也是晃动的手、木桨、身子和脸,在那脸上,意外地却有一对圆圆的大睁着的不映动的眼睛,那眼睛看定了那落日的迷蒙的发着白光的,远远的远远的地方。

忘去了小船,忘去了水,忘去了四周围绕着她的;即使是这样美丽的景物,那边一对正深沉在深深的梦幻里的眼睛。

这便是"神韵",我以为神韵不单指阴柔或幽美或静穆闲适,只要这样一个境界,使我们突然超出了现实,已经"忘我"了,都是"神韵"。铃木虎雄分析神韵说之特质,说:"心理状态要平静,(如风波淡而不起。)外界底境遇要广而且远,(如立于平野或湖面望遥远的距离。)物象虽不拒绝其分明的,但却适于稍稍茫昧的。"和朱孟实的话颇相近,我总觉得他们对于"不着一字,尽得风流"这一点,还不十分注意呢。

我的解释:"神韵"的境界,便是一个"超然忘我"的境界。

## B

"神韵"只是抒情写意的一种技巧。

新近,朱孟实先生特别看中钱起《省试湘灵鼓瑟》收尾那两句诗:"曲终人不见,江上数峰青。"曾说出一番"歪道理"来。他说:"我爱这两句诗,多少是因为它对于我启示了一种哲学的意蕴。'曲终人不见'所表现的是消逝,'江上数峰青'所表现的是永恒。可爱的乐声和奏乐者虽然消逝了,而青山却巍然如旧,永远可以让我们把心情寄托在它上面。"他又进一步说:"艺术的最高境界都不在热烈……热烈的欢喜或热烈的愁苦经过诗表现出来以后,都好比黄酒经过长久年代的储藏,失去它的辣性,只剩一味醇朴……如果由'曲终人不见,江上数峰青'两句诗中见出'消逝之中有永恒'的道理,它所表现的情感就决不只是凄凉寂寞,就只有'静穆'两字可形容了。"朱先生的歪道理,鲁迅先生已经在《题未定草》第七节中批评过了，而且还指点朱先生一个评文的途径："倘要论文，最好是顾及全篇，并且顾及作者的全人，以及他所处的社会状态，这才较为确凿。要不然，是很容易近乎说梦的。"

不过我个人还有点零星的意见。

做诗的人也有"老实"和"灵巧"两种；老实的诗人，为题目所范围住，简直不敢走开一步，所以有唐一代，做试帖诗的，盈坑盈谷，不知有多少，却没有多少可传之作。其间也有几个灵巧的诗人，他的意境，一部分为题目所范围住，一样地不能舒展，还有一部分，却偷着好机会表现出来，如钱起的"曲终人不见，江上数峰青"，就成为传诵千古的名句了。老实说，湘灵鼓瑟的前几句，本算不得诗；直到"流水传湘浦，悲风过洞庭"那两句，才有一点意境，而"曲终人不见，江上数峰青"两句，因为作者懂得"神韵"的法门，所以动人心目了。（沈德潜《唐诗别裁》评云："远神不尽。"又云："落句固好，然亦诗人意中所有。"亦重其神韵。）

何以"神韵"是做诗的技巧呢？因为文字并不是一副抒情达意的好工具，诗人知道不能用文字来完全自己的情意，就得另外找出路。借文字为引导者，把读者引到那诗人所要写的意境中去。此之谓"意在形外"，此之谓"有余不尽"，此之谓"神韵"。有了"曲终人不见，江上数峰青"这两句，上文"空"、"不堪听"、"苦调"、"凄"、"怨慕"、"动"、"悲风"，那些字眼，有了相当的着落了，此所以成为传诵千古的好句。

C

谢灵运《登池上楼》诗，有"池塘生春草，园柳变鸣禽"句，自谓"思诗竟日不就，忽梦惠连，即得池塘生春草句，此有神功，非吾语也。"前人对此诗句有很多说法。《石林诗话》云："世多不解此语为工，盖欲以奇求之耳，此语之工，正在无所用意，猝然与景相遇，借以成章，故非常情所能到。"冷斋云："古人意有所至，则见于情，诗句盖寓也。谢公平生喜见惠连，而梦中得之，此当论意，不当泥句。"张九成云："灵运平日好雕镌，此句得之自然，故以为奇。"田承君云："盖是病起，忽然见此为可喜而能道之，所以为贵。"其实这两句诗，并不怎样好；若放在陶集中，便是极平常的造句。王若虚《滹南诗话》说："谢氏之夸诞，犹存两晋之遗风，后世惑于其言而不敢非，则宜其委曲之至是也。"说得极有道理。我们知道写作有两种境界，一种是感兴来的时候流出来的，一种是细磨琢凿出来的；谢灵运出笔甚迟，"情必极貌，辞必穷力"，这样趁感兴到来写出来的诗句大概很少，他自己以为很得意；正如吃腻了鱼肉，喝口青菜汤，大为惬意。附会凿说，原可不必的。

这类诗句，究竟好在哪里呢？我且借王若虚的话来说说。《滹南诗话》有一节说："梅圣俞爱严维'柳塘春水慢，花坞夕阳迟'之句，以为天容时态，融和骀荡，如在目前。或有病之曰，'夕阳迟系花，而春水慢不系柳。'苕陉又曰：'不系花而系坞。'予谓不然，夕阳迟固不在花，然亦何关乎坞哉？诗言春日迟迟者，舒长之貌耳。彼自咏自然之景，如'梨花院落溶溶月，柳絮池塘淡淡风'，初无他意，而论者妄为云云。"咏自然之景，本无他意，一语道破写物诗本色；"池塘生春草，园柳变鸣禽"，在读者心目中有此景，有此感，这就很好了，不必画蛇添足，越说越糊涂。

## 十四、创作前期的情绪

近月来，我的心头有一种淡淡的无可指说的惆怅，仿佛吃酒吃到微醺那么一个景况。我身边的温度计告诉我说，温度升得很高，一定心头很热；或者有什么新的恋爱的遭遇。我只觉得我的心头只有一种淡淡的无可指说的惆怅，这惆怅，或者是创作前期必然潮起的情绪。

手边恰巧有一本法国莫罗亚氏（Andre Maurios）的《少年歌德之创作》，其中说及歌德写《少年维特之烦恼》时候的情状，正足用以做创造前期的惆怅情绪的说明。当歌德从绿蒂的身边走开，绿蒂很伤心地念那封最后的短信，只能说："他还是走了的好。"歌德的朋友们，替歌德可怜，想象他怎么的过他那凄凉孤独的日子。歌德自己却很愉快地走下美丽的琅谷，他居然打破了威剌敕的迷恋，觉得可以自豪。当时，他想写一首哀歌，或是一篇咏景叙事的短文短诗；那痛苦的悲凉的回忆，使他只能这样想。歌德回到自己的家里，忧郁包围了他，他觉得非动手写一种文学的工作，不能解脱这忧郁。他想写浮士德，又想写普鲁枚塞司·西撒，一动手总是写不下去，一脑子都是绿蒂的影子在作怪。到了那年冬天，少年以鲁塞冷自杀的消息传来了，那位常常郁郁不欢的病态少年的悲惨下场，激发了歌德的灵感，他说："我有了我那篇作品的结局了。"而那作品的开端，便是用威剌敕时候的日记。《少年维特之烦恼》那本名著就这样打下了粗粗的稿子；不过，歌德所要写的克司妥纳，还不能写出来。不久，他在佛朗克府体察了白伦太诺的性格，"于是三个人物一同产生出来了。维特、夏绿蒂和阿伯尔；维特是歌德，要是他不是一个艺术家。阿伯尔是一个稍微卑劣些的克司妥纳，赋有了白伦太诺的妒忌和歌德自己的理智。夏绿蒂是绿蒂，可是由拉洛虚夫人教养大的，而且是卢骚和克罗普徐妥克的读者"。第二天，他就关起房门来工作，四星期内他的书已经写好了。"他写完了《少年维特之烦恼》，他觉得很自由，很快乐，好像他已经忏悔了一切罪恶。梦想、猜疑、悔恨、欲望，一切都找到了它的永久的、必然的归宿；礼拜寺是造成了"。（参看陈西滢译本）

　　孕育在我的心头的是一部长篇小说，题名《辣斐德路》。以一九二四——一九二六年间的革命狂潮为背景，写一个知识分子游离彷徨的幻灭悲剧。而这位知识分子又穿插在一个三角恋爱的悲剧中，同样地游离彷徨以至于幻灭。当革命狂潮到来，对于帝国主义的一种精神上的麻醉品，有过一回猛烈的攻击。女主角之一，她是信徒，而要把灵魂交托给一位无神论的青年；信仰与爱情的冲突是不可免的。女主角之又一，她是农村的女儿，她一踏进都市，就遇到资本主义大潮的到来；刚抬头的小商业资本，经不起一个大浪，都被卷掉了；她那朴素的心灵，为破灭层的呼号所震撼，经过了一回恋爱上的挫折，就舍身为社会服务去了。那男主角，那游离彷徨的知识分子，既不能使信徒挣脱精神上的锁链，又不能帮助农村女儿完成社会的事业。末了，他决计去自杀；听到轰轰车声过来，又迷惘地离开了轨道，连自杀也不成。全书写到了五卅运动后一月就完结了。那时，恰巧在忍痛开市的第二天。他的踪迹，就永远没有人知道了。

想写这本小说，远在五年以前。那年，真如暨南大学姓赵的学生卧轨自杀，给我一个大刺激，觉得非写不可，终于没有写成。近来，思想上的苦闷，和民国十三四年相差不远；而教堂里的钟声，又一下一下撞到心上来，更觉得非写不可。这本小说，酝酿的时期不为不久，只不知写出来是怎样一种东西呢？记得姓赵的同学自杀的时候，我曾写过一首绝句："一杯苦酒谁能啜，寥落天涯知己难！宛转昏黄啼不住，更流热血与人看。"唉！如今又是子规夜啼的时候了。

## 十五、"意不称物、文不逮意"

陆机《文赋》自道为文甘苦，谓："恒患意不称物，文不逮意。"刘勰《文心雕龙·神思》篇，也说："方其搦翰，气倍辞前；暨乎篇成，半折心始。何则？意翻空而易奇，言征实而难巧也。"他们两人都知道"言语"并不能完全表达"情思"；而文字这种符号，也不能与语言密合无间，在表达情思上又差一点。

Biss Perry 论诗人之文字，引 Walter Raleigh 的话，说："当初创造文字的人，并没有存着精密的表示真理的目的，所以用文字表示真理，决不能十分完备。根本上既有这种弱点，加以历来用文字的人的偏见和迷信，于是愈加残缺不全了。人类的非常行为，多赖文字以传久，人类光耀的美德，多赖文字以为碑志；但文字以平心静气的精密来陈述事物，便少有十分适当的时候了。"其说与陆机、刘勰的话完全一致。我们的情思，一部分是官感所接受的外物印象；外物的形态声音，用色彩来描，用乐音来摹，还不能得其十之三四；（如傍晚的云霞，瞬息万变，画家且为之搁笔。）用文字来状色，不能如图画，摹音不能如音乐，自然更差一步了。又一部分是我们内心的细微曲折，更非文字所能表达；因为情绪是浑然的，非常错综的；落到文字上，便着了痕迹，失去浑然的本相了。所以"意不称物，文不逮意"，不必勉强，也不能勉强的。

因为语言文字不是完全的工具，做文章的人更应该努力于修辞的功夫。Swift 说："做文章要把适当的词语，安放在适当的处所。"他的话真说得不错。Flaubert 说："我们所要表出的什么，这里只有唯一的字可以表出它；说明它的动作的，只有唯一的动词，限制它的性质的；只有唯一的形容词。我们不可不搜求这唯一的名词、动词及形容词，直到发现了为止。只是发现近于这字的字，也是不能满足的。这事不能以为困难，模模糊糊地了事。"他的话，当作指示我们在修辞方面应有的努力，也是非常正确的。

和陆机同时的欧阳建，他曾作《言尽意论》，好像和陆机的话正相反。他说：

> 古今务于正名，圣贤不能去言，其故何也？诚以理得于心，非言不畅；物定于彼，非言不辩。言不畅志，则无以相接；名不辩物，则鉴识不显。鉴识显而名品殊，言称接而情志畅，原其所以，本其所由，非物有自然之名，理有必定之称也。欲辩其实，则殊其名；欲宣其志，则立其称。名逐物而迁，言因理而变，此犹声发响应，形存影附，不得相与为二矣。苟其不二，则言无不尽矣。

我觉得他的话，也只能当作作者这方面最大限度的努力说，并不能当作语言文字本身缺陷的辩护的。

## 十六、阳刚与阴柔

姚鼐论文,注重文气,他说:"文字者犹人之言语也,有气以充之,则观其文也,虽百世而后,如立其人而与言于此;无气则积字焉而已。意与气相御而为辞,然后有声音节奏高下抗坠之度,反复进退之态,采色之华,故声色之美,因乎意与气而时变者也。"他又把文气分阳刚、阴柔两种姿态,说:"天地之道,阴阳刚柔而已。文者天地之精英而阴阳刚柔之发也……其得于阳与刚之美者,则其文如霆,如电,如长风之出谷,如崇山峻崖,如决大川,如奔骐骥。……其得于阴与柔之美者,则其文如升初日,如清风,如云,如霞,如烟,如幽林曲涧,如沦,如漾,如珠玉之辉,如鸿鹄之鸣而入寥廓。"他的话说得颇为具体,他的譬喻,使我们觉得文章的确有这两种不同的气度。

前几天,看见一个婴儿号啕大哭,手脚齐动,口开舌伸,眼皮开合,呜呜出响,泪珠纷落。我看他浑身千百条筋脉一齐动作。后来看他吃饱了奶,呼呼入睡,其时手脚缓缓伸了开去,眼皮也闭起来了,头也歪过去了,口也全不用力似的合在那儿,仿佛那千百条筋脉全不动作似的。看了这情形,我忽然触机,觉得这是阳刚、阴柔的更具体的说明。凡是那境界使筋肉舒弛的属于阴柔;而那境界使筋肉紧张动作的属于阳刚。姚姬传所举的那几种譬喻,都可如此加以说明。譬如,月夜伴着爱人到海滨去泛舟;微波漾荡,轻轻打桨,向漾漾的月光中驶去;这时,肩依靠着肩,心神觉得十分舒适,这是阴柔的境界。俄而黑云四起,狂风猛作,波涛排山倒海而来,这时,大家紧紧把舵,用力摇橹,半点松懈不得。那一双男女,浑身作战,张目哆口,紧握拳头,只怕浪头把他们吞了下去;一个浪花打了过来,不自觉地叫了出来,那是阳刚的境界。无论是阳刚或阴柔,都是生命力的表现,所以是"美",是"艺术"。

以诗为例,如陶渊明的《饮酒》诗:

结庐在人境,而无车马喧;问君何能尔?心远地自偏;采菊东篱下，悠然见南山。山气日夕佳，飞鸟相与还；此中有真意，欲辩已忘言。

读了这诗篇，觉得心神怡适，我们可以说它得阴柔之美。又如李白《望庐山瀑布》诗：

西登香炉峰，南见瀑布水，挂流三百丈，喷壑数十里；倏如飞电来，隐若白虹起。初惊河汉落，半洒云天里；仰观势转雄，壮哉造化功！海风吹不断，江月照还空；空中乱潈射，左右洗青壁，飞珠散青霞，流沫沸云石。

这诗篇使读者目张体动，我们又可以说它得阳刚之美的。

## 十七、题　材

某日下午，一位陌生的朋友来看我，他姓何。他告诉我：他曾写了很多稿子，投向各种刊物，十有八九是退回的，言下颇怪编辑先生的单看作者姓氏，不看稿件的内容。在资本主义的畸形社会中，稿件也是商品，编辑先生有偏见，也在情理之中。但写稿者的本身有缺点，亦不可不知。我当时就和他谈一谈"题材的看法"。我告诉他：我的学生中，文章写得好的，一班中也有七八个；可是难得有一两个能找很好的题材的。也许退回来的稿件，文章的确写得很好，题材却不十分好呢！我又告诉他："有一回，暨南学生杨君拿一篇文章给我看，我说那题材很好，可是写得不好。后来那篇文章在《青光》上刊出，他拿来给我看，我说还是写得不好。果然他一探问，那编辑看中了他的题材。"

文章的好坏，何以决定于题材的好坏呢？因为每篇文章，你总提供一个意见。社会对于你的意见或淡漠，或共鸣，或反对，这并不是美妙的词语所能左右的。你有正确的意见，读者自然会有反应。

我记得鲁迅先生有一回讲演,说起:"从社会科学走向文学的路是顺的,而从文学走向社会科学的路是逆的。"(大意如此。)这就是说,懂得了社会科学,对于社会现状有种种新的看法,可以找到许多新的题材,就可以有写不完的文章。且举一例为证:我住在真如南阳宅时,寓前破屋中一老妪忽然重病在床;我们的房东和她是亲属,也不十分关切。忽然杨家桥华夏大学的蓝牧师,天天派人送牛奶面包来给她吃,又送帐子来替她挂起来;有几天,蓝牧师还亲自来看她二三次。我心中大为惊异,以为教会中人毕竟有慈善心的。不久,那老妪死了,我们的房东向我来捐钱,我问她,蓝牧师捐了多少。他打个鼻锐道:"捐钱,做梦。他是想那老太婆把那点地基捐给教会中的,老太婆不肯盖手印,他还来管老太婆的事吗?"这题材,若在契诃夫、莫泊桑笔下,必是一篇动人的杰作;而我几次想动笔,终于写不好。为什么呢,因为我只知道这是一个好题材,可是我的解剖能力薄弱,不能透视过去。换句话讲,我还不知道从哪一点写起才是。

这便临到了题材的看法问题。单单说传教牧师口是心非,一切虚伪,似乎还太浅薄一点。即把蓝牧师的阴险暴露出来,似乎也还不够。必得把这幕喜剧中,蓝牧师进退失据的狼狈样儿,烘托出来,才算得尽职。这精微心理分析,就非有深的社会科学的素养,不能游刃有余了。所以我个人的愚见,以为做文章,分解一个好题材,先透视而后凝集,这工作,似乎比一切都困难得多。

## 十八、生活经验与创作
### ——两段通信

一

我上回不是和你谈论观察和经验吗?我们事事要观察,决不能事事去经验；孟子所谓"舍皆取诸其宫中而用之，是率人而路也。"写作是否单写经验以内的事呢？决不，写直接经验，十分之一二；写观察所得的十分之四五；其余写零零碎碎，间接又间接的知识，亦十分之二三。有时直接经验、知识反而非常不正确，以例明之：一个参加前线作战的兵士，他亲身在枪林弹雨中过来；但是要他讲"一·二八"作战的过程，也许只有一二成可靠。一个十九路军参谋部的参谋，他并未到过前线，但我们相信他的军事谈话，十有八九可以相信。至于新闻记者所报道的新闻，十有八九根据间接的材料，但他们所载的，有时比作战的兵士还说得正确。因为生活是整个的，是集体的；他们的生活实际，只是一个断片，以一个轮子的记录来说明整个机器的组织，一定不够的。无论是学问家、思想家，或是大作家，他的基本武器都是观察，不是个人的生活经验。

"生活"部分，我以为"认真"是第一个条件，真实的爱、真实的信仰、真实的工作，这都很对。生活经验的丰富，不在方面多，而在深入。许多青年去做走狗，一开口总说没有办法，为着吃饭没有办法；这是对于生活的淡漠。假使要加入什么，那就要对于首领有真实信心，饿肚皮也要加入的。为吃饭而加入，那就为吃饭而可以做汉奸了。生活，要如此便如此，不必用什么托词。

## 二

言各有当，不错，经验这东西，决不能传授的，要自己去经历过。其实这话也不是新的，颜李学派的整个主张便是如此，而我们浙东学派的祖传学说便以此说为中心。照这派的主张发展开去，便是杜威的实验主义，和胡适相接近了。但是真的生活，真的知识，却正在承袭别人的经验中；我们仔细分析一下，假如件件要自己经历的生活，经历所得的知识，那生活太简单，知识太简陋了。颜李的知识论，得用批判的眼光来接受，我们一面生活，一面观察别人的生活；一面自己经验，一面接受别人的经验。我以为"神农尝百草"的传说，一定不可信的。

照我的看法，观察、经验、冥想三者不可缺一。我们有眼有耳，所以我们要观察，我们有手有足，所以我们要经验；我们有脑子，所以我们要冥想。一个大作家，一个大思想家，他必兼备这三项的。单有丰富生活经验，而无分寸成就，真不知有多少。康德的伟大，有的地方比达尔文还高一点；牛顿和伽利略，走的是两条不同的路，不一定冥想的就次于经验家。你有点偏于"经验"的主张，我所以点醒你一点。

你说别人的经验没有用，我且举个小例。譬如学习照相，有别人指导，五分钟可以学会；自己去摸索，两个月可以入门。我自己是两个月学会的，但我教别人，只要五分钟就可以得一样成绩了，难道一定要自己去摸索吗？不过你那篇短论还是好的，还是有益于读者的，无论什么学说，立论无有不偏的。

# 文艺近思录

## 一、苦痛使我们深思

日本著名文学家小泉八云在他的《文学论》中说：

> 即使你们爱一个女子比自身还爱，当她如神一样；而因她的死，好像全世界都成黑暗，万物都失色，一切生命都失了快乐，像那样的悲痛，也许对你们是有益的。只有妖魔鬼怪离去我们的时候，吾人才能认识而且看见真正的神。因为一切磨难，吾人虽极端厌恶，然都是助长吾人的智慧的。自然，这只有没有经验的青年，才夜半坐在床上哭泣，成年人是不会哭的，他为安慰自己而倾向于文学，他将以其苦痛，作为优美的歌，或发而为惊人的思想。

苦痛，使我们深思，澄清我们的情感，锻炼我们的意志，使我们对于人生、社会、世界，有进一步的认识。《红楼梦》的作者，他在蓬牖茅椽、绳床瓦灶的前面，回想起锦衣纨绔之时，饫甘餍肥之日的种种，有如一场梦幻，不能自已的要用"假语村言"敷衍出来，他说："满纸荒唐言，一把辛酸泪。都云作者痴，谁解其中味？"别人或者不懂得其中的苦味、酸味、辣味，他自己却是体味得很深切的了。俗语说："人情看冷暖。"即以《红楼梦》中的贾雨村而言，他的进身发达，全由于贾府的推荐，贾府盛时，他那副奉承的嘴脸，真够人承受；一旦贾府倒霉了，他就第一个投井下石。这虽是"假语村言"，其实正是贾府门客的真实行事。他从他自己的大家庭倒败以后，才认识了许多人的真面目，才知道那黑暗的大家庭——除了门前的两只石狮子以外，谁也不干净的大家庭，其溃烂的生活是怎样地可怕可憎。什么"友谊"，什么"荣华"，什么"权势"，树倒猢狲散，样样都揩揩眼睛去看看清楚。"满径蓬蒿老不华，举家食粥酒常赊。衡门僻巷愁今雨，废馆颓楼梦旧家。"他的生涯是清苦的，但他对于人生的理解却深切得多了，他于是写出那有名的《红楼梦》来。

鲁迅先生在《呐喊》的自序中说："有谁从小康人家而坠入困顿的吗？我以为在这路途中，大概可以看见世人的真面目。"

鲁迅先生幼年时，以四年之久出入于和他身子一样高的药店柜台，和比他身子高一倍的当店柜台，在侮蔑里接了钱，送到渺无希望的药方中去。他的社会观察，就是从这苦痛中开始的。

文艺是人生的反应，苦痛的阅历，使我们理解人生，也就是我们所能找到的良好的题材。

## 二、衣袋中的剧场

克洛福德（Marion Crawford）说：

> 小说是一种衣袋中的剧场，其中不但包含着情节与优伶，并且也包含着服装、布景及戏剧表演上的其他一切附属物。

许多年以前，在福建南部某小城中，发生了一件小小的故事：那时，有一位年轻美貌的女郎，刚从上海回乡间去，路过那小城；她打扮得很时髦，短袜短裤子，她刚在那小城的小茶馆中打尖，在门前闲看。忽然街上哄传，说是看上海来的不穿裤子的女郎，一刹时，小茶馆门前挤满了观众；后来，来的人越挤越多，门外叫嚣得很厉害。她一时情急,只好躲到小茶馆的楼上去了。门前叫嚣的声音,因为她的躲藏反而更高涨起来;她气愤不过,从窗口倒下一盆冷水来。这一来把事情弄得更糟,观众激怒成潮,口口声声非拆屋子不可。后来还是公安局派了一大队警察到来,朝天开了枪,才算逐散了那些叫嚣的观众。这是确确实实的一件小故事,如若在卓别林的影片中看见,不知要笑痛多少人的肚皮,还当做是他所假设的异闻呢!我们试闭眼想一想,这一类时代矛盾所构成的喜剧,不是随时随地存在着吗?卓别林摄取这种情节到影片中去,小说家则摄取这些情节到小说中去。影片中或小说中的情节,不仅是或者有发生的可能性,而是真真实实在发生着的实情。

说到发生着的实情,每一秒钟,每一处地方,每一社群中,大大小小的不断在发生着,在人生舞台上,每一个人都在扮演着喜剧悲剧,我们能有这许多镜头来摄取这许多笔头来记录吗?换一句话说:在大大小小千千万万情节中,我们所能摄入镜头写入小说的真是极少极少,究竟为什么取此而舍彼呢?即以福建那小城中所发生的那件小故事而言,我为什么牢牢地记着,又为什么武断卓别林若取为题材一定能十分成功呢?用一句现代术语来说:这是某一类情节的"类型"。我们摄取这一个类型的情节,即用以代表某一种愚蠢和矛盾。我们且想想要看不穿裤子的女郎,这不是在禁欲空气之下一种变态性狂的爆发吗?从都市回到乡村,穿短袄短裤如在上海时那么时髦,不是在一种好奇的自高情绪之上蒙一层不理解旧社会的愚昧网吗?从泼下一盆冷水到警察开枪来驱散,不是代表着愚昧和鲁莽结合后的曲折进路吗?把那小故事放大来看,就可以理会那小故事足以当做这一类的类型了。

## 三、浓厚而永久的人生兴趣

大约是十年前吧,天津《大公报》翻译了一节法国的新闻,附以按语道：这段新闻，可以写成一篇哀感动人的小说，为什么这段新闻可以写成小说，而其他大大小小的新闻不可以写成小说呢？这儿就触到这个根本问题上去了："新闻记载以真实为主，而小说描写人生，亦以真实为主，为什么这一方面的真实，并不适合那一方面的真实框子？"温杰斯德（Winchester）曾说到文学作品必是有永久的兴趣，所谓永久的兴趣，即包括着那故事所含的人生意义是永久性的；报纸上有许多新闻，刊在极重要的地位，可只是官样文章，编者不会看，读者也未必看，当然说不到人生意义或社会的意义；也有些新闻刊在极不重要的角上，但其所含蕴的却是人生永久的悲观，就有使读者低徊往复不能自已的兴奋性，可以成为小说的素材。

现在我们且回到天津《大公报》所翻译的那段法国新闻上去。那新闻记述法国凡伦沁（Valeniennes）附近一个名叫巴瓦的小村落中，第一次大战时曾有一个居民叫亚拉（Alfred Allert）的，被国家征召，往前线作战；据前方消息传来，说他已经阵亡了。他的妻子，不能守寡，只得出嫁了；他们先前曾生过一个女孩子，父亡母嫁，她孤独地长大起来。谁知亚拉并未阵亡，只因受炮声重震，脑子受伤，失却了记忆，一直在医院中休养。经过了长期的调养，记忆力逐渐恢复过来，乃回到凡伦沁故乡去。他刚到了旧地，就在村中某咖啡馆里，遇到了他自己的前妻和她的后夫。她见了亚拉，也立刻认出是自己的前夫，向前道候；亚拉力自辩白，说她认错了人。这时咖啡馆中的侍者，也认出了亚拉，亚拉以目阻止侍者，使勿做声。他私自告诉侍者，说他知道他的妻子嫁后生活安乐，他也很心安了。后来，他又和他的妻子晤谈了一次，他看见自己女儿的照片，知道自己的女儿已经长大成人了。他就含泪告别，并留一信，约他自己的女儿第二天在火车站相会。可是第二天，他的女儿到火车站去候他，他并不曾来。从此以后，他的踪迹也就不明了。这段新闻，它写出了亚拉伟大的爱，为着爱妻的幸福，他忍着悲痛否认自己便是亚拉；他约女儿在火车站相见，显见得他的恋恋不舍之情，然而他终于不践约，结果竟至于踪迹不明，更可以想象出他精神上的苦痛；伟大的爱战胜了他的私情，他的失踪，其意义更是深长。这段新闻,包含着浓厚而永久的人生兴趣,所以我们说它是一段很好的小说素材。

### 四、小说决不是新闻

许多有名的小说家,都喜欢利用报纸中所载的新闻做他的小说素材。但我们又明明知道一篇小说决不是一段新闻。小说家把新闻中的人物都改换过了,也无妨于这作品的真实性。我们可以设想上面所记那段法国的新闻,到了小说家手里,怎样刺动了他的灵感,他将怎样去着笔。虽说亚拉离妻他去,这一点伟大的爱,可以做小说的中心;但小说家的灵感,不一定受这一点的制限。假使他觉得亚拉知觉失了十多年,此时犹如大梦初觉,重到故乡,山河依旧,人物都非,忽觉人生虚幻,因而遁迹远去,亦无不可。或者他着眼于那年轻美貌的小姑娘,她在孤苦伶仃的环境中,忽得老父天外飞来的信息,一夜盘算第二天相见的喜悦,谁知第二天车站上车开人散,并无慈父的影踪,因而怅然失望,凄然泪落,这样着笔亦无不可。小说家的灵感所注,那故事中的情节轻重配置即有不同,并不是有了一节可用的素材,就人人都可以依样画葫芦,一五一十地写下去的。

不过小说家无论怎样改造那故事的情节,他必须把那些情节贯穿起来,而一切事件的发展,必须是非常合乎常理的。他决定以亚拉离妻他去,牺牲自己来成全妻子的幸福,这样的情节来着笔,则他于咖啡馆初见时,咖啡馆侍者和他招呼时,他看见爱女的照片时,他写信约爱女相见及决定不与爱女相见时,皆当以成全爱妻的幸福为转动全局的灵感,而且必须推想他们夫妻间的爱情,即从军诀别的依依之情亦如在眼前的。关于这一种情节配合,小说家布拉克武德(Algernon Blackwood)有一段自述,很可做我们的参考。他有一次写一篇小说,以一个动身到埃及去的少年为中心,那少年未动身以前，要想安慰他的未婚妻，到一个天眼通那里去问出门的吉凶，他对这类事情本不相信，不过去问问罢了，不料那天眼通一见了他，就对他说："你将来是要在水里溺毙，在你溺毙的时候，你自己还不曾知道呢。"这一句话就引动布拉克武德去写那篇小说，他把那篇小说的情节，作如次的发展：

  他的未婚妻听了天眼通的话很害怕，更竭力叮嘱他不可近水。不过在埃及除尼罗河以外，也就没有旁的水道了。他绕道避去了尼罗河，这句预言也就忘怀了。一年以后，正在他预备回去结婚的前夜，他忽然在沙漠中乘马坠骑，跌伤了，那匹马溜缰而去。他躺在地上足足有二十四小时，既热且渴，到后来便觉得神志昏迷，知觉渐失。不过他知道总会有人来寻到他的，他就躺在一条沙堤上面，使人家容易瞧见。他已经不省人事了。最后，寻他的人果然来到，他虽然昏迷，但感觉尚未全失，可以隐隐地听见蹄声，并且他的筋肉反射作用也未消失。他的身子移动了——恰好在那峻峭的沙堤上失去了平衡，便慢慢的滑下到了一个池沼的中间，这种池沼便是沙漠中间一件稀有而珍贵的东西。因为他知觉已失，所以滚到水中去的时候全不曾知道。他溺毙了——但是他并不曾知道他溺毙呢……

这情节的发展，可以说是非常合理的。

## 五、纯洁与不纯洁

罕培尔（Hebbel）的《艺术格言》中说：

  在美学的境界里面，无所谓纯洁或非纯洁的题目，最高尚的题目，可以因一种卑猥的形式而污染；最卑下的题目，可以因高尚的具体而醇化。

法国小仲马的名作《茶花女》，在欧美各国舞台上演得很久很普遍了。但当这剧本正准备在巴黎上演，一切都已准备就绪，而官厅方面的禁令却下来了：说这个剧本是不道德的。"不道德"的根据是这个剧本的演员，乃是一个妓女的故事，官方说："妓女的生活哪里能够公然地表演在舞台上，替妓女做宣传是有害于社会的。"这个禁令，虽经当时有名的学者和道德家们联名请求，保证《茶花女》是一个道德的剧本，但是官方固执得很，一定不肯容他们上演，直到大仲马的朋友谋尔尼公爵出来组阁，才算开了禁。

和这个故事一样有名的，还有那位道德的绅士谴责《少年维特之烦恼》的作者歌德的故事。一七七四年的夏天，在莱茵河畔，都益司保某旅馆的食堂中，几个中年绅士和歌德在一起畅谈。忽然，绅士中的一人，起来谴责歌德道："你就是作那名扬四海的小说——《少年维特之烦恼》一书的吗？那么，我觉得我有表示我对于那本有害无益的著作的恐怖的义务。我祷告上帝变换你那偏颇的邪心，因为有罪的人是会遭横祸的呀！"

从这两个故事，我们岂不是可以知道在有些人眼里，以为妓女的生活是不道德的，有害于社会的；而男女恋爱的故事，也是不道德的，有害于社会的吗？

我们且来对比一下：就拿那位谴责歌德的中年绅士的生活来和茶花女的妓女生活作一对比，那位中年绅士如若在巴黎，他可以成为茶花女的恩客，如若说茶花女的生活是不道德的，则那位恩客呢？难道他就是道德的吗？茶花女固然为了生活把她的肉体出卖了，但她一发现了亚孟的真挚的爱情的时候，就先奉献她的灵魂，后来为了爱人的幸福就咬着牙齿去牺牲；她的灵魂实在比圣女还要纯洁。那些花天酒地，寻女人开心的绅士们，有谁可以比得上茶花女的圣洁呢？世界上没有一个牧师能比强盗的居心良善，也没有一个修道的尼姑能比妓女干净，风化论维持者的绅士，就是三妻四妾外加嫖妓的风流教主，道德论家便是无恶不作的魔王，谴责别人的人，正在产生着所谴责的罪恶，不过把自己的袋子放在背后罢了。

所以我们写文章，正不必替所写的对象标上"高尚的"、"卑下的"签条，也正如蔼理斯所说："一个人如听人家说他作了一本道德的书，他既不必无端的高兴，或者被说他的书是不道德的，也无须无端的颓丧。"

## 六、醇　化

刘铁云的《老残游记》中，也曾写到两个小镇中的妓女——翠花和翠环；我们觉得翠环尤其可爱，她率性在客人面前流泪，老实不客气说诗人的题壁诗都是造谣，她为着一家的命脉所依的小弟弟，牺牲自己的幸福，咬着牙齿卖淫。这样的妓女，我们觉得她的灵魂比大家闺秀还要纯洁，比圣母还要伟大；在她的面前，觉得污秽的是我们自己，而不是卖淫的她。对于一个妓女，会表示这样的敬意，她的灵魂是给刘铁云的笔醇化了的，正如茶花女经过了小仲马的笔而醇化了一样，勾出了一个纯洁的灵魂。醇化了的人物，如梁山泊上的那些好汉，粗鲁的李逵，爽直的鲁智深，拼命三郎石秀，各有各的可爱。鲁迅先生笔下的那位阿Q也可爱，至少比赵太爷之流可爱得多。

历来作者之于所取材的人物，并不用庸俗的道德的尺度去测量，他知道每个被侮辱的人的灵魂深处闪着怎样的光辉，即使为了环境所驱迫，以致陷入泥潭，不能自拔，也值得我们怜悯同情。他揭去了那些绅士们体面外套所见的溃烂，和揭开被侮辱的外层所闪出的光辉相对照，不问其为强盗、妓女、囚犯，都使我们只觉得其可敬可亲了。相传达兰伯（Dalambert,）提倡在日内瓦设戏院时，法国大思想家卢骚曾写了一长信去劝阻，他说："戏剧往往使罪恶显得可爱，德行显得可笑，所以它的影响是最危险的。"他的话虽不免有些迂腐，却正说明了文章中的醇化作用。做文章如画漫画，远景近景，重新配搭，或浓或淡，匠心独出；"醇化"云者，也就是发挥了自己的艺术手段。

## 七、人物的创造

《创世记》第一章云:"起初上帝创造天地。地是空虚混沌,渊面黑暗,上帝的灵,运行在水上。上帝说:要有光,就有了光。上帝看光是好的,就把光暗分开了;上帝称光为昼,称暗为夜,有晚上,有早晨,这是头一日。"于是日月丽于空,江河行于地,鸢飞戾天,鱼跃于渊,草木昆虫各从其类,是之谓大块文章。说起来,一般的创作境界,也正如此。"一花一世界,一树一菩提",一种作品,便是一个完整的世界。

上帝把创造亚当、夏娃算作他的杰作,人物的创造,也是作家心血所灌注之处。通常把戏剧、小说中的人物,简括地分之为"好的"、"坏的"两型;可是作家所理解的人性,并不如此简单,正如上帝所宠爱的亚当与夏娃,既不是好的,也不是坏的,而是软弱的。通常对于"坏的"人物,表示憎恶。台上的曹操,演得太逼真了,会给台下群众的石子打死。作家的心头和上帝的心肠一样,对于自己的儿女,予以深切的怜悯。"莎士比亚即使创造坏的角色,也带着丰富的同情和怜悯,像对于自己不肖的儿女一样,爱怜他们的愚蠢。那愚蠢也许就是天生的,遗传下来的,那也就是罪恶的来源;初看来,使我们愤怒,细想却很为可怜。就如暴风雨中的加利留(Calileau),一方面使我们卑弃,一方面却也使我们同情怜悯,因此也更使我们多有笑的机会。"我的情怀也正是如此。我所创造的人物,可能有我的朋友的面影在里面;但是,这些人物,都是我自己所创造的儿女,比同情我们的朋友还同情他们,也比怜悯我们的朋友还怜悯他们,我是透过了泪珠在看他们的。何况他们的一举一动,迫于环境所驱使,不得不然;就在他们吃了禁果那一刻,也还是冥冥之中有种力量在推动着;上帝也只好噙着泪珠,送他和她出乐园了!

屠格涅夫有一首题名为《自然》的散文诗,"她(自然)微微地皱了皱眉毛说:所有的动物都是我的孩子。我对于它们取一种平等的顾怜态度,并且我也同样地使它们绝灭。"

"但是，那种善，那种理性，那种公道呢？"

"这是一些人类的用语，我不知道善，也不知道恶。你们的理性不是我的法律。公道是甚至我曾拿生命给你，我将来拿它从你的身上剥下来，我再拿它给与一些旁的东西，是无所谓的。"这也正是我创造人物的态度。

太愚先生说曹雪芹创造了许多妇女的典型人物，在形形色色的女性生活之中，又特意铸成了两种标准性格：一是正统派的功利主义者，薛宝钗为代表；一是反正统派的情感主义者，林黛玉为代表。前者是政治性的，后者是艺术性的；前者是争取现实的，后者是发展性灵的。从一般社会法则来看，前者应当是成功的，而后者必归失败。他说："从前的红学家常提出所谓'影射'问题。这或者不免有牵强之处；但若说他眼中所看到的女性，有些个和宝钗一个类型，有些个和黛玉一个类型，是可以的。譬如晴雯、龄官、芳官、五儿等，确有某些地方与黛玉相近；而袭人为人的作风类似宝钗。作者要使读者从袭人更认识宝钗，从晴雯更理解黛玉。"这便是写小说创造人物类型的法门。

一个人物，经过了作者之笔的点染，线条轮廓格外鲜明了；林黛玉、薛宝钗与"贤袭人"、"勇晴雯"，活生生地现在我们的眼前，比我们的姊妹、爱侣还打入我们的心坎。正如歌德创造了少年维特，乃使千百青年更成为"维特型"的人物了。每个人可以都从自己的类型，去理解自己的灵魂的，所以小说家笔下的描写，往往比新闻记者更近于真实些。前天，F 兄问我："你的《双城新记》，准备写多少人物？"我说，我颇想试试看写一群人，大约有三十多个吧！他听了默默不语。我知道他所以默然的因由，他只怕人物写得太多了，就不容易讨好。照一般的规律，大部分人物，尤其是重要角色，都得在五分之二的篇幅，全部登场，否则读者便不容易摸熟那些人物的性格了。而开场出现的人物太多，又容易搅乱故事的结构，事实上也不容易两全，所以他希望我把人物少写几个为妙。

不过，我还是想试试看，因为我所写的人物，人数虽不少，类型却只有四种。一种是匡超人型，投机善变，得意忘形，阴险狠毒，无所不为。一种是马二先生型,迂拘酸腐,食古不化,乐于为善,容易上当。又一种是杜少卿型的,蔑视世俗,遗世独立,吟咏风月,饥寒交迫。又一种是荆元型的,一技在手,自食其力,业余赋诗,不慕风雅。这四种人物,在这大时代中如何演变呢?那就看他们的遭遇了!

# 文艺枝谈

## 一、写文章

在周作人先生的散文集《苦茶随笔》里有几篇很好的文论：《厂甸之二》《杨柳》以及《写文章》二则。周先生近年倡导"文学无用论"，说："文学，只是以达出作者的思想感情为满足的，此外再无目的之可言。里面，也没有多大鼓动的力量，也没有教训，只能令人聊以快意。"他只承认使人聊以快意一点，算作一种用处。自从言志派奉之为大师，这些话仿佛成为文章以闲适为主的经典了。

说到文章的有用无用，本来是就在社会的影响而言。作者以文字表达出自己的思想感情，若把他锁在柜子里，使它永不见天日，那文章无用论就成立了。然而不然，周先生自己的《苦茶随笔》，刊在《大公报》的文艺专刊上，给千千万万人看见；不足，还黑字印在白纸上，汇印一册，在北新书局出版，又给千千万万人去读去看。这样就有社会的意义了。周先生的思想感激起千千万万人的共鸣反应；夜莺一声的啼叫，振动了一位诗人的心弦，写成一首夜莺歌，就此振动了千千万万人、千千万万年的心弦，谁也没法抹消这一声啼叫的作用了。文章无用论的说法，只能说做文章除了表达出自己的思想感情以外，不附带做敲门砖的作用。至于文章在社会上的作用，作者并无权去决定，无论有用或无用。

周先生几次说他自己是江南水师出身，对于文学是外行。而他的散文集中，谈写文章的文字却无不精当切实。他那篇《我学国文的经验》，早成为每个青年的读物。尤妙的，他虽在标榜文章无用论，而《苦茶随笔》中那几篇文论，每一篇都显出时代的意义。如随笔中的《杨柳》，正是针对着提倡读经复兴文言的倒车运动而说的。他说：

> 在中学专做古文的学生不能写文章。做古文（自然是滥古文）本来不难，只要先看题目，再找一篇格调来套上，就题字绕一阵子，就能成功。可是这样一学会就中了毒，要想戒救极不容易。我平常不大出题目，这些学生觉得不便，叫他们自己出，大抵是"国家兴亡，匹夫有责"这一类的大题目，文章又照例是空泛的。劝他们改做小题目，改用白话试试看，做成之后，作者自己先觉得可笑，文字与意思都那么的幼稚，好像是小学儿童的手笔。有志气的学生便决心尽弃所学而学焉，从头学写普通的文章，努力去用了自己的头脑去想，用了简明的白话写出来，一面严防滥古文的说法想法的复活与混入；这样苦心用功以后，才慢慢地可以挽回过来。差不多可以说至少要用一年的苦功来净除从前所中的古文毒，并从头来修习作文的门路。假如不能这样做，只好老写滥调古文下去，能够说，"人心不古"或"地大物博"等空话，却终不能达出自己的意思来，这样即是不通而不可救了。

叫学生读古文做文言的准遗老先生们，看了这段话，正如当头淋一盆冷水。周先生的文论，为青年们所接受，知道要写通顺的文章，非走这条平坦大路不可，谁也不能否定他在社会的意义了。

其实周先生肚子里何尝不雪亮？他叫青年不要做那类的大题目，不要说"天下兴亡，匹夫有责"那些空洞话头，何尝不是苦口婆心，对症下药。又他批评韩退之，说："我对于韩退之整个的觉得不喜欢，器识文章都无可取，他可以算是古今读书人的模型，而中国的事情有许多却就坏在这班读书人手里。他们只会做文章，谈道统，虚骄顽固，而又鄙陋势利，虽然不能成大奸雄闹大乱子，而营营扰扰最是害事。讲到韩文，我压根儿不能懂得他的好处。"(《厂甸之二》)也是一种针砭。大家若误会周先生"文章以表达出作者的思想、感情为满足"的主张，以为写文章只是用闲适的笔调来装点风雅，消遣人生，那又上言志派徒子徒孙的大当了。


## 二、好文章

我在各学校担任语文科教师，差不多已经十五年。在我的教程中，时常遇到某一种情形：一本很好的作文卷子，应该填上甲等分数的，若把它编刊在刊物中，忽然觉得并不精彩；倒是一本很平常的乙丙等的卷子，有时编在刊物中，倒显得十分精彩。这里就显得国文教师心目中的"好文章"和刊物编者心目中的"好文章"，并不是同一东西。国文教师偏重在文章的组织，修辞的技巧方面，文中见解或者是老生常谈并不出色，亦不妨其为"好文章"的。但刊物的读者大半在求知，因此刊物的编者，就着重到文章的见地上去，有的题材可爱，见地新颖，修辞文法上有什么缺点，也不十分去计较了。我也曾做过刊物的编者，看过许多来稿，对于"甲""乙"两君所谈论的问题，约略想到一个结论。有名作家的文章比一般的也许技巧上并不高明一点，但他所提供的意见，却比一般的高明。还有，有名作家的文章，比较能以其辞达其意，内容和形式不相差十分远，所以拿国文教师的眼光来代替刊物编者的眼光终究是不行的。一本国文成绩汇刊，决不是一本有用的杂志。

欧阳修《泷冈阡表》，普通选本如《古文观止》亦载之，一般人非常爱读；但桐城文家于题下仅加一圈，看作第三四等的文章。而一般人并不爱读的《徂徕先生墓志铭》，如方望溪、刘海峰、张廉卿、吴至甫诸文家，无不推崇备至，许为第一等好文章。此是什么道理呢？桐城文家评文，用的是国文教师的标准，而一般读文章的只是刊物读者的看法，说得入情入理，合了口味，便拍掌叫好了。

文笔散策　文思

如《泷冈阡表》中段：

　　吾之始归也，汝父免于母丧方逾年，岁时祭祀，则必涕泣曰："祭而丰，不如养之薄也。"间御酒食，则又涕泣曰："昔常不足，而今有余，其何及也？"吾始一二见之，以为新免于丧适然耳；既而其后常然，至其终身，未尝不然。（吾虽不及事姑，而以此知汝父之能养也。）汝父为吏，尝夜烛治官书，屡废而叹；吾问之，则曰："此死狱也，我求其生不得尔。"吾曰："生可求乎？"曰："求其生而不得，则死者与我皆无恨也。矧求而有得耶？（以其有得，则知不求而死者有恨也；夫常求其生，犹失之死，而世常求其死也。）"回顾乳者，抱汝而立于旁，因指而叹曰："术者谓我岁行在戌，将死，使其言然，吾不及见儿之立也；后当以我语告之。"（其平居教他子弟，常用此语，吾耳熟焉，故能详也。其施于外事，吾不能知，其居于家，无所矜饰，而所为如此，是真发于中者耶，呜呼！其心厚于仁者耶！此吾知汝父必将有后也。汝其勉之！夫养不必丰，要于孝；利虽不得博于物，要其心之厚于仁。吾不能教汝，此汝父之志也。）修泣而志之不敢忘。

　　上段加括号各句，方望溪主张完全删去，在一般读者真是一回多么可惊异的事；但一个国文教师一定能说出删去这许多句，在文章上有什么优点，能使你心服，尤其删去"其平居教他子弟"以下有一百多字。以"修泣而志之不敢忘"，上接"后当以我语告之"，显得怎样简练。

　　但如方望溪所删节的简练的文章，在刊物上又未必是"好文章"呢！


### 三、作者与社会

　　莫罗亚论屠格涅夫，有一段说："隐居是否适合于一个小说家的生活呢？它是危险的，倘使它是太完全了，一点儿不让它去观察。

它是有益的，当他已带来一些丰富的材料的时候。"莫罗亚所说是指屠格涅夫于一八四八年被判处，只准住在斯巴斯谷衣，不许再离开封邑。那期间，屠格涅夫写成了第一部杰作——《罗亭》。一个作者，他得有极丰富的生活经验，但也得有适当的环境，让他去想，去组织，去完成他的工作。莫罗亚的话，说得真不错的。

　　曾经有人讨论过伟大作品不能产生的原因，原因本来不只是一种。畸形的社会，使作者不能从容去写作，也是主因之一。资本主义的社会，把作者和他们的作品，都当作商品看待，那态度是非常冷酷的。作者未成名时，靠作品来支持自己的生活简直不可能。作者既成名了，要想依照自己的意思，找点题材做点文章，也简直不可能。市场的商品潮汛改变了，作家要想坚固自己的营垒，不跟时尚去改变，也简直不可能。在不合理的社会组织中，市场上所需求的是商品，并不是作品，伟大作品自然无法产生了。

　　隐居的生活，离开天天为生活忙的都市，退归于乡居的生活，对于许多作家可说是非常需要了。懋庸兄于两个月前，曾说："我现在有一部书要翻译，一部谈文艺修养的书要编，还有一本长篇小说要做，只要有两三个月的生活费，我就可以动手了。"他想到乡间去住些时。但是直到现在，还是不能动笔，生活逼迫他，使他不能动笔。陀思妥耶夫斯基时常叹息道："我有一天能像托尔斯泰、屠格涅夫那样从容的想，从容的写，从容的修正就好了。"没有一回没有预支稿费的他，是怎样渴望社会给他一些生活上的暇豫呀！

　　我们不知道公平地对待一切人的社会，什么时候才会出现在人间呢？

## 四、诗　铭

　　胡适所作《（中华民国华北军第五军团第五十九军）抗日战死将士公墓碑》，可说是近年来罕见的一等好文章，那碑铭更做得好，铭曰：

> 这里长眠的是二百零三个中国好男子！
> 他们把他们的生命献给了他们的祖国。
> 我们和我们的子孙来这里凭吊敬礼的，
> 要想想我们应该用什么报答他们的血！

周作人先生曾在希腊的小诗，介绍过诗铭（Epigramma）的体制。说："诗铭最初用于造像供品及墓石上，所以务取文词简约，意在言外。古人有一首诗说得最好，原意云：'诗铭两行是正好，倘若过三行，你是唱史诗，不是做诗铭了。'罗马人从希腊取去了诗铭的形式，都用在讽刺上面，于是内容上生了变化；拉丁文学里的诗铭的界说是这样的：'诗铭像蜜蜂，应具三件事；一是刺，二是蜜，三是小身体。'后来欧洲诗人做诗铭者，多应用这项说法，但这实在只是后起的变化，不是诗铭的本色；在希腊诗人看来，他的条件只是简练一种而已。"所谓"文词简约，意在言外"，所谓"简练"，也就是"吾家"子桓所说"铭诔尚实"，陆士衡所说"铭博约而温润"，也可说中外文论一致的。

诔墓文本来是中国文人的本分中事，唐宋古文家作墓志，亦多附缀以铭词。而铭词与志文意重出，有点画蛇添足。如陈子昂《孙过庭志铭》，铭词如悼词，不过把志中"呜呼天道，岂欺也哉"一句敷衍为三句，说不上"博约温润"。如韩退之《柳子厚墓志铭》，前人推为志文上品，铭词亦不切实。东汉蔡伯喈前人尊为碑文圣手，所作《郭有道碑》，他自己最为得意，其碑铭也像诔词，与碑文重出。胡适这篇碑铭，在陈子昂、韩退之、蔡伯喈之上，不待说了；受过西洋文学洗礼的作品在这种地方显出特长来，也可以堵一般主张读古文古书诸正人君子之口，使他们不敢再胡说。

二千四百年前，三百个斯巴达人守温泉峡，与五百万的波斯大军对抗三日，全数战死。诗人西蒙尼台斯（Simonides）为作墓志云："外方人，为传语斯巴达人，我们卧在此地，依照他们的规矩。"

（周作人先生译）这是一首世界知名的诗铭，胡适先生的碑文，多少受了这类希腊罗马古诗铭的影响。

### 五、文艺家的劳作

康拉德（Joseph Conrad）在《黑水手》的序中说："一件作品，假使多少有点达到艺术境界的企图，便该一字不苟，通体不懈，庶可名副其实。艺术本身，可以下个定义，只是个专心致志的尝试努力，把一种最高的品评加于眼见的宇宙，揭发一切宇宙形象所蕴藏的多样而单纯的真理。这种尝试努力，是要从宇宙的形、色、光、影里，从物质的现象里，从生活的事实里，探寻各自的渊源，永恒的元素，就是它们生存的真理。"这是一个努力于文艺创作的人的自白，我们可以相信这段话所启示的真实。小泉八云曾警告学生：盲信杰作或有价值的著作能够不费劳作而能产生出来，那简直是最大的错误。他说：把一件至难的事，看作最容易的事情，是最有害于文学青年的。

"要有收获，先要耕耘"，我们的常语中早已这样说；进一步，改换作另一口吻："不问收获，但问耕耘。"那更说得有意思。在文艺制作中，康拉德谓从宇宙的形、色、光、影里，从物质的现象里，从生活的事实里探寻真理，他是为了看重创作前期观察过程中的劳作。真的，文艺创作，必须撇开浮面，到底层中去摸索；必须放弃现成的陈腐材料，由自己点点滴滴去采掇，这才可以别开生面，自成一家言。康控德又谓"一字不苟，通体不懈"，那是说创作后期组织过程中的劳作。前人创作，辛勤修改的故事很多很多，如葛来（Thomas Gray）单是一首词，费了十四年的订正和修改。丹尼荪所做的作品，差不多改了又改，改了又改，几乎每面都和原本不同，他们都费了大力推敲，才完成不朽的杰作的。

杜甫《解闷》诗云："陶冶性灵存底物，新诗改罢自长吟。就知二谢将能事，颇学阴、何苦用心。"曰"改罢长吟"，曰"学阴、何苦用心"，杜甫之所以成为盖代诗伯，可以知其本源了。有人问：中国现在为什么没有伟大的作品出来？我可以这样回答一句，就因中国现在还没有一个在那儿艰苦劳作的原故。

## 六、《语丝》的文体

民国十年，周作人先生希望大家给新文学开辟出一块新的土地，说："论文大约可以分作两类：一、批评的，是学术性的；二、记述的，是艺术性的，又称作美文，这里边可以分出叙事与抒情，但也很多两者夹杂的……读好的论文，如读散文诗，因为他实在是诗与散文中间的桥……文章的外形与内容，的确有点关系，有许多思想，既不能作为小说，又不适于作诗，便可以用论文式去作他。"这希望自《语丝》出版以后（民国十三年十一月），果然实现，而且流行起来了。

《语丝》第五十二期，伏园写信给启明，提起《语丝》的文体，说："《语丝》并不是在初出时有若何的规定，非怎样怎样的文体便不登载；不过同人性质相近，四十五期来形成一种《语丝》的文体。"启明的回信说："我始终相信《语丝》没有什么文体。我们并不是专为讲笑话而来，也不是来讨论什么问题与主义，我们的目的只在让我们随便说话。我们的意见不同，文章也各自不同，所同者只是要不管三七二十一地乱说。因为有两三个人喜欢讲一句半句类似滑稽的话，于是文人学士哄然以为这是《语丝》的义法，仿佛《语丝》是笑林周刊的样子；这种话我只能付之一幽默——即不去理会它。还有些人好意的称《语丝》是一种文艺杂志，这个名号我觉得也只好'璧谢'。……《语丝》还只是《语丝》，是我们这一班不伦不类的人借此发表不伦不类的文章与思想的东西。"（第五十四期）

启明先生和林语堂先生那时还特别提到《语丝》的态度。启明说：“除了政党的政论以外，大家要说什么都是随意，唯一的条件是大胆与诚意。我们有这样的精神，便有自由言论之资格。”林语堂接着说："凡有独立思想，有诚意私见的人，都免不了有多少要涉及骂人。"（第五十七期）又说："骂人正是保持学者自身的尊严，不骂人时才真正丢尽了学者的人格。所以有人说《语丝》社尽是土匪，猛进社尽是傻子，这也是极可相贺的事体。"（第五十九期）

《语丝》黄金时代的文体和精神大致如此。

## 七、不　通

周作人先生说："文理不通有两方面：一是文字，拟古而功夫未足，造句用字多谬误；二是思想，文既不能达意，思想终亦受束缚而化为乌有，达无可达了。"大抵古文家的古文多思想不通；而一般人的学写古文，则多修辞文法的不通。医治前一种"不通"，不能从文章本身着手，多读古书，多读古文也没有用处。医治后一种"不通"，该属于语文的技术修养，也非"读经"一类香灰符咒所能奏效。

考修辞文法部分的"不通"，很多由古人遗传下来的。我前天读杜甫的《戏为六绝句》，其中有一首是："王杨卢骆当时体，轻薄为文哂未休。尔曹身与名俱灭，不废江河万古流。"因为原作是诗，我们知道在第三句第四句之间，既省略了主词，又省略了连词，若把第四句连在第三句"尔曹"那主词之下，那就大错了。

这类省略，在诗词中，因为字数和韵律的限制，不能不如此；读者知诗词有省略的习惯，说不通时，就向省略方向推测，可以贯串起来。这种省略的习惯，混入赋体，又由赋体转入骈体文；又有些文人把这些不必有的省略，或过分的省略，在散文中使用，便变成"不通"了。颜之推《家训·文章篇》谓："诗云：'孔怀兄弟。'孔，甚也，怀，思也，言甚可思也。陆机《与长沙顾母书》，述从祖弟士璜死，乃言'痛心拔脑，有如孔怀'。心既痛矣，即为甚思，何故言有如也？观其此意，当谓亲兄弟为孔怀，诗云'父母孔迩'，而呼'二亲'为'孔迩'，于义通乎？"理甚浅显，不待推论。可是目前，依然有人把"而立"、"不惑"、"阿堵"、"友于"这类韵文中不通的省略用入散文，而且目为博雅。记得某文艺批评家说，一切词章学，在好的影响以外，也给予坏的影响，中国的散文从韵文方面学得一点声音表现意义的技巧，同时也传染了些不通的省略习惯，这是一个极坏的影响。（中国语文的词性，本来依位而定，不能"望文"定性；学写文章的苟不懂语句构造的规律，随意加一省略，不通的病症，就有点难于医治了。）

## 八、《雷雨》

王其居先生在批评《雷雨》的短文中，说过如次的几句话：

《马赛曲》之后，资产阶级再也无力弹一支完整的调子，有的尽是些破败乐器发出来的噪音。劳动者傍着机器去了，剩下来的群众，那意识的步伐，便分散得异常零乱。在这种状态下，产生了所谓世纪末的悲哀，交织着各个阶级的各种烦恼。

《雷雨》中所抒写的是"世纪末的悲哀"，这是一句简单明了的断语。在观众中，中年的知识分子，无不感动得呜咽悲泣，便是世纪末的悲哀之流，通过了观众的心的明证。

《雷雨》中的人物，如周萍、繁漪，"泥鳅似的在爱的旋涡中打滚"，他们觉得在爱的基点上，可以创造出新的天地来，他们觉得"自我"的伟大。但是他们在现实的碑前碰死了！这现实就是封建伦理和资产阶级的腐败气氛所织成的现实；在其中没有"自我"抬头的余地，除非能过着虚伪的门面生活。周朴园代表老一辈的苟安，他在劫末还是苟安下去。而下一辈的周冲，还是说那极幼稚的梦话，想分出学费的一部分，给四凤去读书。不过"苟安"也好，"梦想"也好，其同于幻灭则一也。

德国诺尔陶（Max Nordan）解释世纪末的意义，说："这时代的特质，有热狂的不安，笨重的失意，可怕的预言，及卑屈的绝望，不论什么时候，都感到好像世界就要消灭的样子。世纪末是一种忏悔，也是一种不平。在古代北方的信仰中，包含着一种叫做神们的黑暗的可怕的教义；到了现代，人的思想虽则有了进步，但是，各种叫做国民的黑暗的茫漠的苦闷，还是存在，在这种黑暗中，一切太阳，一切星宿，都渐次失了光明；人类虽则到现在造成了种种制度，但是结果还是在向死的世界不断地进行。"

## 九、笔　选

"文选"之外应该有"笔选"；汉魏六朝的作品，仅仅以文选这样一种选集留传下来，可说是一件学术上的恨事。

文笔之分，魏晋间人知之甚明。昭明太子个人爱那些"事出于沉思，义归乎翰藻"的篇什，公子哥儿有此脾气，原不足怪的。但魏晋间文士所最擅长的是"笔"，并不是"文"；其时清谈风行，出口成章；如"乐广善于清言，将让河南尹，请潘岳为表，述己所以为让二百许语，潘直取错综，便成名笔。"（《世说·文学》）试读《三国志》《晋书》《宋书》所载文士论议酬对之词，虽是三言两语，都是温润可喜，中有深味。又如嵇康、阮籍所作说理文字，析理绵密，寄托遥深。假使当时有笔选之作，把这些精品保留下去，则韩退之、欧阳修那些空疏说理文字，便不值一顾了。

南朝侧重词采，"俪采百字之偶，争价一句之奇；情必极貌以写物，辞必穷力而追新。"齐梁以后，此风益盛；《文选》的结集，适当其时。"选学"的权威，一直维持到宋初，韩柳所提倡的古文，只是纠正了侧重词采这一个缺失，可是没曾恢复"笔"的精神。

我以为"笔"可分两种：一种是记述的"载笔"，一种是析理的"论笔"。"载笔"近于史，"论笔"近于子。章太炎谓读《文选》，不如取《后汉书》《三国志》《弘明集》读之，极有道理。


## 十、面对着现实

许多文人，他们不敢对着现实正面看，应该把现实描写出来的时候，他们就躲避开去了。美国短篇小说作家欧·亨利，以"杰牟·魏伦汀"那故事为最著名。那故事的真实是这样："俄亥俄州发生了一件极大的丑事：有几个绝对不会入感化院的高等窃贼，偷盗了几百万块钱，把这些钱锁在一个保险库里，就逃走了。这些纸币必须立即取出来，但又不能用炸药去炸破那保险库，因为恐怕把纸币一起毁坏。因此，州长就到感化院里去征求一位能干的撬保险库的专家。有一个人立即出来应征。他是一头'阴沟中的老鼠'，是在饥饿中生长起来的。……在十八岁时，就成了一个偷盗的能手。一年后，他们就送他到感化院里来受无期徒刑。现在，他害着肺痨病，快要死了；而他的老母正在悲伤得要命，因为她不但不能见她的儿子的面，就是他的消息也不能得到，已有十六年之久了。这个人有一个开启保险库的方法，那是必须挫去他的指甲，使他在转动那锁上的钟面时，那些发抖的嫩皮肉能够抵住那些止动发条的下垂物。他当时得到州长的许诺，如果他能为大俄亥俄州开启那保险库，他就可以得到他的自由。他在十秒钟内就弄开了保险库，于是那诺言就收回了，而他就回来死在监狱里。当他的棺材运送出去时，他的心碎的老母在冰雪中流着泪，伸着两臂，摇摆地走着，追随在车子后面。"这样一件真实的事，写在欧·亨利的笔底，锁在保险库的是一个有钱的小孩，撬保险库的窃贼遇到心肠很好的包探，在被感动之后，把著名窃贼放走了；而那窃贼也就改过自新，由那小孩陪伴着，变成一个善良而幸福的人。连挫去指甲的事实都不敢写，窃贼并不用自己的嫩肉去抵住发条,而用一套玄妙的工具去开那保险箱了。辛克莱批评他,说"他也可以做一个可爱的、美丽的、温良的、和善的人;但有一件事他却很难做到,那就是紧紧地把握着周围的现实。"要正面对着现实。真得有点勇气呢!

中国现在这社会,假使文人的笔,敢于摄取真的现实,他就不会忽略真实情形。但是我们且看一看郁达夫的《屐痕处处》,看一看傅增湘的《金华兰溪游记》,熙熙攘攘,一片太平盛世气象;山谷林泉,大可以优游度日似的。他们敢触农村的另一面吗?他们敢把农民的嘶喊传达一点吗?他们的笔就在现实面前停住了。我也曾看过一些其他游记,但我还愿意看一点《大公报》和《申报》的旅行通信。我总觉得文人决不是为粉饰太平而执笔的!

## 十一、杂　文

**客**——现在社会上流行的,有所谓小品文,又有所谓杂文。这两者究竟有什么不同呢?

**主**——就如词面所说的:譬如一家园林,小小临水的亭子,矮矮的篱笆,太湖石的桌凳,那是小品文;至如豆棚瓜架,鸡笼茅舍,以及扫帚拖把那一些都可以说是杂文。

**客**——照你这样说来,"杂文"和"小品文"不仅是形式的不同,作者的意识也有不同了。

**主**——意识是个人的物质环境所决定的。一个大富商客厅里的清客,他只能说说名画古玩,以及麻将经、花姑娘那些帮闲的话。一个在柴堆上晒日黄的乡下老头儿,自然爱嚼豆芽菜、黄鼠狼偷鸡一类的事了。从前写文章的,都是带才子气的读书种子,说点风雅的掌故,抚掌欢笑,把这日子消遣过去就是了。现在写文章的,都从破落的农村过来,在都市里吸饱了煤烟的;说的都是身边苦恼的琐事,同命运的彼此诉说诉说可以得一点安慰。杂支之中,有可怕的咒诅，有沉痛的叹息，有凄惨的叫号，有蓬勃愤情，却很少会心的微笑。所以看杂文，总觉得非常率真，不像小品文那样含蓄，那样雅驯。

　　**客**——我们假使要写杂文，岂不是在每日报纸上就有许多材料可以采取了。

　　**主**——是的。近代的散文，没有不受新闻文艺Journalism的影响的。从前的社会新闻，以铺叙男女风流韵事为快意；现代许多小型报纸，以很简括的笔调写社会间的暗影，使我们嗅到时代的气息。"杂文"，无论是评论，或记叙，都和新闻文艺一样的明快，彼此相互影响的地方本来很多的。辛克莱说："当你处境很窘时，如能找到一个跟你表同情的心，实在也是一件很愉快的事；不过更重要的，是要找到一个理解你的困苦的起因，并且能够帮助你脱离窘境的头脑。"杂文的写作，就是要分解社会困苦的起因，并且能作脱离窘境的设计。

## 十二、南　社

　　昨晚，南社纪念会席上，柳亚子先生要我说点纪念南社的话，我本来也想说几句；看来热烈的欢笑中，不适宜于说严肃的话，也就托词不说什么。

　　十九世纪，可以说是一个革命的时代。（鲁迅先生说：所谓革命，那不安于现在，不满意于现状的都是；文艺催促旧的渐渐消灭的也是革命。）南社首先揭出革命文学的旗帜，和同盟会的革命运动相呼应。我们不必说什么歌颂南社的话；有一句话我们可以说：南社的诗文，活泼淋漓，有少壮朝气，在暗示中华民族的更生。那时年轻人爱读南社诗文，就因她是前进的革命的富于民族意识的。（即以汪精卫的诗而论，晚年所作，衰飒颓唐，与往日"引刀成一快，不负少年头"的英雄，面目大不相同了。）我们纪念南社，也就纪念富于革命性的少壮文艺。

有一位友人庄重地告诉我：近十年来的中国政治，不妨说是陈英士派的武治，南社派的文治，这话也颇有理由。把南社放在历史上，我们来检讨一番，南社的特点，就只是"诗的"而不是"散文的"。以文学而论，波兰的革命文学，在十九世纪初期，美基委兹（Migkiwicz）、史洛瓦基（Slowacki）、克拉辛斯基（Krasinsky），那些爱国诗人开出浪漫主义的局面，接着就有克拉士西斯基（Kraszewshi）那几个历史小说家出来，接着又来了显克威兹（Svenkiewicz）那个写实主义大小说家。南社的文学运动，自始至终，不能走出浪漫主义一步，我们应该承认是个文学上的缺点。由南社文人走上政治舞台的分子，有革命的情绪而无革命的技术；在破坏上尽了相当的力，在建设上显不出过人的本领来。汪精卫、胡汉民在同盟会，在南社都是第一等角色，他们的政治手腕，却处处不及杨永泰，这便是以诗的看待政治、不以散文看待政治的过错。假使南社派文治是一句真实的话，南社派的文治观念，仍和文学的不曾走出浪漫主义一样，同是一个大缺点，纪念南社，我们该赶快跳出"浪漫主义"的圈子。总而言之，文学是推动社会前进的一种工具，纪念南社的人，不要忘记革命文学的责任。

## 十三、明日之诗

新诗盛行了十来年，可是新文人群中差不多都来一手旧诗：郁达夫游山有诗，田汉入狱有诗，瞿秋白拘囚有诗，依旧浣溪沙、西江月的小令或是几首绝句，和旧文人一样。由以上各人看来，新诗是否能成立？连新文人自己还没有这种确信，否则在情感郁结时，为什么不写新诗，仍非写旧诗不可呢？我现在提出"明日之诗"这小问题来谈一谈。假使有人这样问我们：将来的还是沿新诗的途径发展，还是回到旧诗去呢？我们将给他们怎样一个答复呢？

清末诗人学宋诗的非常之多,陈三立、陈石遗、郑孝胥卓然称为大家。这些诗人,带着浓重的遗老意味,跟着他们走的如常见于《国闻周报·采风篇》那些诗人——黄秋岳、夏敬观及吴宓、吴芳吉之流,也多少带点遗少的意味。他们这一群的感慨心境,彼此相投合,你唱我和,也颇起劲。但,千百年后人,会给他们在中国文学史上留一角的地位吗?宋诗的泡沫早在文艺潮流中消逝,仿宋诗更不必说了;若说将来的诗,还是遗少式的"仿宋诗",那是决不会有的。

从旧诗的取材上求解放,清末诗人很多从这一方面下功夫。如金和主张"万卷读破后,一一勘同异;更从古人前,混沌辟新意"。"所作能不纯,要之语语皆天真。时人不能为,乃谓非古人"。黄遵宪主张:"我手写我口,古岂能拘牵?即今流俗语,我若登简篇。五十年后人,惊为古斓斑。"都是很显明的改革主张,而《秋蟪吟馆诗钞》《人境庐诗钞》也的确实践了自己的主张,有很好的成就。但这种材料解放,词语解放的旧诗,依旧不能开辟出新天地,再也没有继承的人。即如带民族革命气息的南社诗人,到现在也衰熄下去,后无来者。所以说将来的"诗",会是保存旧形式的解放诗,我们也不能承认。

胡适写《尝试集》时的声势非常浩大,他说:"文章革命何疑:且准备搴旗作健儿。要前空千古,下开百世;收他臭腐,还我神奇。为大中华,造新文学,此业吾曹欲让谁?诗材料,有簇新世界,供我驱驰。"这一阵雷声响极了,"五四"前后,从旧词旧曲变化过来的新体诗也多极了,沈尹默、周作人、傅斯年、俞平伯、康白情、刘大白那些新诗人的光芒也发亮极了;可是最近十年间,新诗依旧消沉下去,胡适不再起劲尝试,周作人、沈尹默洗手不来,傅斯年成为史学家,俞平伯做他的《古槐梦遇》,其他徐志摩、梁宗岱一辈,也开不出新境界来,我们若说将来的诗,依旧是采用"五四"前后的新体诗,那也是不可能的。

那么,明日的诗,究竟是怎样的呢?我姑且下这样的推断:

一、要继续驾驭口头语的工作,努力于运用口语来表现情感,造成与民歌相接近的新作风；

二、认识为一切艺术之源的大自然的韵律，我们设法运用它，使旧的音数律、音位律、抑扬律得到新的使用法；

三、明白现代社会的情感是敏感的，是多面的，是复杂的，我们一面分解，一面融合，以新的象征手法抒写情感。

## 十四、文学遗产

秋田雨雀说："接受文学遗产有两个方向：一是纵的，受取本国的古典文学；一是横的，受取外国的古典文学。我们向这两种古典文学学取的，第一，是艺术创作的方法；第二，是那作家的技术的优秀。我们向莎士比亚、歌德、托尔斯泰……——不拘他们的社会观——学取那优秀的创作方法和技术。再则，作为创作活动之先行的条件的：古典文学作者具有的对于文学的热情、修养、逼迫力、忍耐力等，也是可以学取的。还可以把古典文学所提供的各种问题，辩证地承继，将这当作发展了的形态，来作为创作的主题。"在这里，我们要注意接受文学遗产，是学取那艺术创作的方法，和那作家的优秀技术；并不是受取那落后的封建意识，如儒家的伦理道德，道家的厌世观。

过去承受文学遗产的事，如韩愈、柳宗元的提倡古文，如欧阳修的再兴古文，如明代前后七子的复古，如桐城派的讲求义法，都是很明显地自觉地在承受。但他们所受取的技术，只在"古典使用"及"词语摹古"几个小节目上用力。因为夸耀古典的丰富，创作的能力反而减退，以致文章近于类书，因为努力于词语摹古，不免削足就履，以致文旨模糊不明。再加以一度复古，儒家的伦理道德，便渗透得更浓厚一点；文人的思想更受拘束牵掣，不能自由创作了。过去中国文学的有退无进也实由于承受文学遗产方法错误而来；我们不可不深加注意。

然而现在还有人在那儿胡乱表彰明末公安、竟陵派的散文，要把禅道的厌世人生观来代替儒家的伦理道德呢！唉！

## 十五、文思过半

吴仲伦和吕璜谈文于丛桂山房（吕璜辑为《初月楼古文绪论》），多指点古文门径，中有一节云：

> 《古文辞类纂》其启发后人，全在圈点，有连圈多而题下只一圈两圈者，有全无连圈而题下乃三圈者，正须从此领其妙处。末学不解此旨，好贪连圈而不知文品之高，乃在通篇之古淡，而不必有可圈之句，如此则于文思过半矣。

桐城派教人以古文义法，拘于义法，章实斋讥为"井底天文"，容易闹笑话；但为初学示范，也有相当用处。如吴仲伦所说这一节，拿《古文辞类纂》来对照对照，却也是读古文之一助。

《古文辞类纂》杂记类选归有光的记叙文共八篇；《项脊轩志》题下三圈，文中亦多连圈；《思子亭记》题下二圈，文中并无连圈；《遂初堂记》题下并无一圈，文中却多连圈。姚鼐的选评，大致可说不错。《遂初堂记》实实在在并无可记，只从"遂初"二字上想出一点意思，不过是一篇赋得"遂初"的试帖，算不得记叙文，所以题下并无一圈，然而亏他想得到，写得出，所以文中连圈。这些连圈，和《项脊轩志》的连圈又不同，姚氏大概看中了归氏释遭遇的好理论，笔下就密密圈下去了。

不过姚氏的圈点，也尽有不可靠的。《思子亭记》虽说是通篇古淡，但以《项脊轩志》为例，既然是"庭有枇杷树，吾妻死之年所手植也，今已亭亭如盖矣"那几句上加了圈，（那几句本来做得好。）那么，《思子亭记》末尾"徘徊四望，长天寥阔。极目于云烟杳霭之间，当必有一日见吾儿翩然来归者"那几句，为什么不加圈呢？大概姚氏是老实人，不大懂得情趣，把"当必有一日"当作儿戏，对于归氏心中沉痛之处就不能了解了。上文有"吾儿其不死耶"，下文有"当必有一日见吾儿翩然来归者"，这是很相照应的。

## 十六、写实主义

我开始写《双城新记》，有人来问我："你所写的是怎样的小说？"我曾说："我的小说，是写实主义的。"（并不是在小说里提倡写实主义，而是写实主义的风格。）昨天，又有人来问我："什么是写实主义？"

"什么是写实主义呢？"左拉曾在《卢贡·马加尔传》的总序中说："我一方面解决气质和环境的双重问题，一方面努力寻求和追随从一个人必然通到另一个人的严密线索。而在我获得一切线索之际，当我把一个具社会性的整个群团握在手中的时候，我便要表现出这个群团就如同在一段真实的历史时代中的角色似的，在从事工作。我创造这个群团，使它在它的奋进的错综之中活动，我同时分析它的各个分子意志的总和及全体的普遍推展。"他的话中，有两点值得提一提：甲，"把一个具社会性的整个群团握在手中"；乙，"表现出这个群团就如同在一段真实的历史时代中的角色似的，在从事工作"。前者是说一个作者不要关闭在自己的幻想孤岛中，而要把握着社会性的群团；后者是说要表现，透过作者的三棱镜，把"社会相"分解了再综合起来。文艺作品，并不是所谓作家的即兴之作，必须是一面时代、社会的镜子，从那镜子中照出了众生相。一个作家，必须生活在社会层之中，和众生同呼吸；决不是白领的知识分子，以怜悯众生的姿态出现的。

所以"写实主义"，并不是"实有其人，实有其事"，如一篇连载的新闻，或是一部回忆录所报道似的，而是摄取了这个社会环境所表现的众生相。一个小说作家，应该比新闻记者更为真写，因为他已透视到那灵魂深处的原故!

## 十七、曼伊帕(MEIPE)

接连地看了《毒龙潭》和《意乱情迷》这两部心理分析的影片，使我记起了莫洛亚的传记小说：《曼伊帕或解脱》。(傅雷先生译为《恋爱与牺牲》。)

莫洛亚在原书的楔子中，说到法朗梭阿士因为不遵守信约，她的父母罚她那天饭后没有点心吃。那位小蛮子经过了这些痛苦的争执，她热烈地、模模糊糊地觉得需要一种幻想生活。但丁造一个地狱来安放他的敌人，法朗梭阿士也发明了"曼伊帕"。曼伊帕是她发明的一个城市，一个国家，或竟是一个宇宙。从那以后，凡是外界对她显得敌意时，她便往那边去躲。譬如，她的父母说："我们今晚要出去了。"她说："我要和你们一起去。"她的父母说："那不可以。"她说："啊，那么，算了罢，我，我可到曼伊帕那边去用晚餐的。"照他的说法，文艺作品也便是文学家的"曼伊帕"。他说："曼伊帕在我们的花园里，可也不在我们的花园里；大艺术家都有创造另一世界的特权；那个世界，对于一般认识过的人是和实在的世界同样的不可少。"

他那一番话，也正是现代变态心理学的话，他们的看法是非常相合的。弗洛伊德以为一切文艺作品和梦一样，都是欲望的化装，它们都是一种弥补。实际生活上有缺陷，在想象中求弥补，于是才有文艺。美国文艺批评家摩台尔解释文学创作上的无意识的慰藉作用，说："斯宾诺莎(Spinoza)，他为了自己所恋爱的安台姑娘拒绝了结婚的原故，在他的名著《伦理学》中，将压抑的情爱，醇化为哲学的思索力：单恋着不爱我的少女，结局我不是这样地愚蠢的，我为什么非这样地要她爱我不可呢？我们敬爱神明，不是并不期望爱护我们当作酬报的么？"歌德呢，也因为经过了完成《少年维特之烦恼》那样作品般多恼的经验,也附和着斯宾塞的主张,创造了不期待爱而无所希求的神的观念了。变态心理学家所举的例证很多,不必再举的;我们只要明白一种作品便是那个作家的"曼伊帕",举一反三,可以体会得很多了。

## 十八、药

这回,我是看了孙伏园谈鲁迅的《药》,才把鲁迅的那篇小说找来重看一遍的。《药》的内容,是这样一个叫人窒息的悲剧;鲁迅的小说,受波兰显克微支,俄国果戈理、安特列夫,英国斯威夫特的影响甚深,一种暗淡的气息,笼罩其间。

孙先生说:"《药》描写群众的愚昧,和革命者的悲哀;或者说,因群众的愚昧而来的革命者的悲哀;更直接说,革命为愚昧的群众奋斗而牺牲了;愚昧的群众并不知道这牺牲为的是谁,却还要因了愚昧的见解,以为这牺牲可以享用,增加群众中的某一私人的福利。"一部中华民国的历史,就是替这段话在作注解。过去四十多年中,各形各式的统治阶级,各色各样的革命政团,就是利用群众的愚昧来完成他们的统治,发动他们的革命;到头来,一般善良的人,被统治阶级所牺牲,也被革命政团所牺牲;群众永远那么愚昧,被牺牲的人的血,永远成为某一私人的福利,时代悲剧,就是这么一个方式。

孙先生说:"对于群众的愚昧,我个人的看法,以为一则不必否认而乐观,再则不必承认而悲观。许多太乐观的人,以为群众的力量如何如何伟大,或以为'群众一点也不愚昧,只有我们才真愚昧!'这在我看来,觉得不近事实。有的太悲观的人,以为群众永远是这样愚昧下去,先知先觉的人永远是这样被误解下去,那在我看来,也觉得不近事实。"这一看法是很对的,孙先生走向定县的路是很对的,"教育的力量,不是谁能教谁,或是谁必须受教的问题,而是群众的对于知识的信赖，对于情感的抑制，对于仁爱的培养的一个从态度的造成的问题。"可惜，政党斗争太尖锐，彼此都在利用愚昧的群众来造成恐怖的世界，把近几十年，教育界人士所培成的一点新苗都铲光了！

中国历代的政权，照例都由群众揭竿以起，一下子烧掉的；可是取得政权的，并不是这群浑浑噩噩的群众，而是"流氓"和"士大夫"这样一个集团，从前称之为真命天子，而今便是贤明的领袖。从刘邦、刘秀、李世民，到朱洪武，都是这么一个方式。而前驱的革命烈士的血，却正是替这群政治野心家做了肥料。

孙伏园就《药》的小说来说，一个大时代的来临，四周却弥漫着愚昧，愚昧，愚昧。夏四奶奶虽然生得出一个革命者的儿子，她却了解不了一个革命者的儿子。她把坟上的花环误认为夏瑜显灵，她希望乌鸦飞上夏瑜的坟顶，她依然免不了慈爱的愚昧。（华氏老夫妇也是慈爱的愚昧，他们相信人血馒头可以医治他们儿子的肺痨。）

夏三爷、红眼睛阿义、康大叔这一类。夏三爷不了解侄子的行为，却把侄子的生命换了二十五两银子；红眼睛阿义不接受夏瑜的宣传，却打夏瑜两个嘴巴；康大叔称赞夏三爷真是乖角儿。这三个人都是凶狠的愚昧。花白胡子，二十多岁的人，驼背五少爷是一类。他们三个人对于红眼睛阿义打了夏瑜两个嘴巴，而夏瑜还说红眼睛阿义可怜这一件事，自始至终没法去了解，结果有一个人提出"疯了"的答案，大家都心满意足了。这无以名之，名之曰茫漠的愚昧。

由于这三种愚昧的空气笼罩在群众之中，那些野心政治家便利用之以抓取了政权，而无所不为。等到野心政治家，坐在群众的头上，无所不力了，大部分群众还是无从去了解；结果也只能提出"疯了"的答案；我们眼前，就是这么一片茫漠的愚昧！

每一时代的群众，都在打击那个时代的先知；每个时代的执政当局，都利用了愚昧的群众杀戮思想的前驱。所以耶稣躺上了十字架，苏格拉底喝下那碗断肠草，作为一个反动派，他们都成为时代的牺牲者了。（鲁迅也曾说过："文艺家的话，其实还是社会的话，他不过感觉灵敏，早感到早说出来。政治家认定文学家是社会扰乱的煽动者，心想杀掉他，社会就可平安。到了后来，社会终于变动了；文艺家先时讲的话，渐渐大家都记起来了，大家都赞成他，恭维他是先知先觉。虽是他活的时候，怎样受过社会的奚落。等到有了文学，革命早成功了。革命成功以后，闲空了一点，有人恭维革命，有人颂扬革命，这已不是革命文学。他们恭维革命，颂扬革命，就是颂扬有权力者，和革命有什么关系？这时，也许有感觉灵敏的文学家，又感到现状的不满意，又要出来开口了……"）

我们看到每一个时代的先知，往往被政府当局所压迫，甚至杀戮，而愚昧的群众，又往往对这被牺牲的先知加以侮辱，人类的历史，总是使人看了短气的。所以瑜儿坟上的一个花环，鲁迅先生本来不主张放上去的。他在《呐喊》的自序上说："既然是呐喊，则当然须听将军的命了，所以我往往不恤用了曲笔，在《药》的瑜儿的坟上平空添上一个花环，在《明天》里也不叙单四嫂子竟没有做到看见儿子的梦，因为那时的主将是不主张消极的。"明知道中国社会是冷酷的，明知道中国的士大夫，只是颂扬有权力的人的，然而不想使年轻的人，觉得太冷酷了，所以就放上那么一个花环了。孙伏园先生，则以为事实上，一个革命的坟头，有着瞻仰礼拜的人也很合理的。如果花环只是象征也有亲属以外的人来上坟，也还是很自然的。这话是不错的，可惜这个社会实在太冷酷，人与人之间，给仇恨之火烧得太残酷了，我们如何能编成一个花环呢！

## 十九、杨贵妃

听说电影已经有了三个以"杨贵妃"为题材的脚本：有一剧本，听说已经修改了多少次，可是直到今天，还没开拍。本来从《太真外传》到《长生殿》，千多年来，这个题材，一直是很热闹的。

孙伏园先生曾说到关于鲁迅先生的未完成的作品，其中以剧本《杨贵妃》为最可惜。（鲁迅曾着手编著《中国文学史》，亦未完成。）

周先生觉得"唐代的文化观念，很可以做我们现代的参考，那时，我们的祖先们，对于自己的文化抱有极坚强的把握，决不轻易动摇他们的自信力；同时对于别系的文化，抱有极恢廓的胸襟与极精严的抉择，决不轻易的崇拜或轻易的唾弃。这正是我们目前急切需要的态度。"孙先生说：拿这深切的认识与独到的见解作背景，衬托出一件可歌可泣的故事，以近代恋爱心理学的研究结果作线究，那便是鲁迅在民国十年左右计划着的剧本《杨贵妃》。

鲁迅的原计划是三幕剧，每幕都用一个词牌为名，第三幕是《雨霖铃》。他当时的解说，认为长生殿乃是为救济情爱逐渐稀淡而不得不有的一个场面。可是，这一剧本，由于他到西安去体味了一回实地的风光，便搁下来了。

据孙伏园说，他们到了灵宝，看见濯濯的丘陵上现出一丛绿树，颇受了感动；可是鲁迅静静地望着，没有什么表示。到了西安，他们发现了一种极平凡的植物，白色的木槿花，他也受了感动，鲁迅静静地望着它，没有什么表示。后来，他们看大、小雁塔，看曲江，看灞桥，看碑林，看各家古董铺，多少都有一点收获，在孙先生已觉得相当满意，但鲁迅却说："我不但什么印象也没有得到，反而把我原有的一点印象也打破了。"

后来，他们从西安回到北京去，鲁迅先生便无意再写《杨贵妃》了。昨日，友人俞大纲先生来说，说他有意写一本《杨贵妃》的历史小说，借以衬出全盛时代的中国文化（唐文化），他的看法正和鲁迅相同，我想他一定可以写得很好的。

关于鲁迅的《杨贵妃》的流产，孙伏园先生曾作如次的解释："鲁迅先生少与实际社会往还，也少与真正自然接近，许多印象都从白纸黑字得来。在先生给我的几封信中，尝谈到这一点。从白纸黑字中所得的材料，构成了一个完美的第一印象；如果第二印象的材料，也由白纸黑字中得来，这第二印象一定有加强或修正第一印象的价值；但是，如果第二印象的材料来自真正自然或实际社会，那么，它的加强或修正第一印象的价值，或者要大大的减低，甚至会大大的破坏第一印象的完美也是可能的。对于鲁迅先生的失望，我想第一步或者可以适用这样一个解释。"这段真实的话，对于瞎捧鲁迅的人，无疑是一勺淋头的冷水。（王独清的《杨贵妃》，所以那么糟，也就是这个原故。）

我们读了白居易《长恨歌》及陈鸿《长恨歌传》，觉得这是文艺创作。因为他们把这传奇的焦点，移到"蜀江水碧蜀山清，圣主朝朝暮暮情。行宫见月伤心色，夜雨闻铃肠断声"，这一恋爱心境，写明皇相思之苦。以下临邛道士的穿插，若幻若真，出乎事实之外，在乎情理之中，这个印象是完美的。

白朴《秋夜梧桐雨》便从这一焦点上发展开去，第四折便非常精彩。到了洪昇的《长生殿》，也是从陈鸿的传，白居易的歌后半段上生发开去，着眼在乱离之景。明皇乱后归京，思念贵妃，朝夕哭奠，至于入梦，为梧桐雨声所惊醒，这都是富有人情味的镜头。

孙先生说："严格地说，《杨贵妃》并不是未完稿，实在只是一个腹稿，这个腹稿如果作者仍有动笔的意思，或者可以说，因为到西安而被破坏的印象仍有复归完美的事实，那么，《杨贵妃》在作者逝世前其十二三年的长时间内，不是没有写作的机会。"然而《杨贵妃》毕竟没有写成，其故可长思也！

鲁迅的《故事新编》，便是历史小说。他自己选了《奔月》和《铸剑》两篇，以为代表作。依我的看法，他是在旧瓶中装了新酒的。我们知道历史故事之所以值得重述，并不是因为这是一件有趣的故事，而是因为这故事是有着时代的意义与价值的。因此，我想，鲁迅之所以不把杨贵妃编了出来，或许就因为他心头的"新酒"还不够的原故。

我们再回看从《长恨歌》，发展到《秋夜梧桐雨》，再发展到《长生殿》，旧瓶旧酒，已经到了顶点了。《长生殿》可说是陈绍兴老酒，其色沉碧，其味醇厚，至矣尽矣！我们所要做成的白兰地，即如王独清的《杨贵妃》，就太不够味了！也许我们不妨谦虚一点，我们还做不成一种纯正的新酒呢！

陈鸿《长恨歌传》写玉环得幸那一段说："宫中虽良家子千数，无可悦目者。时每岁十月，驾幸华清宫，内外命妇熠熠景从，浴日余波,赐以汤沐,春风灵液,鬯荡其间。上心油然,若有所遇,顾左右前后,粉色如土。诏高力潜搜外宫,得杨玄琰女于寿邸,既笄矣,鬖发腻理,纤秾中度,举止闲冶,如汉武帝李夫人,别疏汤泉,诏赐藻莹。既出水,体弱小微,若不任罗绮。光彩焕发,转动照人。由是冶其容,敏其词,婉娈万态以中上意。"她是那么中了上意的,但是,我们闭目且想,杨玉环究竟怎么一种体态?怎么一种性格?明皇为什么那么爱宠她?这位浪漫性格的皇帝,他又是怎么一种人物?老实说,我们所能理解的并不很多。人之情,以己度人,以今推古,或许鲁迅到西安走了一转,所能把握的更少了呢!

呜呼,论史之难!这决不是那些以谩骂为高的人所能懂得的呢!

# 文　诒

## 一、评赵望云《农村写生集》及其题诗

中国有所谓田园诗人者，如东晋的陶渊明、南宋的陆放翁，每为人所称颂；陶渊明的《归园田居》，那么脍炙人口。在我们这些小农民看来，田园诗人能领略自然的美趣则有之，他们对于农村生活，还是隔靴搔痒，不甚了了。陶渊明虽或"怀良辰以孤往，或植杖而耘耔"，终究"登东皋以舒啸，临清流而赋诗"，不与农民为伍。这种田园诗人有如云中白鹤，偶或栖身垄亩，实在"不知稼穑之艰难"的。晚近艺术家，纡尊就卑，剪取生活片断来作漫画题材，如丰子恺兄的漫画集，其中很多能烘染人间世的意味的。其后鬼迷张天师，子恺兄忽然钻入牛角尖，爱画《护生画集》那类东西；可是其他漫画作家，仍能从都市社会找材料，尽暴露现状的职能的。其能离开都市，从农村去找材料，把农村生活一一摄取过来的，赵望云先生的《农村写生集》，可说是开山的创作。张季鸾先生谓"新时代之艺术与人民生活，不可分离；望云此举，足表时代精神，其影响于艺术界者，当尤不在小"（序三）。影响如何，姑不管它，至少当今艺术大师们将"侧目以视，不觉红脸"的！

农村生活并不一定值得讴歌，农民也不一定是"羲皇上人"；但农民也不一定是"阿木林"，农村生活也不一定是十八层地狱。写农

村生活者，就要事事摄取真相，不必加以歪曲的解释。《农村写生集》中有取材于农村黑暗面的，如《讨债人》，如《一个吸金丹致贫之流亡者》，如《二个找工做的人》，如《三个住庙者的生活》，如《一个农夫之烦闷》，如《清河县政府大门》，都能绘出农村没落的暗影。但这些作品，并不算是杰作；其中最引人入胜的，如《三个农家女人》，如《年节过去的冷落》，如《秧歌戏与观众》，如《一个怀儿妇人》，如《一个花生老贩》，如《一个人家的院心》，如《春萌耙地之牛》，如《一个家庭的饭后》，如《打鞋掌人》，皆能使我们寄身于朴素天地中，真味自知。（从艺术的立场看，《暮色中老夫妇与颓鸦》那一幅，当然是上上品。）

"图画"比"文字"更能感动人。"图画"诉之直觉，而文字是一种经过了翻译的符号。一幅图画而要靠文字来帮助，那便是图画的失败。中国是文字崇拜的国家，文人自高位置，欢喜替画家唱外簧，仿佛画家非借诗人不足以自重似的。《农村写生集》每一幅都有冯玉祥先生的题诗，我看也是一种双簧，画蛇添足，不必多此一举的。冯先生或者不赞成我的话，因为冯先生对于题诗，曾提出一个极好的标准："在我们的白话诗里面，没有供给有闲阶级享乐的风花雪月，也没有幽美典雅供人赏玩的诗句。我们不想把诗句供在象牙塔里当作古董；我们的诗是须要通俗，俗到泥水匠、瓦匠、木匠、铁匠以及农夫与劳苦大众们，都能够一听就懂，那就算我们达到了目的。"（序一）但是冯先生所题的诗，去这个标准实在很远。大概冯先生每幅都要题诗，可是实在没有诗可题，因此说来说去，只是那几句老话。此其一。冯先生对于艺术技巧的修养还欠功夫，不知道侧面的暗示比正面的教训有力得多，因而首首都用教训的方式。此其二。冯先生的家国感慨很深，乃以题诗抒其胸怀，无中生有，和作画者的旨趣并不谐和。此其三。如第十四图，画的是《一对少年夫妇驱车拜节》，冯先生题诗云："今年两个人，明年一对半，也可算得工作有表现。我们人口不算少，但是逐年不见增加只有减！"这能算是烘托画意吗？又如第四幅，画的是《正定县二十里铺村之外观》，冯先生题诗云："国土失了四省无人管，四千万人民多可怜！

同胞还不觉醒起来干！"口号虽可同情，对于画意，可惜是"风马牛不相及"。诗以言志，题画之诗，即所以言画者之旨，这样诗是诗，画是画，实在"离之则双美，合之则两伤"的。不知赵、冯二先生以为何如？赵望云先生若必欲借冯先生的题诗以自重，我提议三版时删繁就简，只留第十，第十三，第十九，第二十一，第三十四，第四十二，第五十七……那九幅的题诗，已经很够了。

## 二、陶渊明的时代人格与诗
### ——答孤云先生

我和孤云先生一样地是陶诗爱好者，他那孤芳自赏的人格更使我们感动，容易吸引我们变成"陶党"。但他的人格尽管"伟大"，他的诗尽管"淡远自然"，我们还不应"阿其所好"，说他是"一个会作诗的农夫"。

东晋以后，兵连祸结，闾巷萧条，庾峻谓"鄢陵旧五六万户，今裁有数百"，其地旷人稀如此。在上的"春废劝课之制，冬竣立租之令，下未见施，惟赋是问"，以致"不耕之夫，动以万计"（温峤语）。加以"豪家富室，多占取公田，贵价僦税，以与贫民"，以致"富者犬马余菽粟……贫者不厌糟糠"。这是陶渊明所处的时代，陶渊明若真是一个作诗的"农夫"，他的作品，必不至全然忽视这农村的暗影。杜甫、李白同遭天宝之乱，杜诗中可以找到乱离的惨相，而李诗中全没这么一回事；陶诗之于农村，犹李诗之于战祸，并不曾深切了解的。

尝读陶诗，每觉一草一木，无不可亲；狗吠鸡鸣，令人神往，所谓"采菊东篱下，悠然见南山"是也。其《移居》诗："农务各自归，闲暇辄相思；相思则披衣，言笑无厌时。"其《饮酒》诗："故人赏我趣，挈壶相与至；班荆坐松下，数斟已复醉。父老杂乱言，觞酌失行次；不觉知有我，安知物为贵？"这简直是桃花源中人的生活了,他为何还要梦想桃花源的仙境呢?可见他是从现实中躲避出来,不曾了解农村的。前年,武汉大水汪洋,万民为鱼,有月夜浮舟挟妓箫歌者,亦颇有诗意;然在灾民心目中,此悠扬之歌声究作何种反应!吾辈生千百年之后,与陶渊明之时代痛痒无关,乃觉陶诗无一不爽心怡目。若取《晋书》《宋书》细读之,当必生别一种感慨来。东晋文人,大都躲避现实,以道家佛家思想为躲避的去处;陶渊明自有其"象牙之宫",闲云野鹤,我们小农民岂敢高攀,与之为伍呢?

### 三、诗人心眼里的农村生活

翻开《小说》半月刊第二期,便见郁达夫先生手写的临安道中书所见诗:

> 泥壁茅蓬四五家,
> 山茶初茁两三芽;
> 天晴男女忙农去,
> 闲煞门前一树花。

不禁想起陆放翁的诗、辛稼轩的词来。这轻松的农村风物,如三月和风,使人作翛然尘外之想。可是我从农村来,颇知农村事,这诗的农村剪影,全是文人的幻觉。

近月天旱得很久了,水车该十二分的忙了。文人设想:明月一钩,疏星数点,凉风轻送,薄露浸衣,这时手攀着横竿,脚踏着桔槔,咿呀水车声与歌声悠扬交作,这是多么有诗意的勾当。前人诗云:"和风送得桔槔声",有不令人神往者乎?然而,这一转,要转出"竟有大谬不然者"的结论来了。水车的身子,要用极细致极坚硬的木头来做成,因为车身有时浸在水里,有时晒在太阳里,不用这种木料,就容易龟裂;车踏和车轮要载三五个人,也得用细致坚硬的木头；水车浑身统是沉沉重的，四个诗人抬不了一辆车身，三双文豪背不得一架车轮。车水常在溪边塘塍，溪岸高，塘水深，"两人车"是不足以胜任的；常是丈八车身，"四五人车"架在那里。当水多的时候，四五人同时踏水，一脚一脚挨下去，如挑千斤担，简直半点偷懒不得；汗淌了，气喘了，脚底发热发泡了，还得一脚一脚挨下去。水浅下去了，车身轻松了，可是正发肥的稻苗，比婴孩吃奶还急迫，望着干枯的溪塘，更使人焦急万状。溪塘干枯了，唯一的水源，只好依靠地底的山泉，挖地丈来深，等候三五点钟，水泉才潴满一小潭；这泉水比黄金还要值钱。有时地高水少，联车盘不上去，眼巴巴望着田禾枯了焦了，只好付之长叹！先父在世日，说起先祖壮年孤苦。天旱车水，力不能胜，先祖每用两手扳送；指画相示，泪如雨下。夜深人静，每闻咿呀车声，有如幽灵哀号，凄婉不堪终听。可惜这一种实感，从不曾写入诗人笔底呢！

　　杜牧诗："停车坐爱枫林晚，霜叶红于二月花。"秋山看红叶，高爽的天空，衬着如火的霜叶，此中自有至趣。红叶，以乌桕叶为尤佳美，其叶，比枫叶更密集，寒霜既降，桕叶骤变，淡黄深红，错杂其中；弥山满野，渲染成一幅大图画。诗人也爱把这个写入笔底。但农民自来不把红叶当一回事。红叶既落，乌桕子成熟了，银白的桕子从黑壳中裂出，大的小的，男的女的，大家到山野间去采摘桕子；桕子油用以点灯，桕子壳用以生火，桕子饼用以肥田，农民把这当作冬季的一笔收入。说起采桕子，我毛发就悚然：桕树上有一种毛虫，虽是经了浓霜，还是活着，几乎每树必有。虫一着身，发痒起泡，痛楚不可少耐，焚稻草熏灼，也得四五小时始复常态；或用菜油和盐遍擦，隐隐作痛。此时即有十斗诗情，也化作愤火百升了！前年，在真如乡间，看见一树红桕，不觉动怀乡之念，联想及于毛虫，又心胆为寒。一年一度苦毛虫，此又诗人咏红叶时所不及料者也。

　　夏日看荷采莲，自是雅事。出水芙渠，娇艳欲滴，田田荷叶，别有清香；人间天上，此景不殊。新莲鲜嫩，入口甜软，更是可口佳物。"采莲复采莲，莲叶何田田"。在荷丛的农民，不啻神仙中人。

好，那就请诗人去采莲吧！荷杆上满生着细刺，两脚过去，触股若割，一度采莲，正如凌迟一次。水中多蚂蟥，叮股吸血，每作奇痒；又不可立拔，拔则头断入肤，侵入血管。这种种况味，又远出诗人想象之外！

因此，我看了郁达夫先生的即事诗，又不禁想起鲁迅的《风波》来：

> 老人男人坐在矮凳上，摇着大芭蕉闲谈，孩子飞也似的跑，或者蹲在乌桕树下赌玩石子。女人端出乌黑的蒸干菜和松花黄的米饭，热蓬蓬冒烟。河里驶过文人的酒船；文豪见了，大发诗兴，说："无思无虑，这真是田家乐呵。"

但文豪的话有些不合事实，就因为他们没有听到九斤老太的话。

## 四、新诗家向哪里走？
### ——谈谈活体诗

天放先生：

遵命，对活体诗本身作一回检讨，而且是不客气的。

诗人，一离开他自己的作品，抽象地谈起作诗的道理来，总有一套异乎人的花样，或者是格调，或者是神韵，或者是性灵，说得天花乱坠；每个咖啡座的议论，也总离不了那形式呀，内容呀，永远没有结论的话头。现在，我不许诗人批评家掉枪花，不许说玄之又玄的话，只许就作品的本身来说，于是黔驴技穷。"格调"、"神韵"、"性灵"乃是三位一体，"形式"、"内容"亦是盾的两面，一切异调，只是程度上的差异，并非是本质上的差别，原不必立异的。——这样，就开始我对于新诗的批判了。

"新诗"所以异于"旧诗"，其意要抒写属于现代诗人的情绪，要找一种和现代话相接近的形式。旧诗人的悲哀已为我们不了解，他们所用以抒情的词语，我们总觉得不贴切；在旧诗中的词语，于我们转成为一种桎梏，所以写新诗的人第一句喊出的是要"自由"。但"自由"并非废弃了旧的词语，掷去了旧的形式所能获得的，必得有新的词语新的形式来代替她，方有"自由"可言。无奈诗歌到了现代，遇到两种难关：第一，旧诗的形式往往与音乐孪生的，音乐有了变化，诗歌的形式也起了变化；中国的乐府早已不可歌固不待言，北曲和南曲也非诗歌作者所能歌唱，同时又没有新的音乐产生，所以新诗的形式失了根据无从产生出来了。第二，散文代替了韵文所抒写情感的工作，在个人主义发达的都市社会，诗歌的时代性也为一般人所怀疑。因此，新诗的园子虽在民国十九年百卉怒放，不久便萎落衰零，小品和小说接着在她的园子里发芽了！散文诗这种作品，并不见比小品文更适宜于抒情，许多作家都从诗坛走出，改写小品文了。

然而新诗并非是这样绝望的，有许多作家已在做建设的工作，刘复、俞平伯、徐志摩这些作家都开始新的写作。先生开始写活体诗乃是一个有意义的尝试。那些从新的营垒躲回旧的营垒的新诗人，如沈尹默之写秋明词，吴芳吉之写白屋吴生诗，其故都因驾驭口语的力量太薄弱，乃改用他们惯用的文言词语。而努力于新作风的，则尝试做驾驭口语词语的工作；这个运用新词语的工作再持续下去，新诗坛当能复兴起来。我以为先生的活体诗的"活"字，当以"训练新词语"为第一义。

诗歌之能与小说戏曲分庭抗礼，因为她是抒情的最适宜的工具，她是伴合着情绪的旋律而吐露出来的。新诗在绝望之后得到一个有力量的新根据，即是认识为一切艺术之源的大自然的韵律，我们可以设法运用她；旧的音数律、音位律、抑扬律都可以得到新的解释。流于口吻，悦于耳听，这是诗歌的最初批评者，亦是诗歌的最后批评者。我以为先生的活体诗的"活"字，当以"训练新韵律"为第二义。

我最赞成周作人先生的话："只认抒情是诗的本分，而写法则觉得所谓'兴'最有意思，用新名词来讲或可以说是象征。"但我们要明白现代社会的情感是敏感的，是多面的，是复杂的，（当然是比较的相对的说法。）至少要如弗洛伊德的观察心理，方能抒写得出。一面要能分解，一面要能融合，这是新的象征法。所以先生的活体诗的"活"字，当以"分解新情感"为第三义。

在先生的活体诗中，我最爱其中的讽刺诗；那些抒情诗虽然有韵味，那是旧的韵味，或与词相近，或与乐府相近，不能算是"活体"。其讽刺诗，与民间歌谣最接近，音调自然，内容警辟，得诗人讽刺之旨。讽刺诗是诗歌的另一格，但她是诗歌的保姆，唐代前期诗歌最发达，讽刺诗人亦最多，如王梵志、寒山、拾得，如元结、顾况，如孟郊、卢仝都是有名的讽刺诗人，杜甫的作品也很多是讽刺诗的。到了晚唐，诗体成熟，讽刺诗人也就少下去了。其间盛衰之迹，我们可以发现；先生的讽刺诗，即暗示旧的黎明期的新气度！"活体诗"的本身，正表明一种实验的态度，由于这个态度将引导出一个划分时代的新诗园，这是我们的期待。

新诗作家很多是孤独的，关在书室里写成他的作品，诚是使旧诗人窃笑——旧诗人乃比新诗人富有集团性，所以可笑。先生的生活，先生的写作，是在街头上摄取，在街头上吟哦，作品乃富有群众的呼吸，这对于新诗作家，又是怎样一个重要的启示呢！

"源泉滚滚，不舍昼夜"，这是生命的象征，也是诗的象征，我就这样结束我的批评罢。

# 诗　微

## 一、赋与叙事诗

赋之为体，乃以意胜，与以情胜、以境胜的"诗"稍有不同。"赋者铺也"，如铺被窝似的，有头有尾地铺叙一件故事或一个人物的遭遇，一时一地的风物。其专从铺叙事物这一线上发展，乃与散文合流，即是骈文与四六。若以"意"为主，辅以诗的情境，如魏晋六朝（欧洲的小说，亦导源于叙事诗。）间的小赋，即与叙事诗合流。杜甫的《诸将》《秋兴》诸篇形式上也就和《恨赋》《别赋》非常相近了。不过，无论六朝小赋或杜甫总题分章的诗篇，组织都欠完密，内容也太单调，我们以后人的眼光来评论古人，总不如但丁《神曲》，歌德《浮士德》那样错综绵密，雄伟奇丽。以杜甫的诗才，若能把握时代，把那几百首写乱离之感的诗篇组织成为一个整体，才可以算作真正的叙事诗。

二十年前，吴芳吉先生曾试用各种古诗体，作《西安围城诗》，约三千余字；比之中国旧诗，已经算是顶长的了；但在叙事诗中，也还是极短的一首。其内容，也是写个人的感愤为事，抒情的意味多于叙事的。去年，我曾读过一本《在俄罗斯谁活得最快乐》的叙事长诗，全诗有八千行那么多；写动乱的社会，写各阶层人物的心理反应，就像一本长篇小说那么包罗万有呢！

从形式上说，叙事诗的篇幅，照例该比抒情诗长一些的。以词曲来说，小令宜于抒情写物，慢词宜于叙事说理，内容时常决定形式，那是无疑的。不过同一形式，张三可以写得极好，李四可以写得极坏，篇幅长短，和写诗的成功与否，却并无连带关系的。我们现在提倡叙事诗，努力叙事诗的创作，可以不傍前人门户，自成一家；叙事以一事件的演变为主线，有时插入"写物"一景，有时插入"抒情"一段，有如影片中的特写镜头，使全诗格外生色的。

叙事诗和赋，可以说是源出一家，不仅具有错综复杂的内容，也具有错综复杂的形式！

## 二、熟读文选理

清末，梁启超曾倡导诗界革命，他说："余虽不能诗，然尝好论诗，以为诗之境界被前人占尽矣。虽有佳意佳句，似在某集中曾相见者，最可恨也。今日不作诗则已，若作诗，以为诗界之哥伦布然后可。犹欧洲之地方已尽，不能不求新地于阿美利加及太平洋沿岸也。欲为诗界之哥伦布，不可不备三长：第一，要新意境，第二，要新语句，而又须以古人之风格入之。然后成其为诗……"这段话，经过了四十多年的岁月，还是可以当作我们对诗界的新期望；明日之诗，必须要新意境，新语句，再加一语，要新形式。二十年来的新诗，新形式未建立，新语句未整理磨炼，尤感失望的，即新意境未开辟；有志创作诗歌的人，更该向这一目标去努力。（旧诗人受道佛两家思想的影响静观自得，善于写物。尤善写无我之境；抒情多蕴藉回荡之作；唯叙事请不多见。新诗人善写奔放的热情，而拙于写物。叙事诗，也不多见。）

关于叙事诗的写作技术，唐代的大诗人杜甫，就深深理解其中的"奥窍"。杜甫曾勖其子宗武，要"熟读文选理"，所谓"文选理"，即是赋家的法门。（以今语述之，即是学习叙事的法门。）杜诗中，如《北征》标题与章法皆用赋体，《八哀诗》用两汉书传赞体，即是"文选理"的活用。罗庸先生《读杜举隅》谓："杜诗之合若干首成一总题者，其例有二：一者每首独立为篇，如《秦州杂诗》《咏怀古迹》等是也。一者各首相次，前后自成篇法，如《喜达行在姜村》三首是也。前者，其法出于阮籍《咏怀》、曹植《杂诗》，后者其法出于曹植《送白马王彪》、陶潜《归园田居》五首。——是故选诗者，于他家之诗，或可以摘取佳章，而于杜诗则首当观其组织，未可以鲁莽割裂也。"正说明了杜甫如何注意于叙事诗的试作。（胡适论《孔雀东南飞》的叙事诗体，盖受佛经翻译的影响，但隋唐诗人所受汉晋赋家的影响，还在佛经的影响之上。）杜甫所开的先路，对白居易、苏轼、陆放翁……以及清末黄遵宪都有影响的，但这条路并不曾辟为诗界大路，得让我们来发掘的。

## 三、严范孙诗

前年（一九四八年）秋初，余于杭州地摊旧肆中搜集文献，偶得严范孙古近体诗存稿。余以患疟卧床披读竟卷，心殊喜之。严先生为当代教育界名家，曾主北洋大学校政，初不知其工诗也。他曾和王守恂先生谈及诗的风格，谓："今人尚新体诗，曾见有工新体者，谓我诗颇与新体近之，是何说也？"守恂答曰："此无他，公之诗情真，理真，事真，不牵强，不假借，不模糊，不涂饰，如道家常，质地光明，精神爽朗，能造此境，又保新旧之殊，与古今之异？"这番论调，和当时新体诗的主张，如黄遵宪、梁启超诸人所谓"熔铸新理想以入旧风格者"完全相合。换言之，这便是时代的气息，道虽不同而同趋于一个方向的。严先生有《自题》绝句："五十为诗已最迟，况将六十始言诗；此生此事知无分，聊学盲人打鼓词。"他的口吻，又和后来"五四"时代所倡导的"白话诗"相合了。

严老笃行君子，而诗多风趣，杂以俳谐。其游意大利庞贝古城诗："平生不入平康里，人笑拘墟太索然；今日逢场初破戒，美人去已二千年。"末句出人意表，读竟不觉失笑。（庞贝城中有二千年前之妓院在焉。）他到底喝过墨水，吃过面包，呼吸过欧风美雨的，敢于摄取新意境，遣使新词语，运用新语法，不受旧诗律的拘牵与旧意境的束缚，敢于逃出如来佛的掌心翻斤斗的。如《榛苓谣》《铁血吟》《入美杂诗》，所用现代术语及美国人名地名之多，并不在后来著名的胡适《送梅觐庄往哈佛大学诗》之下。王守恂引杨万里序范石湖诗，谓："公之诗，非能工也，不能不工耳。"他说范老"诣力于典章之沿革，政治之设施，经训之纯疵，词章之同异，笔札之工拙，及夫义理之浅深，人伦之鉴别，莫不融会贯通，蕴蓄涵含，适有感触，偶然发露，自抒胸臆，不假安排。"诚如杨万里所谓"猝然谈笑而道之，非若羁穷酸寒无聊不平之意也"。清末诗风，受宋诗的影响甚深；而新诗体诸家，也与杨万里、范石湖最相近，王守恂以杨万里之说，论定严老之诗，也可见严诗所受宋诗的影响。

我对于新旧诗都是门外汉，爱读的诗，也未必合乎诗家的标准，不过诗总以"蕴藉含蓄"为高，因此严诗几百余首，我最爱好如次的一首：

东风作意助花开，柯叶鲜新若剪裁。
不问园亭谁是主，纷纷蜂蝶过墙来！

（《南满道中》）

## 四、旧诗的情调

检理行箧，找到了几首曹礼吾先生的《赣居杂诗》，句云：

如绣秋光被远岑，庭柯犹展半池阴；
黄鹂老去声枯涩，也傍高枝试短吟。

> 当檐樟树种何年，叶郁枝蟠拂一天。
> 虫鸟作家苔作客，尽教寄寓不论钱。
>
> 春来曾种美人蕉，一雨经秋韵转饶。
> 抽得红苞仍自谢，应知花发亦无聊。
>
> 庭阶有鸟不知名，孤寂难禁每近人。
> 何必当前通鸟语，此心能会即能亲。
>
> 秋阳何事苦相侵，破壁风来兆晚霖；
> 一叶仓皇投旧帻，被风吹去已难寻。
>
> 篱边络绎纺车收，促织瞿瞿韵转悠；
> 欲织清欢秋不许，秋来织得是清愁。

　　礼吾的诗，走的是龚定庵的路子，以清婉胜。我且不说这几首的好坏，只谈谈朋友们读了以后的反应。大概年轻的热情的朋友，读了并不感到兴趣；而中年人感伤情调浓的，读了一定激起了同感。这两种不同的反应，也正代表了新诗旧诗的不同的境界。

　　大抵，中年文人，比较注重文辞的技巧，其表现的方法愈是蕴藉含蓄，耐得找寻的，愈得中年人的激赏；所以，鉴赏也是无可勉强的事，"不领悟"直头"不领悟"，谁能按牛头喝水呢。

　　这儿，似乎替旧诗画了很明显的界线。旧诗人所写的，都是中年人的情调，感伤夹上一点牢骚，如此而已。礼吾也是懂得新诗意境的人，但一染笔于旧诗，便来了一腔子的中年情调，即写家国兴亡之感，也脱不了陆放翁式的感慨，这似乎不是我们在写旧诗，而是"旧诗"写了我们了。

# 中国小说中的诗话

宋明的章回小说中，时常有插入的诗话：有的因为那故事在说才子佳人的事，不可不有诗词来点缀；有的作者在炫才，把可以诌起来的总诌上几句。不过那诗词虽托之于苏东坡、秦少游之笔，依旧不见得高明；一首诗词之后，作者来一番自画自赞，我们读了，只觉得有些肉麻。这有关作者的个人学力，无可勉强的。

清代以来的小说作家，就显得有些不同了。如曹雪芹《红楼梦》中的诗词，依照各人的程度深浅，各式各样地分拟出来，此非绝顶天才不能办。又如《儒林外史》《老残游记》《镜花缘》几种常见的小说，其中的诗词，至少还可以读得。暑中把手头几部现成的小说翻一翻，发现他们论诗的见解颇有相同之处，且汇集起来看一看。

《红楼梦》中的论诗，以第四十八回香菱学做诗那一段最为精彩。香菱移住大观园以后，要向黛玉学做诗，黛玉告诉她一些做诗的普通规则，又说："若如果有了奇句，连平仄虚实不对都使得的。"香菱经黛玉一说，才明白过来道："原来这些规矩竟是没事的，只要词句新奇为上。"黛玉再开导香菱一番道："词句究竟还是末事，第一是立意要紧。若意趣真了，连词句不用修饰，自是好的。这叫做'不以辞害意'。"这是曹雪芹的诗歌基本理论。做诗要意趣真切，所以香菱爱陆放翁的"重帘不卷留香久，古砚微凹聚墨多"。黛玉就说："断不可看这样的诗，一入了这个格局，再学不出来的。"黛玉叫香菱看王摩诘的诗集,香菱细细领略以后,说:"诗的好处,有口里说不出来的意思,想去却是逼真的;又似乎无理的,想去竟是有理有情的。"她举"大漠孤烟直,长河落日圆"、"日落江湖白,潮来天地青"、"渡头余落日,墟里上孤烟"那三联为证。黛玉说她已得诗的三昧。黛玉再把陶渊明的"暧暧远人村,依依墟里烟"翻给香菱看,香菱便体会得了。黛玉最后告诉香菱:"你已得了,不用再讲;要再讲,倒学离了。"这段论诗的话,可以和严羽的《沧浪诗话》对看,严羽说盛唐诸家的诗:"羚羊挂角,无迹可求,故其妙处透彻玲珑,不可凑泊,如空中之音,相中之色,水中之月,镜中之象,言有尽而意无穷。"便是香菱所体会得的诗境。

  吴敬梓最看不起诌诗的斗方名士,他嘲笑景兰江、赵雪斋,那些十不通的诗翁,用匡超人看一夜诗法入门,就学会做诗来衬那些诗翁的拙笨。匡超人做好了分韵诗,送了过去。看那卫体善、随岑庵的诗,"且夫"、"尝谓"都写在内,其余也就是文章批语上采下来的几个字眼,拿自己的诗比比,也不见得不如他。而诗翁们自己都以李白自比,喝醉了酒,开口便发狂言道:"谁不知道我们西湖诗会的名士。"而世俗的人也把他们当作大名士。如五十四回丁言志所赞的:"这是莺脰湖唱和的诗,当午胡三公子约了赵雪斋、景兰江、杨执中先生,匡超人、马纯上一班大名士,大会莺脰湖分韵作诗。……你看这起句:'湖如莺脰夕阳低',只消这一句,便将题目点出,以下就句句贴切,移不到别处宴会的题目上去了。"世俗所赏识的诗就是这一类。稍微高明一点的如牛布衣的诗,那题目上却写着《呈相国某大人》《怀督学周大人》《娄公子游莺脰湖分韵,兼呈令兄通政》《与鲁太史话别》《寄怀王观察》。其余某太守、某司马、某明府、某少尹,不一而足,其诗的高下,也可想而知。《儒林外史》第二十九回所说的萧金铉和牛布衣,大概是一类。杜慎卿看了萧金铉《乌龙潭春游》之作,说:"诗句是清新的,……如不见怪,小弟也有一句狂瞽之言。诗以气体为主,如尊作这两句:'桃花何苦红如此,杨柳忽然青可怜。'岂非加意做出来的?但上一句诗,只要添一个字,'问''桃花何苦红如此',便是贺新凉中间一句好词,如今先生把他做了诗，下面又强对了一句，便觉索然了。"诗以气体为主，这是吴敬梓的诗论，什么是诗的气体？我们还是要看《儒林外史》第一回记王冕那一段："王冕欣赏大雨后的青山绿水，欣赏湖上的荷叶荷花，他学画荷花，三个月之后，那荷花精神颜色，无一无像，只为着一张纸，就像是湖里长的。"这是艺术气体，也就是诗的气体。一部《儒林外史》，只有开茶馆的盖宽是能诗能画的，但他绝不是斗方名士。

《老残游记》的作者刘鹗，他欣赏艺术的眼力极高，他不满意王闿运的《八代诗钞》，也不满意沈归愚的《古诗源》和王渔洋的《古诗选》；他的诗论，借一个乡僻的妓女口里说了出来。他自己拗不过黄人瑞的怂恿，在壁上题了一首即景诗。翠环要老残告诉她，诗中说些什么。老残一一告诉了她，她凝神想了一想，道："这诗上，也兴说这些话吗？……我在二十里铺时候，过往客人甚多，也常有题诗在墙上的；我最喜欢客人讲给我听，听来听去，大约不出两个意思：上等的人，总无非说自己才气大，天下人都不在眼里；次一等的人，无非说姐儿长的怎么好怎么丑的意思。你老，才气大不大，我们是猜度不到的；只是过来过去的人，怎么都是大才？为啥想一个没有才的看看，都看不着呢？这且不去管他，那些说姐儿长的好的人，无非是我们眼前几个人，有些连眼睛鼻子还没有长的周全呢，他们不是比西施，就是比王嫱，不是说她沉鱼落雁，就是比她闭月羞花……我想昭君娘娘，同那西施娘娘，难道都是这种模样子的人吗？想是靠不住了。至于说姐儿恩情怎样好，怎样爱——我有一回发傻，去问那个姐儿，说他住了一夜，就麻烦了一夜，天明向他讨两把银子买买花粉，他就反转面皮，直挣着脖子乱嚷；你想有恩情没有？因此，我想做首诗，是没有意思的，不过造些谣言罢。"说做诗不过是造些谣言，挖苦得颇刻毒。在《老残游记》另有一段，记老残黄河上看打冰。"抬起头来，看那南面山上，一条白光，映着月色，分外好看。一层一层的山岭，都分辨不清，又有几片白云在里面，所以分不出是云是山。及至定睛看去，方才看出哪是云哪是山来，然只稍近的地方如此。那山望东去，越望越远，天也是白的，山也是白的，云也是白的，就分辨不出来。老残对着雪月交辉的景致，想起谢灵运的'明月照积雪'、'北风劲且哀'两句诗，若非经阅北方寒象，哪里知道'北风劲且哀'的'哀'字呢？"这段是刘鹗心目中诗境的正确描写，一面是"造谣"，一面是"真"。诗人的诗，和斗方名士的诗，在这儿画下了界线了。

他如《镜花缘》，其中谈论学问之处最多。但李汝珍的诗论，要算是最拙陋的。他所举的才女，是能读苏蕙璇玑图的史幽探花萃芳，正是曹雪芹、吴敬梓、刘鹗所看不起的货色。而《镜花缘》八十六回题花所说："凡做诗如果词句典雅，自然当得起个'诗'字。"也和杜慎卿所说"诗以气体为主"，走正相反的方向。大概做文章的，深入浅出最难，一肚子学问，而能不借博学来掩饰自己，全以平淡出之，人人能领略，而人人不能及，才是第一等。李汝珍一流人，时常为学问所役使，所以落在下乘。又如《野叟曝言》中的文素臣，《海上花列传》的高亚白、尹痴鸳，自命才子，无所不通，就是作者自己的化身。他们的谈论诗文，也就难得高明了。艺术赏鉴能力的高下，可以测度他们创作天才的高下，因此，那几种小说中诗论的品格，也可以断定那几种小说的品格了。

谈"幽默"

一

今天是我自己讨苦吃，这一题目，最好请林语堂先生来讲，他在上海开一家论语公司，专批这一类货色的。

不过大家不要上林老板的当，以为"幽默"老店，真的"只此一家，并无分出"，其实是谎话。"幽默"虽是来路货，却是道地国货，古已有之。太史公的《滑稽列传》，他说大道以外，还有"谈言微中，亦可以解纷"的小道。淳于髡、优孟、优旃这些人，都是"善为笑言，合于大道"；优孟尝为孙叔敖衣冠，以动作讽谏楚王，已是"幽默"的示现。魏晋间清谈风行，文人高士，极能领略"幽默"的韵味；保留在《世说新语》里的片羽吉光，后人称颂不衰。当时何晏、王衍、乐广那么样谈笑风生，倾倒四座，大概牛津、剑桥那些名教授的雪茄座上也不过如此。清谈之风，至隋唐而绝；谐谈妙语，保留到后世的，如邯郸淳《笑林》（后汉）、侯白《启颜录》（隋）、艾子《杂说》（托名苏东坡），以及现存的《解人颐》《笑林广记》，其中有滑稽，有俏皮，有讽刺，有幽默，常有十分隽永的。唐宋以后，滑稽戏盛行；所谓参军戏，以丑角为主体，随时随地，托为故事，寓讽刺的意味。吕本中童蒙训谓："作杂剧者，打猛诨入，却打猛诨出"。吴自牧《梦粱录》谓："杂剧全用故事，务在滑稽。"

如"祥符、天禧中，杨大年、钱文僖、晏元献、刘子仪以文章立朝，为诗皆宗李义山；后进多窃义山语句。尝内宴，优人有为义山者，衣服败裂，告人曰：'吾为诸馆职挦扯至此。'闻者欢笑。"（刘攽《中山诗话》）如"崇宁二年，大农告乏，有献廪俸减半之议，优人乃为衣冠之士，自束带衣裙被身之物，辄除其半。众怪而问之，则曰：'减半。'已而两足共穿半裤，踅而来前。复问之，则又曰：'减半。'乃长叹曰：'但知减半，岂料难行！'"（曾敏行《独醒杂志》）都是极幽默的表演。南北曲以后，丑角依然是戏剧上的重要角色，李笠翁所谓"一夫不笑是我愁"。在捧旦潮未狂起以前，京朝派以丑角名家的代有其人。

明末公安、竟陵二派文人，极能写幽默的文字。如袁中郎的《瓶花斋集》，张宗子的《陶庵梦忆》，钟伯敬的《钟伯敬集》，每有恰到好处，令人回味的上乘妙品。如袁中郎《碧晖上人修净室引》写净寺两个和尚，一个酗酒无厌，一个一意行脚，都使我们感到可爱。那个饮酒欢歌鳏居二十年的匠人，趁年饥直少，讨个老婆；不一二年，弄得焦头烂额，无糊口之策；看起来大是可笑，想起来极有意思。清代笔记文字极多，不仅金圣叹、李笠翁能写小品，许多考证学家也能写小品，自民国十二三年以后，小品文盛行，"幽默"文字一向有人写作。《论语》公司并不是幽默老店，在它以前，有过一家《骆驼草》公司，再以前还有过一家《语丝》公司；《论语》公司的股东还很多是《语丝》公司的旧伙计。

原来"幽默"（humour）并不是独养儿子，他有几个兄弟："讽刺"（satire），"俏皮"（grony），"滑稽"（comic），性情稍有不同，面貌极其相似，人家说，他们是李生子。当"幽默"诞生的时候，林语堂先生替他取这个名号，鲁迅先生就嫌那两字容易被误解为"静默"、"幽静"等。李青崖先生改为"语妙"，"语妙"不能包括动作，倒是陈望道先生所改的"油滑"，易培基先生所说的老子"优骂"，能代表 humour 的一相。以我所见，现在还没有比唐桐侯先生更好的译语。他译 humour 为谐穆，"谐"代表一面，"穆"代表一面，合起来恰是 humour。只是社会上已流行"幽默"的译语，一时也无法改正了。

"幽默"这一群兄弟，他们的面貌，总之使你看了发笑就是了。你看了"幽默"微笑，看了"讽刺"苦笑，看了"俏皮"冷笑，看了"滑稽"狂笑，深浅有不同，而其为笑则一也。上海人把一切喜戏都叫作滑稽戏，美国两个著名影戏角色：卓别林和罗克，大家称之为滑稽家。其实卓别林和罗克之间，程度上颇有差别。罗克引人发笑，卓别林在引人发笑以上。卓别林的《马戏》《淘金记》和《城市之光》，在狂笑中透过一股冷气，使你深深体味着人间世的苦辛。那个歪挂手杖的穷小子，永远是孤独地在漂泊；马戏的收场，几辆马车远了远了，只见一片灰尘滚滚而去，他苍然独立，莫知所之，你能不为之怆然泪落吗？他这种悲哀，发出的地方非常之深，但非出之以冷嘲，乃出之以诚恳的爱和热情，于以造成他的艺术的顶点。鹤见祐辅说："使幽默不堕于冷嘲，那最大的因子，是在纯真的同情罢。同情是一切事情的础石。幽默不怕多，只怕同情少。以人生为儿戏笑着过日子的，是冷嘲。深味着人生的尊贵，不失却深的人类爱的心情而笑着的是幽默罢。……靠着嫣然的笑的美德；在我们萧条的人生上，这才也有一点温情流露出来。"

这样，我们试将"幽默"这几位兄弟的性格稍稍加以剖析。大自然对于人类，自始加以嘲笑、侮辱，Sphinx 拦在我们的面前，不能答复的，就得给他拿去当点心吃。被命运所嘲笑、侮辱的，就显得非常"愚蠢"；人与人之间，彼此发觉了"愚蠢之点"，不觉失笑起来，这就是"滑稽"。受了命运的播弄，而不敢反抗，只好冷笑一下，这就是"俏皮"。心里不甘于屈服，而又无力反抗，只好苦笑一下，这就是"讽刺"。看穿了人生的悲剧，寄予无限的同情，莞尔微笑，乃成为"幽默"（鹤见祐辅说："泪和笑只隔一张纸；只有尝过了泪的深味的人，这才懂得人生的笑的心情。"）

我所能谈的，只是这一点。

## 二

前些时，我在一处文艺研究会讲演幽默的意义，曾这样予以解释："看穿了人生的悲剧，寄予无限的同情，莞尔微笑，乃成为幽默。"如卓别林的《马戏》《淘金记》和《城市之光》，在狂笑中透过一股冷气，使大家深深体味着人间世的苦辛。那个歪挂手杖的穷小子，永远是孤独地在漂泊；马戏的收场，几辆马车远了远了，只见一片灰尘滚滚而去，他苍茫独立，莫知所之，你能不为之怆然泪落吗？他这种悲哀，发出的地方非常之深，非出之以冷嘲，乃出之以诚恳的爱和热情，于以造成他的艺术的顶点。结底一句话：幽默的本质是"笑中有泪"。

不久以前，又有人要我说一说幽默的表出法，王小隐先生讲过滑稽四律：抑扬律、错误律、颠倒律、巧合律。这四律，对于表出幽默也是适用的。"幽默"的结果，和滑稽、讽刺、机智一样惹人发笑，其方法大抵相同。笑的动机在于发现对象上的反常，所以错误律是最普通的表出法，如冬天穿夏布，夏天穿皮袍；卓别林拿皮鞋当鸭子吃，罗克拿乳酪当肥皂用，都能惹人发笑的。如《笑林》所说：

> 甲与乙争斗，甲啮下乙鼻，官吏欲断之，甲称乙自啮落。吏曰："夫人鼻高而口低，岂能就啮之乎？"甲曰："他踏床子就啮之。"

即是思维方式的反常，使人不禁失笑的。表出幽默的另一法即是相形法。如武大郎身长三尺，短得反乎常例，看了已经可笑；常树德身长一丈，长得反乎常例，也看了好笑；一旦常树德和武大郎走在一起，那就得笑痛肚皮，这就叫做相形法。此外还有一种表出法，即是运用音义上的双关，如：

> 明王元美居太仓，有里中富翁宴客，以臭鳖为馔，生梨为果。王与客举杯笑云：世上万般愁苦事，无非死别与生离。

这就叫做双关法。

可是常有极好的笑料，已用了"错误"、"相形"、"双关"这几种方法，结果还不能引人一笑的，那便是表幽默的技术上有了缺点。表出"幽默"，最忌隐晦了本意，听者不懂；但亦忌太显露，使听者绝无回味。所以能含蓄是技术上的一个条件。引导听者入彀，入了彀即让他自己去摸索，使作者与听者同享创作之乐，含蓄的力量在此。如《论语》第四期，页一三〇雨花，记吴经熊口辩，用"口辩"二字已明说了本意，而在"吴君板了面孔说：You is wrong"之下加一句"惹起了合课堂如雷震般的笑声"，那便兴趣索然了。文学上常用暗示的方法，以迂回的言语和举动表示出内容的真意。表出"幽默"，亦常用此法。如《解人颐》载：

> 一人持所作文求教于某先达，某先达极称其字佳。其人曰："某只求指示文章。"某先达曰："据我看来，还是这笔。"

明明说那人的文章不佳，便要称其字佳，这即是迂回的说法。《论语》第五期岂凡的《观市政府主办刘海粟欧游作品展览会记》，明明在讽刺刘海粟，但他说了上海市政府，说了刘海粟的生平，说了英士纪念堂，说了寿圣庵的故事，说了招待员，说了光线，说了卖物摊头，甚至说了撒了小便，只没说过刘海粟的作品，意在言外，其妙在此。

可是能含蓄善暗示，还不能完全表出"幽默"，亦是常有的事。那就要注意两种附带的技术：第一要认真，傅彦长先生有一回说田汉"板起面孔撒烂污"，撒烂污并不好笑，板起面孔也不好笑，唯有板起面孔撒烂污，方真好笑。唐桐侯先生以"谐穆"译 humour 即是说"幽默"的一面是"谐"，另一面是"穆"；穆而不谐，本非幽默；谐而不穆，亦不幽默。谐穆相成，方见幽默。鲁迅先生说笑话，他自己从来不笑，善说笑话的人，大都是如此。所以态度认真，像煞有介事地说，像煞有介事的做，有时笑材本质差一点，也会成功的。第二要集中，表"幽默"如夏天大雷雨，一阵雨过，云散日出。

每个笑材,只留一个焦点;未达顶点,酝酿酝酿,酝酿得十分充足,到了顶点,一泄无余,不必拖泥带水,噜苏下去。

可是在表出"幽默"这一方面已经尽了他的能事,还是不能达到预期的结局,引人一笑;那得研究与领略者的程度是否相适应的问题了。程度的适应不适应,可分为"时"、"地"、"知识"三种。梅昆博士从美国到日本做教授,讲演之际,说了种种发笑的话,然而听众并不笑,于是无法可施,说"从此不再说笑话"了。这是限于地域,彼此的风俗习惯不同,无从领略的缘故。又如《笑林广记·童生文》:

> 文宗考童,题出"盖有之矣"。童生文曰:"今天下未有无盖之人焉。"学台批曰:"我独无。"续看下文,又曰"夫人自谓无盖者,其盖必多。"文宗急抹去原批。

在那时是极能引人发笑的,到了现在大家却并不觉得怎样有趣,这是时代不同之故。最重要的还是知识程度的差异,如《论语》第三期韩慕孙的《志摩与我》,可说是《论语》创刊以来最好的作品,却有人说林语堂先生不应该载这一篇文章。大概头脑简单的,对于生活反常易于领会,若要经过一番思考,就难得领会。如《笑林广记》:

> 一先生最爱放屁,将椅子挖一窟窿,为放屁出气之所。东家见而问之,先生因述其所以然。东家曰"放屁只管放屁,何必刻板。"

许多人只以先生爱放屁,将椅子挖一窟窿,为放屁出气之所而大笑,却不知原作者的原意还在"放屁只管放屁,何必刻板"的"何必刻板"一句呢!知识不相称,父不能以喻子,夫不能以喻妻,领略幽默,有时真非经过一番训练不可的!

不过竿头更进一尺,幽默的作品亦可以伟大到雅俗共赏,深者得其深,浅者得其浅的。再回说到卓别林的作品,老幼大小男女智愚,大家满意而归,各人有各人的批评,各人得其一隅,这就显出艺术的炉火纯青了。庄子曰:"夫大块噫气,其名为风。是唯无作,作则万窍怒号,而独不闻之寥寥乎?山林之畏佳,大木百围之窍穴,似鼻,似口,似耳,似枅,似圈,似臼,似洼者,似污者。激者,謞者,叱者,吸者,叫者,譹者,宎者,咬者。前者唱于而随者唱喁。泠风则小和,飘风则大和,厉风济则众窍为虚,而独不见之调调之刁刁乎?"这种伟大的作品,在唯一幽默《论语》公司中还买不出。这个,正有待于我们的努力。

# 论著作

## 一

昨天,从书橱中翻捡汪中的《述学》,是一部嘉庆年间的原刻本。汪中在乾隆时,负一代盛名,他的遗著直到他死后二十多年才梓刊行世。在他生前,《述学》仅有抄本,流传于友生间。《述学》刊本上有王念孙序文,谓其治经"振烦祛惑而得其会通"。其为文则"合汉魏晋宋作者而铸成一家之言,渊雅醇茂,盖宋以后无此作手矣"。从某一方面看,这并非溢美的阿誉。可是和汪中同时的史学家章学诚,却讥笑《述学》算不得著作,谓:

> 其人(汪中)聪明有余而识力不足……恒得其似而不得其是。今观汪氏之书矣:所为内篇者,大约杂举经传小学,辨别名诂义训,初无类例,亦无次序。苟使全书果有立言之宗……则此纷然丛出者亦当列于杂篇,不但不可为内,亦并不可谓之外也……观其外篇,则序记杂文,泛应词章,斯乃与《述学》标题,如风马牛。列为"外篇",以拟诸子,可为貌同而心异矣。(《立言有本》)

汪中的《述学》算不得著作,那些陈列在我的书橱里的,可以称之为著作的岂不太少了吗?而今日坊间出版的书籍,岂不都变成牛溲马勃，不能入著作之林了吗？

　　古人重视他自己的著作，一生精力贯注在某一种或某几种研究上面，说是要"藏之名山，传之其人"。"藏之名山"原不道是这么一句话，但生前增订修改，周详绵密，直到晚年或身后才刊印行世。顾亭林《日知录》，看是一种读书随笔；别人以为他一年可以写成几卷，他却说："自别来一载，早夜诵读，反复寻究，仅得十余条。"笔记之类，这样不苟作；整然的著作，更非"寝馈以之"不可。亭林作《音学五书》，凡经三十年，所过山川亭障，无日不以自随，凡五易稿而手书三次。近人梁启超作《清代学术概论》，自属稿至脱稿，仅费十五天工夫，较之古人可谓奇迹。《清代学术概论》在商务刊成单行本，和《改造杂志》所载全无不同；卷端公然有"更无余裕覆勘，舛漏当甚多"的自识，古人更当视为怪事。

## 二

　　顾亭林与人书云："尝谓今人纂辑之书，正如今人之铸钱。古人采铜于山，今人则买旧钱，古之曰废铜，以充铸而已。所铸之钱，既已粗恶；而又将古人传世之宝，舂剉碎散，不存于后，岂不两失之乎？"凡是有真价值的著作，都是采铜于山的工作。司马迁，"南游江淮，上会稽，探禹穴，窥九嶷，浮于沅湘，北涉汶泗，讲业齐鲁之都，观孔子之遗风，乡射邹峄，厄困鄱薛彭城，过梁楚以归"。他躬亲考察调查，以事实与记载相对勘，才铸成《史记》那么一个大鼎。顾亭林避仇北游，二十余年间，足迹遍北方诸地。每次出游，"以二马二骡载书自随，所至厄塞，即呼老兵退卒，询其曲折；或与平日所闻不合，则即坊肆中发书而对勘之。所至荒山颓阻，有古碑、遗迹，必披榛莽，拭斑藓读之。……其成就多在出游间。"所以他的《天下郡国利病书》，并不是书生空疏之论。

　　章太炎先生谓："凡立论欲其本名家，不欲其本纵横。儒言不胜而取给于气矜,游猨怒特,蹂稼践蔬,卒之数篇之中,自为舛误;古之人无有也。"一种著作,分之则为数篇,合之就只是一篇,自有一个井然的系统。司马迁《史记》分为本纪、世家、列传、书、表五项,以本纪、表为经,以世家、列传、书为纬,经纬相成,浑然一篇大文章。《庄子》的《逍遥游》《齐物论》《养生主》三篇,合观之,也只是一篇大文章。大文章难于组织,古往今来,配得上著作之称的,先秦诸子而外,只有王充《论衡》、刘勰《文心雕龙》、刘知几《史通》、章学诚《文史通义》那么寥寥几种。现代著作界显得格外贫乏,也可见一般组织能力的薄弱!

顾亭林自谓平生读书,有所得,辄记之;其有不合,时复改定;或古人先我而有者,则遂削之。"古人先我而有者,则遂削之",就是说没有卓特的见地,不能自成一家言,便没有著作之必要。近人著中国文学史,五花八门,出版了几十种。我们若要着笔写文学史,且看别人文学史整理的成绩如何,若是自己的意见和他们全然相同,便不必下笔;若是大部分相同,小部分相异,只要写"某某文学笺异"就够了。鲁迅在广州讲演《魏晋风度及文章与药及酒之关系》,开场便举出刘师培的《中古文学史》,说:"倘若刘先生的书里已详的,我就略一点;反之,刘先生所略的,我就较详一点。"彼详此略,互相发明,可说是最通达的办法,此法一行,坊间那些千篇一律的文学史可以废其大半了。

前人常为古书作注,注解也是著作。刘孝标注《世说新语》,与临川原书相为辅翼;裴松之注陈寿《三国志》,"寿所不载,事宜存录而则罔不毕取,以补其阙。或同说一事而辞有乖杂,或事出本异而疑不能判,并皆钞纳以备异闻"。以刘孝标、裴松之之才,岂不能自作一书?乃谨以注文自见;可见著作为天下公物,原不必别张一帜以自高。(如郑康成编注群经,打破今古文门户之见;朱熹注四书,发挥了许多理学的真见地;注解和著作原有一样的价值。)

## 三

近读方东树《书林扬觯》(方清桐城人),其中援引前人评论著述文学,有谓:"著书立论,必出于不得已而有言,而后其言当,其言信,其言有用;故君子之言,达事理而止,不为敷衍流宕,放言高论,取快一时。"又谓:"文之不可绝于天地间者,曰明道也,纪政事也,察民隐也,乐道人之善也;若此者有益于天下,有益于将来,多一篇,多一篇之益矣。"盖古人把解决社会问题人生问题当作著作的唯一目的,所谓"我欲载之空言,不如见之于行事之深切著明也"。这为人生而著作的态度,颇值得我们首肯的。可是这种态度最难于保持:战国诸子百家各逞己意,说点切实的话;秦始皇以法家统一天下,只留方士神仙之说,先秦儒家最重节操,持论不远仁义;而西汉儒家,丢开孔孟济世主张,涂饰阴阳家色彩以干君听。清初顾、黄、颜、王诸大儒,通经之用,明夷以待访,谓"天下兴亡,匹夫有责"。乾嘉文字狱迭兴,一般学者,只讲训诂义例,不敢稍谈世务。自甲午以来,思想界感受强烈的刺激,社会问题人生问题几度成为讨论的中心,这一类著作也如波浪似的有时销行得很多。(光绪二十七八年,民国十七八年间,坊间都印这一类著作。)现在又转为"四库珍本"、"古今图书集成"的流行期了,盖"为人生而著作",无分古今,此路皆不通行的!

# 辨字与辨词

**客**——啊，现在的青年，国文程度真是一代不如一代，越来越坏了！

**主**——呵，几天不见，你也变成人心不古派了罢！"人心不古"真是一句古老的话，一万年前最古的埃及铭刻里就有这一句。当你提着书包在学校里念书的时候，那些摸胡子的老前辈早就说："国文程度真是一代不如一代了。"而现在轮到你来说。

**客**——老哥，我不来和你强辩。我刚才在你的书桌上翻看那些学生的课卷，有的把"分歧"写成"分岐"，"生熟"写成"生孰"，"踪迹"写成"従迹"，"著名"写成"箸明"；有的把"九仞"写成"九轫"，"两造"写成"两曹"，"茫茫"写成"芒芒"，"歌颂"写成"歌讼"。这样别字连篇，那是我们从来所没见过的，这不是青年的国文程度退化了吗？

**主**——哈，哈，哈……

**客**——笑什么？笑什么？难道我说错了吗？

**主**——我想起一件故事来，和你所说的颇有点相像，不觉笑起来了。清乾隆年间，有两位主考，一姓庄，一姓鞠，庄某颠顶，鞠某糊涂。有人集杜句嘲之云云："庄梦未知何日醒，鞠花从此不须开。"鞠某试毕回京，对陈句山太仆发牢骚道："杭州人真欠通，如何鞠可通菊？"陈太仆默然不答。鞠某再问他，陈太仆道："我正在

251

这儿想《礼记·月令》那句'鞠有黄华'呢！"鞠某不觉大惭。（见《两般秋雨庵随笔》）现在请老兄不要脸红，待我一一来翻给你看。这儿是《说文》，你看"岐"字下的注解："岐山，山有两岐。因以名焉。"岐是本字，后来俗别制"歧"以为两歧字。这儿是《礼记》，你看《礼运篇》："腥其俎，孰其淆。"《说文》："孰，食饪。"俗作"熟"。你再看："從迹"的"從"，是本字，"蹤"却是俗字；"箸明"的"箸"，是本字，"著"却是俗字。你再看："九仞"，孟子作"掘井九轫"；"曹"，《说文》：狱两曹也；《史记》作两遭。"茫茫"，《左传》："芒芒禹迹"，《商颂》："洪水芒芒"，皆作"芒芒"。《楚辞》："眇不知其所蹠。"王注："眇就远也。""眇芒"俗作"渺茫"。"讼"，《说文》："讼，争也，一曰歌讼。""颂，貌也。容，盛也。"今"歌讼"作"歌颂"，"颂貌"作"容貌"，皆俗误。老兄，这究竟谁读别字？谁写别字。

客——喔！那还是我错吗？

主——亏你还算是国文教员，还要笑青年的国文程度一代不如一代呢，还要说这样别字连篇，你从来所没见过呢！

客——照你这样说来，你那些学生都是精通《说文》，善写古字的！

主——我说，"别字"若仅是现代青年独有的弊病，那是青年的过错；若是这个通病，自古如此，那就不能怪现代青年。你老兄，堂堂国文教师，也还要写别字读别字，那更不能怪现代青年了，我告诉你罢：读别字写别字的毛病，三千年前的人如此，二千年前的人也如此，一千年前的人也如此，半斤八两，谁也不配嘲笑谁！古人读别字写别字，《说文》定下一个条例，叫作"假借"；既然"假借"是用字的通例，为什么古人可以假借，后人就不许假借呢？古人假借，有两条路子，一形近相借，二音近相借。青年本不精通《说文》，但这两条假借的路，青年无意中都走上了。譬如"倔强"写作"屈强"，"强弱"写作"疆弱"，"恐吓"写作"恐赫"，"抹杀"写作"末杀"，"藩篱"写作"藩离"，"锋铓"写作"锋芒"，"战慄"写作"战栗"，"伺察"写作"司察"……却无意中写了正字，合

252

《说文》的原意了。依我看来，中国文字在没有根本改革以前，"形近相借，音近相借"两条假借规则永远适用，我们就不该轻易嘲笑现代青年了。而且"辐凑"，《汉书·王莽传》作"四海辐奏"；"奖劝"，《王莽传》作"将劝"；"拟似"，《王莽传》作"疑似"。《王莽传》的价值自在，从来没人嘲笑班孟坚，说他的史笔以别字连篇而减色呢！你且仔细想想，现代青年多写几个别字，究竟和国文程度有什么关系？我有一句老实话告诉你，语言文字是比较专门的学问，你若不懂什么，你还是少开口为妙！

客——那么现在青年的国文程度为什么不如从前呢？

主——老兄，你又来了，谁说现代青年的国文程度不如从前呀？我看你连章太炎的《国故论衡》都没看过！你所说的"从前"，究竟指什么时代，哪几个作家？若指唐宋八大家，韩愈、柳宗元、欧阳修、三苏那些文人，请你先看一看《国故论衡·论式篇》！章太炎，老兄一向崇拜他，说是什么大文豪的。他说："夫李翱、韩愈，局促儒言之闲，未能自遂。权德舆、吕温及宋司马光辈，略能推论成败而已。欧阳修、曾巩，好为大言，汗漫无以应敌，斯持论最短者也！若乃苏轼父子，则佞人之戋戋者！"老兄若拿唐宋八大家来做青年的文章模范，章太炎先生会赞成吗？你说，青年的国文程度不如从前，还是说"论理"、"组织"不如从前呢？还是说"修辞"、"造句"不如从前呢？章太炎先生又说："魏晋之文持论仿佛晚周，气体虽异，要其守己有度，伐人有序，和理在中，孚尹旁达，可以为百世师。"又说："凡立论欲其本名家。不欲其本纵横。"可见文章以理论周密为主。（颜之推《文章篇》也说："文章当以理致为心胸，气调为筋骨，事义为皮肤，华丽为冠冕。"）我们且搁"修辞"、"造句"慢提，单就"理论"、"组织"来说，你心目中那些古人，唐宋八大家、桐城派、阳湖派等等，绝不会比现代青年高明；至于那些有胡子自命为文言正宗的老古董，那一定不如现代青年多多了。

客——好，你且举几个例子来看！

主——文章通不通，顶要紧是看理论错不错。所以老古董打批语，也用"有见地"、"有识力"那些话头，你先得承认这个前提。

**客**——我承认这个前提。

**主**——好，我们就从苏明允和苏子由的《六国论》说起。《古文辞类纂》选苏明允《权书八》(六国)，题下加三圈（《古文辞类纂》题下加圈以别优劣）。刘海峰评曰："笔力简老。"苏子由《六国论》，题下加两圈，萧县徐氏刻本眉评云："熟于当时形势之谈。"可见这两篇《六国论》，原是桐城派诸前辈所最赞许的。六国的史事具在，我们就史论史，明允和子由的论议，那一派胡说，我们能首肯吗？六国为什么会衰亡？秦为什么能够统一？从民族上讲，这是混合成熟后必然的趋势；从周初到春秋，从春秋到战国，大鱼吃小鱼，大虫吃小虫，各部落各诸侯的消长兴亡，没有一天停止过。六国所以衰亡，和八百诸侯的衰亡过程并没有半点不同；秦所以强盛，所以统一，和战国七雄所以强盛，所以局部统一，也没有半点不同。从经济上讲，农业经济的发达，决定一国的国运；秦自从商鞅执政，实行土地私有，奖励多量生产，以富饶的关中来侵略农产落后（贵族占有土地，生产方法落后）的六国，胜负不问可知。以政治思想和组织论，儒家、墨家、法家都趋向集中政权，足食足兵的政治观，六国政权为贵族所把持，什么事都不能有计划地改革。法家在秦国当权，削减权门，集中政权于中央，实行足食足兵的计划，自然战无不利，攻无不克。苏明允和苏子由的六国论，可曾半点搔着痒处？他们说："六国破灭，非兵不利，战不善，弊在赂秦。赂秦而力亏，破灭之道也！"（苏明允六国论）又说"夫秦之所与诸侯争天下者，不在齐、楚、燕、赵也，而在韩、魏之郊；诸侯之所与秦争天下者，不在齐、楚、燕、赵也，而在韩、魏之野。……夫韩、魏诸侯之障，而使秦人得出入于其间，此岂知天下之势耶？"（苏子由《六国论》）岂不是和小学生的案头史论一样幼稚吗？现代青年稍微读过文化史社会史，会发这样可笑的议论吗？古文名家理论会这样不通，无怪甲午年间，有翰林出身的御史要奏称："日本国北边有两大强国，暹罗和缅甸，国富兵强，请皇上派使修好，南北夹攻，可制日本的死命。"老兄若愿意把现代青年的论文，来和唐宋八大家的论文仔细比一比，你就会觉得无论哲学、社会、自然，各方面都比较进步得乡了，至少可以说正确得多了。

**客**——那么，请你再从组织方面比较一下罢。

**主**——中国古代文人只有文集，文集犹如现在的杂志，天上地下，无所不谈；昨是今非，先后矛盾，很少有组织的。先秦诸子，比较有组织，也只庄子、荀子、韩非子说得上有井然的系统。秦汉以后，只有王充《论衡》、刘勰《文心雕龙》、刘知几《史通》、章实斋《文史通义》比较有组织。即如汪中那么一个大作家，他的《述学》便是十景拼盘，说不上组织。又如韩愈的《原道》，正是"儒言不胜，而取给于气矜，游猨怒特，蹂稼践蔬，卒之数篇之中，自为错误"（章太炎语）。韩退之根本不懂道家的主张，又不懂佛家的主张，更不懂道佛家的同异，究言之，他连儒家的主张还不十分清楚；因此组织不成一个完整的理论，写不成一篇完整的文章。《原道》那么有名的文章都这样不成话，其他那些烂古文更不必说了。现代青年无论如何要不得，至少受过一点逻辑的训练，看过一点欧美的论文，决不会和韩退之那样前言不对后语的。别的不必说，老兄只要把桐城派那些作家看一看，可有一个作家能像严几道那样做得周密，能像林纾那样做得生动？而且林纾自己的作品可有一篇及得他自己的译作？而且章士钊讲逻辑文学时，文章就有生气；一钻入牛角尖去复古，文章便十有九不通。再加一个"而且"，凡是受过西洋文学的洗礼的，无不显出特色来。（章太炎的论文，受佛学的影响甚深，亦非从唐宋古文中看出来。）所以就组织方面来讲，现代青年也比别人进步得多，至少比唐宋古文家周密得多。

**客**——你这样尊今抑古，固然能持之有故，言之成理；但我仍不十分明白，为何读古人的文章总觉得比今人好得多呢？

**主**——还是你的传统思想在作怪呀。唐擘黄先生说得好："古则雅，今则俗，人之常情。愈古的东西，就觉得他愈雅，文字也不能逃出此例之外。这事的原因很复杂，一由于古物之难得：物罕则见珍，见珍则雅。彝器如此，文字也这样。二由于后人往往把古代加以理想化。我们不见古人，每每想象他的生活进于理想；所以黄金时代必在上古。三由于今人的语言，因其为日常所通用，往往使我们联想到现世的具体的情境——许多不满意的不纯洁的事情。古人的文字，因为与现在语言不同，不会生这样联想，所以我们觉得他比较地不俚俗。"这种古则雅，今则俗的心理作用，使你常常觉得读古人的文章比今人好得多。恕我说句笑话，当你觉得古人的文章格外好，你实在还没看懂古人的文书呢！前人不懂《尚书》，把《盘庚》看作宝文章；今人不懂八股，有人也把那种臭滥调当作好文章；一旦看懂了，就不爱那劳什子了！时代总是前进的，我若是做了古人，必希望后人的文章比我更进步，一代好似一代，才是文化前进的大路；现在青年的国文程度，若真江河日下，一代不如一代，后代的人都变成笨伯，做古人的又有什么光荣呢？

客——照你这样说，现代青年的文章十全十美，半点也没缺点了吗？

主——那又不尽然。现代青年比前人进步是一件事，文章做得十全十美又是一件事。到了目前，上海还有那些妄人在那里广播《幼学琼林》呢。如不知辨字是一件事，辨词又是一件事，秦以前是用字时代，辨字的工作至关重要；秦汉以后，由用字而转向用词。单讲辨字，有什么用处呢？不求词的正确，单求字体的正别，对于青年的国文程度有什么益处呢？老兄起先说过"这不是青年的国文程度退化了吗"的话，这"退化"一词就是用错了。你以为"进化"就是"进步"，"退化"就是"退步"，那是完全错误的。"进步"（evolution）一词，包含着两样意思：一种单指那随着时世而来的变化，这意味和"历史"、"迁变"是完全一样的，又一种是说那祖先子孙永久传代中间性质的逐渐变化；所谓生物进化者，就是说现在生存的种种动植物，皆是由从前种种形体改变下来的结果。"进化"和"退化"并不包含变好变坏的意思。我们辨别词义，应该说"这不是青年的国文退步了吗？"不能说"这不是青年的国文程度退化了吗？"最可笑的，到处流行"文明"一词，结婚则有"文明结婚"，理发则有"文明理发"，"戏剧"则有"文明新剧"，再加以"文明办法"、"文明举动"……无往而不"文明"。假如探问"文明"一词的含义，那就人人瞠目不知所对了。以我所知，"文化"、"文明"的释义，多少专门学者著为专书还解释不明白；居然一张证书，两个介绍人，一个证婚人，再加几只花篮，一队音乐，就说是"文明结婚"，岂非荒天下之大唐！中国文人，辨"字"而不辨"词"，用典故而不知典故本义，由来已久。所以新名词随资本主义东来，也就不管三七二十一典信笔乱用。只要来自远方，"洋火"、"洋油"、"洋灯"、"洋车"、"洋龙"、"洋狗"……无往而不"洋"；只要是时髦，"自由布"、"自由呢"、"卫生臭豆腐"、"卫生衣"、"幽默香水"、"摩登香皂"，无往而不"自由"、"卫生"、"幽默"、"摩登"。有一天，一位叫卖轧格林药水的人在车厢里高声宣传，他说："轧格林药水这样也可用，那样也可用，本公司为推广营业，在火车上叫卖，特别大减价，只卖小洋二角。诸位费成不赞成？赞成的，买瓶试试看。"他所用"赞成"一词，便是中时髦之毒，不曾了解"赞成"的含义。

**客**——旧文人用新名词，固然用错得很多；旧文人用旧名词，总该正确些了罢？

**主**——那也不见得罢！凡是现代青年所犯的笼统模糊的毛病，都还是沿袭旧文人而来的。章士钊笑白话不如文言，以"两个桃子杀三个读书人"不如"二桃杀三士"那么简明为例，谁知他自己就不明白"二桃杀三士"那典故的本义。旧文人爱用"每况斯下"那一句成语，以为"每况斯下"，便是"一代不如一代"，殊不知庄子的原意正与之相反。旧文人爱用"阿堵"、"宁馨"、"期期"、"佳兵不祥"、"昊天不吊"那些词语，谁知他们全不了解原意，用起来无不错误。原来爱用典故的习气，自建安以后，愈趋愈甚；那时文人，既没有辞书可查，又没有类书可翻，大半依凭记忆，记忆力强的便以用事富丽为世所重。记忆有时靠不住，"用事"就要错误了。颜之推《家训·文章篇》说："《后汉书》囚司徒崔烈以锒铛锁。锒铛，大锁也；世间为误作金银字，武烈太子亦是数千卷学士，尝作诗云：'银锁三公脚，刀撞仆射头'，为俗所误。"这一类情形，很多很多。后人虽有类书，检查的方法太不方便，又因旧文人泥古偷懒，不肯下切实功夫，古人用错了，便相沿成误。如颜之推辨"孔怀"代"兄弟"之误，其理甚明。旧文人还是"友于"、"孔怀"依旧沿不绝,"而立"、"不惑"之类,还是有增无已。又如韩退之《送孟东野序》:"物不得其平则鸣。"而其下文则云:"在唐虞时,咎陶禹,其善鸣者而假之以鸣;夔假于韶以鸣,伊尹鸣殷,周公鸣周。"又云:"天将和其声而使鸣国家之盛。"明明前后自相矛盾,不成理论,宋洪容斋已知其误,但旧文人用这句不通的"凡物不得其平则鸣",我见过的已不知有多少次。

**客**——照你这样说来,用词模糊笼统,也还是旧文人之过,不能责备现代青年。现在"成事不说,既往不咎",以往种种譬如昨日死,从今以后,要使现代青年的语文程度格外进步起来,可有什么积极的主张没有?

**主**——有,有,有!从前章士钊办《甲寅》杂志,提倡逻辑文学的时候,就有一个很好的主张。他说:"凡式之未慊于意者,勿著于篇;凡字之未明其用者,勿厕于句;力戒模糊,鞭辟入里。洞然有见于文境意境,是一是二;如观游涧之鱼,一清见底;如审当檐之蛛,丝络分明;庶乎近之。愚有志乎是,宁云已逮!然文中不著不了之语,命意遣词,所定腕下必遵之法令,不轻滑过;率尔见质,意在而口不能言其故者甚罕。"(《文论》)后来胡适提倡文学革命,也说:"今之学者,胸中记得几个文学的套语,便称诗人。其所以诗文处处是陈言滥调,流弊所至,遂令国中生出许多似是而非,貌似而实非之诗文。……吾所谓务去滥调套语者,别无他法,唯在人人以耳目所亲见亲身阅历之事物,一一自己铸词以形容描写之;但求其不失真,但求能达其状物写意之目的,即是功夫。"(《文学改良刍议》)我们要替现代青年开辟活路,"以后种种,譬如今日生",唯有使青年和旧文人完全隔绝,不要让青年再传染那些旧病菌。一面来从修辞造句方面做基本的工作:替青年编些简便正确的辞书(不要像《辞源》那样杂乱),使青年们易于翻阅;替青年整理出完善的文法修辞书,使青年们有轨辙可寻;替青年做一部完善的词辨(词辨决不是字辨),把相同的词类聚起来,使他们可以活用,把形似的词注解起来,使他们可以释疑;替青年选一部活的文选(不要韩、柳、欧、苏那些死文章),使他们可以有好的范本。假使留心语文的人,大家努力来做,十年二十年以后,就可见成效了!

**客**——有人做这部分积极的工作吗?

**主**——还等谁来做呢?你,我,都是做中等以上的国文教师的,不该努力一点吗?

## 附　说字辨

"我相信中国现在还没有一个学者配著《字辨》！"

这是一句我最近吓住了一个朋友的警句。那天，他看见我预定的文题里有《说辨字》这样一个题目，他叫我不必再说废话，坊间已有《字辨》出版，叫青年买本看看也就够了。我告诉他，那并不是一部《字辨》，那只是一部简陋得可笑的《词辨》。青年们被国粹狂信者弄得头昏脑涨，于无可奈何之际，想从《字辨》中找点门路是有的。其结果，未有不十分失望的。我的结论是："中国现在还没有一个学者配著《字辨》。"

辨字（不是辨词），在现在这个用词的时代要追究秦以前用字时代的字别，真是一件太困难的工作。以往的学者，也曾指示过一些小门径，但系统的研究，直到现在毕竟还没有过。《公羊传》所见"伐"字有二义，一种是"伐人"，一种是"被伐"；何休注："长言之，短言之。"我们虽不能正确地读长言的"伐"和短言的"伐"，但这两种不同的读法代表两种不同的含义是可以明知的。从这条路进去，可想见《战国策》所用"门其国"和"国无人门焉"两个意义不同的"门"字，必有长言、短言两种不同的读法。那么保存在我们口语中的"买卖"、"香臭"，和古书中常见的"迎逆"、"乱治"这些相对含义的字，也许古来只用一字而有长言短言两种不同的读法。这是辨字工作之一，现在还没有人整理出来。

古人用字，狗（犬未成豪者为狗）、犬（对文则大者名犬，小者名狗）不同，豵（豕生一岁曰豵）、豝（二岁）特（三岁）、肩（四岁）、慎（五岁）不同，夷（东方外族）、戎（西方）、蛮（南方）、狄（北方）不同；可见在用字的时代，一字有一字的界说，不能乱用。再加以各个地域的用字不同，如"叜"，《方言》云："东齐鲁卫之间，凡尊老谓之叜，或谓之艾；周晋秦陇谓之公，或谓之翁；南楚谓之父，或谓之父老。"如"好"，《方言》云："秦曰娥，宋魏之间谓之孋，自关而东河济之间谓之媌，或谓之姣，赵魏燕代之间曰姝，或曰妦；自关而西，秦晋之故都曰妍。"在现在，"夷狄"合用，"妍姣"不分，我们要一一恢复古人用字的本来面目；把本来的界说确定下来，把用字的地域确定下来，不能不说是繁重的大工作。这也是辨字工作之一，现在还没有人做过。（扬雄的《方言》，也只是一小部分。）

梁启超有一回做从发音上研究中国字源的工作，他所得的两公例："一、凡形声之字，不唯其形有义，即其声亦有义；质言之，则凡形声字什九皆兼会意也。二、凡转注假借字，其递嬗孳乳，皆用双声。"如戋，小也。丝缕之小者为线，竹简之小者为笺，木简之小者为牋，农器及货币之小者为钱，价值之小者为贱，竹木散材之小者为栈，车之小者亦为栈，钟之小者亦为栈，酒器之小者为盏戋为醆，水之少着为浅，水所扬之细沫为溅，小巧之言为诙，物不坚密者为栈，小饮为饯，轻踏为践，薄削为刬，伤毁所余之小部为残——凡"戋声"之字十有七，而皆含有小意。他再展开研究下去，"不必其声之偏旁同一写法者为然也，凡音同者，虽形不同而义往往同"。"不宁唯是，同一发音之语，其展转引申而成之字可以无穷"。他又举了八十三个属"m"声母的字，（如雺、雾、晦、暮、幕、慕、冥、瞑、眠……）"其所含意味，可以两原则概括之，其一，客观方面凡物体或物态之微细暗昧难察见者或竟不可察见者。其二，主观方面生理上或心理上有观察不明之状态者。——用同一语原，即含有相同或相受之意味"。举似这个研究的，有王筠"从某声即具某义"之说，有王念孙的"释大"，有章太炎的"国小学"，胡以鲁的"国语学草创",都从字的声音上找字的源流。(我也曾归纳过属于"k"、"t"、"p"三个声母的字,属"k"母者有坚硬弘大的意味,属"t"母者有尖细碎小的意味,属"p"母者有轻松及分开的意味。)这也是辨字工作之一,现在也没人整理成为一个井然的系统。

北京大学国学研究所,于民国十一年间,由王国维开出四个研究的题目,其中有一个为"诗书中成语之研究"。他说:"古今言语文章,无不根据于前世之言语。……凡此成语,率为复语,与当时分别之单语,意义颇异,必于较古之言语中求之。……如'陟降'一语,亦古之成语;其义为'陟',或为'降',不必相兼。《大雅》'文王陟降,在帝左右',是陟而连语降者也。《周颂》'陟降厥土,日监在兹',是降而连言陟者也。《尚书》多言'降格',格之本字为各,其字从久,与降字形声义三者皆相近,故陟降一语又转为陟各。《左》昭七年传'叔父陟恪在我王之左右',正用诗语。恪即各之借字,'陟各'即'陟降'也。古'陟'、'登'声相近,故又转为'登假'。《曲礼·告丧》曰:'天王登假。'《庄子·养生主》:'彼且择日而登假。'《大宗师》:'是智之能登假于道也。'若此'登假',亦即'陟降'。《书·文侯之命》言'昭登于上',《诗·大雅》言'昭假于下',登假相对为文,是'登假'即'陟降'之证也。又转而为'登遐'。《墨子·节葬篇》:'秦之西有义渠之国者,其亲戚死,聚薪而焚之,熏上,谓之登遐。''登遐'亦即'陟降'也。"这样贯串的研究,又是辨字的一途,现在也还没人耐心研究过。

其他还有一件更繁重的工作,每个字、每个词都可以先后编次成为相统属的谱系,又可以依照各各的看法把"字"或"词"的族属联系起来,也许为了一个字一个词可以花五年十年的长时间,请问做字辨的人可曾梦见过?中国学术界真太可怜,不懂古书的人会出来提倡文言主张读经,不懂语言文字学的人会出来嘲笑青年写别字,字词不分的人会著什么《字辨》来指导青年;总算青年倒霉,在一九三五年还要给那些十七八世纪的笨伯玩把戏呢!

老实说罢,在我所提出的五种辨字工作未完成以前,我敢说没有这样一个学者配著《字辨》!

# 从读书说到作文

> 好厨子能把一只旧鞋子做成一盘好菜;好作家能把极干枯的东西说得津津有味。
>
> ——叔本华(Arthur Schopenhauer)引西谚

> 我们要是永远念人家的作品,那就永远不会使人家念我们的作品。
>
> ——波布(Alexander Pope):《登西亚德》(The Dunciad)

许多人相信书读得多,文章就做得好,尤其是读古书。许多人由于这个愚妄的"相信",以致终身在这方面演悲剧或喜剧。他们也许想不明白,永远想不明白,不读书怎么能够写文章呢?当然啰,睡在床上是睡不出文章来的,但读书以外,并非只有在床上睡的一件事可做;譬如在树阴下坐坐,或爬山过岭地走走,或到草原上捉几只虫儿鸟儿玩玩,未始于写文章没有益处呀。说"开卷有益"的人,不是哲人,便是呆子;哲人无所不通,左右逢源,自然可以开卷有所得;呆子则分不出什么有益或无益,只知道去开卷,反正不会有所得。袁子才(枚)问得妙:"你们说做诗作文要以古人为法,请问那些古人又以谁为法的呢?"但天下多少呆子只知道读古书,不知道古人并未读古书,而居然为天下后世所法的。

我在幼年时候，就听说一位姓陈的乡人，他读了一肚子四书、五经，负"书箱"的盛名，可是他的文章，三行都写不成器。后来我知道金华有一姓郭的，他所读的更多，听说连《资治通鉴》都背得出，可是他写一张取伞的便条，一写就是五千多字，比天书还难懂。我一生也经过了许多名师，其学问博通的，文章都不怎样高明；文章高明的，学问又未必博通。其实呢，多读书莫如清代的朴学家，而其文章可观的，却是寥寥可数。此中消息，约略可以窥见了。清代松江有一大学者，有一子二女，他期望那儿子甚切，督责甚严，读书不熟，鞭责以外，还当街罚跪。那儿子不必说做不成文章，连书也读不好。那位大学者大为懊丧。可是他的两位女儿，既未受严父督课，也未曾受过责骂，居然诗词散文，斐然可观，学问也通达有条理。这岂不是从另一方面透露着此中消息吗？原来"读书"者，如叔本华所说的只是走别人的思想路线，而作文是要走自己的思想路线；要是胡乱采用别一个人的思想路线以为自己的思想路线，就等于穿上我们所不知道的客人放在一边的衣裳一样，绝不会称身惬意。所以我们讨论读书与作文这问题的关联，只能开宗明义，大喝一声，先把"读书"和"作文"打成两截。（"清汪凝载少聪明，读书一再过，辄便记忆，故《十三经》《史》《汉》，皆能滚滚暗诵。及试作破题，瞠腊未就。薄视之，'然而'两字也。其师曰：'巧冶不能铸木，工匠不能斫金，是子已矣。'事见《明斋小识》，可引作多读书未必能作文的佐证。）

依学习的程序说，"作文"实在先于"读书"，因为从咿呀学语时起，我们学习代表意念的词语，学习词语的连缀，用以发表自己的情意。当我们开始读书的时候，最低限度的思路已经通顺。初步读书，其实是开始学习另一种符号——文字，与其说是"读书"，不如说是"识字"。作识字基础的书籍，前人由《千字文》《百家姓》《三字经》到《四书》《五经》，大都不和学习心理相适应，又和素习的口语相隔太远，叫孩子们无法去沟通。所幸入塾的年龄正是记忆力最强的时候，叫孩子们死读书，记下那些符号。可是孩子们的心性是软弱的，这一来便把已经通顺的思路又塞住了；因为他们并不知道"语言"代表意念，和"文字"代表意念两者之间是相通的，古人的思路，他们既已走不通，自己的思路反而被塞住了。所以幼童"读书"的时候，正是他们的"作文"停滞不进的时候。学习文字符号，大约得有五六年光景，才识得千多个方块字，三五千个词语，逐渐可以组织起来表达自己的情意了。不幸一般人所谓"文"，只当作酬应或说教的文章看待，定叫他们做"读书不忘救国，救国不忘读书论"或"业精于勤荒于嬉说"一类的论说，写"劝友人节俭书"，或拟"陈伯之答丘迟书"一类的信，那一套符号本来运用得还未纯熟，还叫他们表自己所未有的情，达自己所未有的意，其结果不独做不出好的来，连坏的也写不出了。在千万秀才中，难得有三五个能写通顺的文章的，就是这个原故。

所以，要认真说到学作文的诀窍，实在无从说起；书呢，无一可读，也无一不可读。吴稚晖先生说他自己从冷摊上看到一本用"放屁，放屁，真正岂有此理"的开场的小说《何典》，悟到了文章的作法，这并不是笑话，他说他以前作文，拘拘于师友所告诉的义法，不敢放胆写去；直到看了《何典》，才敢打破义法，什么词语都敢用，什么语调都可用，使他恍然明白文章的秘诀在此不在彼的。（例如《何典》中"肉面对着肉面"那一句多么土俗，而下面接上"风光摇曳，别有不同"句，又多么雅致；这绝非桐城文伯、阳湖名家所敢使用，此于吴稚晖的文章风格大有影响。）古语说得好，"学无常师"。其实作文亦无常师。吴先生从一本闲书悟得文章秘诀，我们也可从别一方面开出路来。换言之，对于张三有益的五经，对于李四也许正是毒药，拘拘于一定方式的，终必妨碍思路的开展的。周作人先生告诉青年，爱看什么就看什么，这是指导读书的好法门，也正是指导作文的好法门。

一个人的思路，到了十五六岁以后，又渐渐开展起来。那时候，学习文字符号的工程已告一段落，而所接触的世界，逐渐广大复杂起来，思考力因此加强得多。又因为生理的成熟，男女之爱萌生着，也由单纯的进为复杂的多面的情感；那时，自我的意识渐明，对于自己的圈子重新加以估量。这种对于环境的反应，对于世界的再认识,其实便是无字的抒情文、记叙文、论议文。一个青年,他的生活经验假若是丰富的,假若时常运用他的脑子去想一想的,假若有胆量发抒自己的情怀的,事实上他就是一个能写文章的作家。以作文为主,以读书为辅,把一切书都当作作文的资料看待,取之不尽,用之不竭;那就书也读通了,文也做好了。

举个例来收场吧:在私塾读书,一开口便读《三字经》,高声念道:"人之初,性本善。"假若那学生聪明伶俐一点的,他问先生,什么叫做性;那先生眉头一皱,不知怎么说才好。可是塾中另一批十二三岁的学生,先生出题叫他作文,已经开出"性本善说"的题目了。"性本善说",当然十个学生九个做不好,假若有一个顽皮一点的学生,从"食色性也"那一句上想出一点意思来,写着:"K镇上今晚有两台戏,听说班子很不错呢;我要和那漂亮的表妹一同去看呀!"那他就要挨先生一顿手板了。他莫名其妙地挨了一顿手板,又想想圣人所说:"食色性也"的话,只好当作闷葫芦闷在心头。大概要再过五六年,他才知道性善性恶的问题,是从来圣贤所不曾解决,不仅他自己不懂得,连老先生也不懂得;不独想和漂亮表妹去看戏有性之一相,即先生打他一顿也是性之一相,这样一来,文章可写了,不仅可以做成一篇小说,而还可以做成一部书的。于是他才开始懂得作文的法门,那时他大概有三四十岁了。

# 白话文言新论

文章繁简工拙之论，自唐宋古文运动初起时已有之。《唐宋八家丛话》记：

> 欧阳公在翰林日，与同院出游，有奔马毙犬于道，公曰："试书其事。"同院曰："有犬卧通衢，逸马蹄而死之。"公曰："使子修史，万卷未已也。"曰："内翰以为何如？"曰："逸马杀犬于道。"

这有名的黄犬奔马故事，也见于沈括《梦溪笔谈》、陈善《扪虱新语》，其意大致相同。当时风尚，文人盖以简括为贵。明人主张复古，亦多主简；直到清初文人，始有两可论断。顾亭林云："辞主乎达，不论其为繁与简也；繁简之论兴，而文亡矣。"可说是极通达的见解。

近来林语堂先生提倡语录体，批评"今人作白话文，恰似古人作四六。一句老实话，不肯老实说出，忧愁则曰心弦的颤动，欣喜则曰快乐的幸福，受劝则曰接受意见，快点则曰加上速度。……便有噜哩噜苏，文章不经济"(《论语》二十六期)。噜哩噜苏是"繁"，文章经济是"简"，推林先生之意，白话文的短处在"繁"，语录体的长处在"简"。这样又回复到文章繁简的争辩旧圈子去了。当五四运动前后，提倡白话文的总说白话文是取口语为文，使语文相接近；

语体文盛行了十来年，结果却不是那么一回事，文人笔下的白话文，有时会和引车卖浆者的口语相去十万八千里。即如林先生所引《母性之光》那一段"她的悲歌，她的血泪，观众们的同情伤感，心弦的紧张——就在这悲歌，血泪观众们的同情伤感，心弦紧张时，绣幕缓缓的垂落了"的字幕，在引车卖浆者看来，并不比《子虚》《上林赋》来得容易。又如某诗人《咏石榴花》的名句："越开越红的石榴花，红得不能再红了。"和厦门鼓浪屿的"中华民国基督徒向孙中山先生遗像行三鞠躬礼认为不合同盟会"皆令人生白话文太噜哩噜苏之感。究竟白话文何以常是噜哩噜苏？白话文和文言文的不同之点在哪里？语录体是否有提倡之必要？我们应得重新考量一番。

原来白话文的兴起，受西洋文学的影响非常之多。因此白话文的文句，变成复杂的结构，常有很多的形容词，形容词短语，副词，副词短语，（所谓欧化文）如郭沫若译歌德《少年维特之烦恼》中有一句：

> 当那秀美的山谷在我周围蒸腾，杲杲的太阳照在浓荫没破的森林上，只有二三光线偷入林内的圣地时，我便睡在溪旁的深草上，地上千万种的细草更贴近地为我所注意；我的心上更贴切地感觉着草间小世界的嗡营，那不可数，不可穷状的种种昆虫蚊蚋，而我便感觉那全能者的存在；他依着他的形态造成了我们的；我便觉着全仁者的呼吸，他支持我们漂浮在这永恒的欢乐之中的。

全句凡五十八字，第一个副词短语（从"当"至"时"）就有四十二字，中间又包含三个短句，每个短句又包含许多"词"及"短语"。这样复杂的结构，乃是从前文言文所没有的。欧洲的文学中，原不一定都采取这样复杂结构的体制，如小泉八云所引的一段北欧叙事文，七百五十个词语中，只有十个形容词；但在英国及南欧诸国文体中，复杂的结构则是常见的。（伍光建译大仲马《侠隐记》为文言，就删了许许多子句，或把复合句拉直。）白话文受了欧化，将文句变成非常复杂，我们应该承认是一种进步的现状。

其实，现代文繁复，古代文简单，从所使用的工具和所描写的对象上看，也是势所必然的。章实斋云："古人作书，漆文竹简，或著缣帛，或以刀削，繁重不胜，是以文辞简严，章无剩句，句无剩字；良由文字艰难，故不得已而作书，取足达意而止，非第不屑为冗长，且亦无暇为冗长也。自后纸笔作书，其便易十倍于竹帛刀漆；而文之繁冗芜蔓，亦遂随其人所欲为。虽世风文质固有转移，而人情于所轻便，则易于恣放，遇其繁重，则自出谨严，亦其常也。"（《乙卯札记》）他已指明工具与文体的关联。现在机械工业勃兴，工具供给，其便捷十百倍于乾嘉年间，文体恣放，势所必至。文言文中，如王安石万言书，已算洋洋大观；今人行文，如梁启超为蒋百里《文艺复兴史》作序文，一写就是六七万言，真是古人梦想所不及的。旧时文人，生长在乡村农业社会，过朴素的有闲生活；其所写取的对象，如大自然，小都市，都是变化很少的。着笔之初，从容考量；写成之后，从容修正。可以这样做细磨细琢的功夫，使文章显得十分简练。现在工业社会所造成的大都市，生活太繁复，变化太急遽。旧时形容都市的挤拥，说是"车如流水马如龙"，用以形容今日之上海街头，已嫌不十分贴切。旧时形容晚景，说是"万家灯火"，今日"伊红"彩网的上海夜色，岂是"万家灯火"所能形容，昔日状物之词句既穷于使用，形容词、副词之多量增加，乃是时势所必然产生的。今日大都市的文人，墨方着纸，稿已付排，全无周旋之余地；从事新闻事业的，有时连考量的余裕也没有。词句枝蔓，更为事实上所必有。所以词句之冗长，谓为白话文的短处固可，谓为白话文的长处亦无不可，是非尚难断言也。

又有人觉得白话文不利于诵读，那是真的。自从文言嬗变而为语体，许多旧文人觉得有些不惯；若请旧文人讲授语体文，竟是猢狲离树，全无伎俩。原来文言文最重声律，林琴南谓："音声一道，其疾徐高下抑扬抗坠之分，不独有韵之文有之，即无韵之文亦有之。……试取古人之文读之，有噌吰镗鞳者，有细微要眇者，有急弦促管者，有缓节安歌者，大约言乐者多和，叙哀者善咽……此其自然而然，虽作者亦有不自知者乎！"得其旨矣。桐城派古文文句简短，声律调和，诵之琅琅上口。旧文人教人作文，先从朗诵入手；

自己下笔作文，亦必摇头哼读，都是做声律调和的功夫。白话文增加了许多词语，每句很长很多，加以排列不得当，读起来总是佶屈聱牙，所以旧文人总觉得有些不惯。白话文的白话，和口头的白话，又相隔一层；读白话文并不如听人说话的流畅，新文人也默认白话文只是看的作品，并不是读的作品。林语堂先生恶白话之文，而喜文言之白；说是"语录简练可如文言，质朴可如白话，有白话之爽利，无白话之噜苏"。实则林先生看不惯人为的文句，要恢复天籁的文句，语录体与口语较为接近，所以合他的脾胃。前几年，徐彬彬先生提倡剧体散文，谓："剧词之分类有唱词与念白之两大类，而念白又有技术白与自然白之分。技术白即是一种音乐的发音术，介乎欧（化）与话之间者也。其所以成功，乃本于人类气逗之自然及中国之方体单音字需要而成。"他要利用自然韵律来造成新的剧体散文，和林语堂先生的主张颇相接近的。

　　这样看来，白话文的复杂结构不可不保留，而自然韵律又不可不利用；白话文不当仅为看的作品，仍当注以声律使复活为读的作品，其理甚明。究竟如何下功夫方能达到这个目的？我想提出一个小小的意见：文字与语言是双方并进，互相影响的；我们希望文章有进步，必须希望语言先有进步。诸子之文，大得力于游谈之风，魏晋清谈盛行，乃产生瑰丽的美文！我们要产生活的白话散文，必须毁弃宋明理学家所提倡的沉默寡言的虚伪的美德。孔门有言语之科，一个作家不当伏案头修饰他的词句，应当从街头练习他的舌头。语言永远是文字的先进前辈，求文字进步于语言之中，也可以说是小小的复古工作吧！